Karen Inge Nielsen

Niemand rettet dich

KAREN INGE
NIELSEN

NIEMAND RETTET DICH

Grenzland 3

Thriller

Aus dem Dänischen
von Günther Frauenlob

PIPER

Mehr über unsere Autorinnen, Autoren und Bücher:
www.piper.de

Wenn Ihnen dieser Thriller gefallen hat, schreiben Sie uns unter Nennung des Titels »Niemand rettet dich – Grenzland 3« an *empfehlungen@piper.de*, und wir empfehlen Ihnen gerne vergleichbare Bücher.

Von Karen Inge Nielsen liegen im Piper Verlag vor:
Die *Grenzland*-Reihe:
Niemand hört dich – Niemand sieht dich – Niemand rettet dich

Deutsche Erstausgabe
ISBN 978-3-492-06713-3

Titel der dänischen Originalausgabe:
»Bloodoffer«, Dreamlitt, Aarhus, Dänemark, 2023

Für einen direkten Kontakt und Fragen zum Produkt wenden Sie sich bitte an: *info@piper.de*
Vermittelt durch die agentur literatur Gudrun Hebel, Berlin
Lektorat: Annika Krummacher
Satz: psb, Berlin
Gesetzt aus der Sabon
Druck und Bindung: CPI books GmbH, Leck
Printed in the EU

Für Kjersti Fosheim

Erst, wenn uns das Licht nicht mehr blendet,
erkennen wir, dass der Schatten der Vergangenheit
unser eigener ist.

27. August 1998

Birkelev

Ein Zucken ging durch Hans Peter Jessens Körper. Sein Kopf pochte, und die Umgebung kam ihm so neblig vor, als befände er sich in einer Parallelwelt. Muffiger Geschmack mischte sich mit dem Geruch von Holz, rohem Beton und Schmieröl. Der Druck auf seinen Mundwinkeln war unangenehm, und er versuchte zu schlucken, bevor er die staubige Luft erneut tief in seine Lungen zog. Er drehte den Kopf und schnitt eine Grimasse. Langsam wurde ihm klar, wo er sich befand. Sein halb nackter Körper hing in einem Fünfundvierzig-Grad-Winkel über den Brennholzscheiten, die er selbst vor ein paar Tagen in den Schuppen geworfen hatte. Er stellte die Füße auf den Boden. Seine Schultern schmerzten, und er biss fest auf den Knebel in seinem Mund, während er sich aufzurichten versuchte.

Durch den Nebel tauchten Fragmente von Bildern vor seinem inneren Auge auf. Unscharf und verwaschen. Wie eine ferne Erinnerung, die nicht zum Vorschein kommen wollte. Wieder und wieder versuchte er, sich ins Gedächtnis zu rufen, was geschehen war, doch vergeblich. Er rang nach Atem, als seine Füße auf dem Boden wegrutschten und er erneut auf den Brennholzhaufen fiel. Der trockene Lappen in seinem Mund schmeckte metallisch nach Blut.

Mühsam drehte er sich um, bis ihn ein scharfer Schmerz durchfuhr und er einen Schrei ausstieß, der jedoch vom Knebel erstickt wurde. Seine Muskeln verkrampften sich, und sein Gesicht sank auf das Holz, während er fieberhaft zu atmen versuchte. Sterne blitzten vor den Augen auf, und für einen Moment wusste er nicht, ob das die Schmerzen waren oder Staubkörner, die im Morgenlicht tanzten, das durch die schmutzigen Scheiben in den Schuppen fiel. Ein paar Sekunden ließ er den Kopf auf dem Holz liegen und konzentrierte sich auf die Schmerzen. Mit den Augen suchte er die Umgebung ab. Das diffuse Morgenlicht fiel auf die kurze Werkbank und den Hauklotz mit der Spaltaxt. Sein Blick wanderte weiter, doch der hintere Teil des Schuppens lag noch im Dunkeln, sodass er nichts erkennen konnte.

Er nahm all seine Kraft zusammen, hob noch einmal den Kopf und versuchte, sich nach hinten zu drücken, aber der Schmerz an den Handgelenken hielt ihn davon ab. Sein Blick flackerte zwischen dem Seil und der Umgebung hin und her, ehe er die Hände mit aller Kraft zu sich riss. Die groben Fasern schnitten sich in seine Haut, und das Knirschen des rostigen Metallrings in der Wand machte ihm seine Lage vollends bewusst. Für den Bruchteil einer Sekunde überkam ihn Panik, dann kochte die Wut in ihm hoch. Das Adrenalin pulsierte durch die Adern, während er mit einem erstickten Brüllen erneut an dem Seil riss. Blut sickerte in die Fasern, aber er zerrte unbeeindruckt weiter, wobei sich der kunstvolle Knoten an dem alten Eisenring nur immer weiter festzog.

Keuchend sackte er in sich zusammen. In der vornübergebeugten Stellung brannte der untere Rücken, und er spürte, wie mit jedem Atemzug ein schneidender Schmerz vom Kiefer bis hinauf in den Kopf zog und ihm den Blick verschleierte.

Noch einmal versuchte er, sich zu befreien, aber vergebens. Die scharfen Kanten der Holzscheite scheuerten seine Haut bis aufs Blut auf. Mit einem Mal blitzten ihm kurze Erinnerungsbilder aus den Minuten vor dem Kampf durch den Kopf. Die frische Morgenluft. Die dicke Schicht aus Fichtennadeln, die seine Schritte zwischen den Bäumen gedämpft hatten, und das plötzliche Auffliegen der Vögel. Er hatte eine Sekunde innegehalten. In Gedanken sah er den Schatten, der hinter ihn getreten war, und spürte den Schmerz und das Knacken seines Kiefers, bevor alles schwarz geworden war.

Er atmete tief durch. Die Fragmente, die langsam ein Bild ergaben, ließen das Blut in seinen Ohren pochen. Da hörte er ein leises Geräusch hinter sich. Fieberhaft blickte er nach rechts und links, doch sein ganzer Körper erstarrte, als ein Riemen auf sein Gesäß klatschte und ein Inferno aus Schmerzen auslöste. Er rang nach Atem, und die Beine gaben unter ihm nach. Die Füße rutschten nach hinten, und die rauen Kanten der Holzscheite bohrten sich in seine Schenkel und seinen Bauch. Vergeblich versuchte er, Halt zu finden, aber die Hose, die an seinen Füßen hing, hinderte ihn daran, die Beine zu bewegen. Die Gestalt hinter ihm hob erneut ihren Arm, dann schnellte der Riemen wieder auf ihn zu. Ihm wurde schwarz vor Augen, als der Schlag ihn traf. Alles begann, sich zu drehen, und wie in Zeitlupe hörte er seinen eigenen erstickten Schrei durch den Kopf hallen.

»Du. Verdienst. Es. Nicht. Zu. Leben.« Jedes Wort wurde mit einem Schlag auf seinen Rücken und sein Gesäß begleitet. Die Haut platzte auf, Blut quoll aus den Wunden und sickerte an seinen blassen Schenkeln nach unten.

Er versuchte, etwas zu sagen, doch der Knebel erstickte jedes Wort.

»Halt den Mund!«

Wieder und wieder klatschte der Riemen auf seine Haut, und er verstummte, sodass für einen Moment nur der keuchende Atem hinter ihm zu hören war. Dann wurden seine Beine plötzlich so weit auseinandergetreten, wie die Hose es zuließ. Er versuchte noch einmal zu schreien, doch die Laute blieben in seiner Kehle stecken, während sein Anus mit einer solchen Kraft penetriert wurde, dass der Schmerz wie ein elektrischer Stromstoß durch seinen Körper schoss. Urin und Blut rannen über die Beine in seine Hose, während er die Hände krampfhaft zu Fäusten ballte, um nicht das Bewusstsein zu verlieren.

»Was soll das denn?«, zischte die Stimme hinter ihm. »Machst du dir jetzt auch noch in die Hose?«

Die Finsternis hüllte Hans Peter Jessen vollends ein, als der raue Holzkeil ein zweites Mal tief in seinen Anus gerammt wurde und mit seinen Splittern die Haut aufriss. Gleich darauf verlor er vollends die Kontrolle über seinen Körper. Die Beine trugen ihn nicht mehr, und sein Gewicht wurde nur noch vom Seil gehalten, mit dem seine Hände an den Metallring gefesselt waren.

»Wie jämmerlich!«, zischte es hinter ihm.

Dann traf ihn ein Faustschlag an der linken Seite. Das trockene Knacken der gebrochenen Rippe hallte seltsam laut durch die Dunkelheit, die ihn umgab, und ließ ihn erneut nach Luft schnappen.

»Ein kleines, fettes Arschloch bist du. Sonst nichts. Verstanden?«

Der heisere, erregte Atem hinter ihm drang wie ein Zischen an sein Ohr. Er versuchte zu schlucken, aber sein Hals schnürte sich zu. Die Angst hämmerte durch seine

Adern, und beim Gestank seiner eigenen Exkremente wurde ihm übel.

Mit aller Macht riss er die Augen auf und drehte den Kopf gerade noch rechtzeitig, um die Reflexion des Morgenlichts auf der blanken Messerklinge zu sehen. Wie in einem Film liefen die Szenen, die er selbst erschaffen hatte, über seine Netzhaut, dann bohrte die Klinge sich in seinen Rücken. Der Schrei, der durch seinen Kopf hallte, fühlte sich nicht wie sein eigener an. Dann verstummte das allumfassende Gefühl der Macht, das normalerweise einer Penetration folgte, die berauschende Demütigung kam nicht, und am Ende war da nur noch der Schmerz, der nicht sein eigener sein sollte. Er versuchte, den Mund zu öffnen, aber der Knebel schnitt sich dadurch nur noch tiefer in seine Mundwinkel. Ein gurgelnder Laut begleitete seine Atemzüge, als er ein letztes Mal vergeblich zu schreien versuchte. Hellrotes Blut sickerte in den Knebel, dann wurde das Messer erneut in seinen Körper gerammt, sein Gesicht sackte auf das Brennholz, und alles wurde schwarz.

JULI

2. Juli

Haderslev

»So.« Per Teglgård legte den Ausdruck des Gerichtsurteils zur Seite und ließ seinen Blick über die Anwesenden schweifen. »Sechzehn Jahre. Mehr konnten wir kaum erwarten.«

Er griff nach der Wasserflasche, die vor ihm auf dem Tisch stand. Einen Moment lang betrachtete er die Kondenstropfen, die an der kalten Flasche herabliefen, dann schraubte er den Deckel ab, legte die Flasche an die Lippen und sah nach draußen auf den Hof. Schwüle Hitze drang durch das offene Fenster des Personalraums, und von draußen waren die Geräusche der Stadt zu hören.

»Der Bylderup-Fall ist ein Beispiel für die perfekte Zusammenarbeit mit der deutschen Polizei«, fuhr er fort und wischte sich mit dem Handrücken diskret den Mund ab, bevor er Mads Lindstrøm, der ganz hinten an der Wand lehnte, anerkennend zunickte. »In unserer Gegend müssen wir uns immer vor Augen halten, dass ein Fall sich auch über die Grenze hinweg erstrecken kann.«

Mads entfuhr ein leises Schnauben. Er kratzte sich an der Schläfe und sah zu Sarah Jonsen hinüber, die vor ihm am Tisch saß. Sie hatte ihre langen roten Locken in einem lockeren Knoten zusammengefasst, aus dem sich eine Strähne gelöst hatte. Schweiß glänzte in ihrem Nacken, und ein Rest

Sonnenbrand war auf ihrer hellen Sommersprossenhaut zu erahnen, als sie ihre Bluse zurechtzupfte, ohne den Blick von Per Teglgård zu nehmen.

»Wenn ihr sonst nichts mehr habt, sollten wir für heute Schluss machen«, fuhr Per fort und schob seine Papiere zusammen. »Danke für euren Einsatz. Das war wirklich verdammt gute Arbeit.«

Mads stieß sich von der Wand ab, blieb aber stehen. Vor ihm stand Sarah Jonsen auf. Ihre Wangen waren von der Wärme gerötet, und sie warf ihm ein Lächeln zu, während sie nach ihrer Tasche griff. »Und du? Kommst du mit ins *Buchs?*«

»Bin ein bisschen knapp mit der Zeit«, antwortete Mads und ließ den Blick durch den Raum wandern. Dann drehte er seine Wasserflasche auf und trank sie leer. Das dünne Plastik knackte, als er sie auf den Tisch stellte.

»Ach, komm schon.« Sarah legte den Kopf etwas zur Seite. »Sechzehn Jahre. Das müssen wir doch feiern.«

Mads atmete mit einem leichten Seufzen aus. Unten vor dem Fenster gaben einige Autofahrer Gas, dann war das Quietschen von Reifen zu hören. Während sich das Motorengeräusch entfernte, stieg der Geruch von Abgas und Gummi mit der flirrenden Hitze zu ihnen herauf.

»Heute nicht«, antwortete Mads und warf ihr ein bedauerndes Lächeln zu.

»Sicher?« Sie fixierte ihn eine Weile mit den Augen, dann schob sie den Stuhl nach hinten und schulterte ihre Tasche.

»Ich muss mir noch was angucken.« Er sah auf seine Uhr. Die Besprechung hatte schon länger gedauert als erwartet.

»Kann das nicht warten?«

Er schüttelte den Kopf. »Leider nein.«

»Aber nächstes Mal kommst du mit, oder?«, fragte Sarah und ging zur Tür.

»Ja.«

Sarah lachte. »Du weißt schon, dass das nicht sonderlich überzeugend klingt?«

»Jetzt hör aber auf.« Mads folgte ihr zur Tür. Vom Flur waren fröhliche Stimmen zu hören, und er sah ihr nach, als sie sich zu den anderen gesellte, die das Dezernat verließen. »Sarah?« Er hob die Hand, zögerte dann aber.

»Ja?« Sie drehte sich noch einmal um und sah ihn an. In ihrem Rücken fiel die Glastür der Abteilung hinter ihren Kollegen ins Schloss und ließ eine plötzliche Stille aufkommen.

»Vielleicht kann ich später vorbeikommen?« Er steckte die Hand in die Tasche und lehnte sich an den Türrahmen.

»Na klar, bis dann.« Sie strahlte ihn an und verschwand mit einem Winken durch die Tür.

Er blieb stehen, bis das Geräusch ihrer schnellen Schritte hinter der sich schließenden Glastür verstummt war.

»Gratuliere, Mads!« Dezernatsleiter Per Teglgård klopfte ihm auf die Schulter. »Der Fall hat viel Aufmerksamkeit geweckt. Die Medien loben uns für unsere großartige Arbeit. Nach dem Fährmannfall kommt uns das natürlich sehr entgegen.«

»Ich dachte, du hättest was gegen Verstrickungen über die Grenze hinweg«, antwortete Mads und trat einen Schritt nach hinten.

»Ich weiß, dass ich dich gebeten habe, dich aus den deutschen Fällen rauszuhalten, aber können wir das jetzt mal gut sein lassen?«, fragte Per. »Wir sind am Ziel, und nur das zählt.«

»Da magst du recht haben«, antwortete Mads und ging zu seinem Büro. Die schwüle Wärme schien sich auf den schmalen Flur des Dezernats zu konzentrieren.

»Ich dachte, du würdest mit ins *Buchs* kommen«, sagte Per Teglgård hinter ihm. »Ich gebe eine Runde aus.«

»Danke, aber ich muss mir erst noch etwas ansehen«, antwortete Mads und legte die Hand auf die Türklinke des Büros, das er sich mit Torben Laugesen teilte.

»Na, dann vielleicht bis später.«

Mads blieb stehen und blickte seinem Chef hinterher, der seine leichte Sommerjacke vom Haken nahm und über den Arm legte. Als er durch die Glastür nach draußen ging, gelangte ein wenig kühlere Zugluft in den Flur und strich angenehm über Mads' Haut. Er atmete tief durch und öffnete die Bürotür.

»Was? Du bist noch hier?« Torben Laugesen hob den Kopf und starrte Mads an. »Bist du nicht mit den anderen feiern gegangen?«

»Ich muss mir noch was angucken.« Während Mads sich setzte, warf er einen Blick auf den Karton, der auf Laugesens Schreibtisch stand. Ein paar Mappen, einige lose Dokumente und ein altes Foto von ein paar Kindern ragten oben heraus. Mads schaltete den PC ein und sah aus dem Augenwinkel, wie Laugesen einige Ordner aus dem Regal nahm und sie beiläufig durchblätterte, ehe er sie in einen durchsichtigen Müllbeutel stopfte. »Dann kriegst du jetzt einen Schattenplatz, oder?«

»Was?« Torben Laugesen hielt in der Bewegung inne und sah ihn missbilligend an.

»Ich meine das Büro«, sagte Mads. »Aalunds Büro liegt immer im Schatten.«

»Ja und?« Laugesen ließ den Müllbeutel fallen, der in sich zusammenfiel. Dann nahm er den Pappkarton und klemmte ihn sich unter den Arm. Ein paar Sekunden lang starrte er Mads an, dann riss er das Schild mit ihren beiden Namen von der Tür. »Das kann dir doch wohl egal sein.«

»Ja, natürlich«, antwortete Mads und zuckte mit den Achseln. »Ich wusste nur nicht, dass du sein Büro haben wolltest.«

»Du musst ja nicht alles wissen«, sagte Torben, warf das Namensschild in den Mülleimer und verließ das Büro.

Mads schloss die Augen. Draußen auf dem Flur waren Laugesens Schritte zu hören, bis weiter hinten eine Tür geöffnet und wieder geschlossen wurde und sich Stille über das Dezernat legte. Mads entließ die Luft aus den Lungen, ehe er aufstand und das Fenster weit öffnete. Ein paar kleine Wolken trieben über den klaren blauen Nachmittagshimmel, und ein Hauch von Kühle schwappte ins Büro. Mads ließ sich wieder auf seinen Bürostuhl fallen und sah hinüber auf die von schwarzbraunen Kaffeeflecken übersäte Schreibtischplatte seines Kollegen. Seufzend beugte er sich vor und öffnete eine Schublade. Sein Blick ruhte kurz auf der kleinen weißen Schachtel, ehe er wie auf Autopilot ein paar Nahrungsergänzungspillen aus dem Blister drückte und schluckte. Dann stand er auf und griff nach seiner Sporttasche.

2. Juli

Vonsbæk

Mads sah nach oben, während die Tür des Polizeireviers hinter ihm ins Schloss fiel. Der Himmel war inzwischen etwas dunkler geworden und verlieh dem späten Sommerabend etwas Versöhnliches. Er fuhr sich durch die feuchten Haare, als er über den Platz ging, die Autotür öffnete, die Tasche auf den Beifahrersitz warf und sich hinter das Steuer setzte. Einen Moment lang blieb sein Blick an dem weißen Umschlag unter der Sonnenbrille auf der Mittelkonsole hängen. Dann ließ er den Motor an.

*

Mads bremste und sah kurz in den Seitenspiegel, dann blinkte er und bog nach links ab. Hinter einer niedrigen Steinmauer erhob sich die gedrungene Kirche von Vonsbæk. Er warf schnell einen Blick aufs Navi und fuhr durch ein kleines Waldstück. Wenig später öffnete sich der Blick auf den Haderslev-Fjord, wo sich der letzte Rest des Abendrots im ruhigen Wasser spiegelte.

Er riss sich von dem Anblick los. Hinter der nächsten Kurve erschien das kleine Haus mit den weiß getunchten Mauern, die unter den dunklen Kronen der Kastanien förmlich leuchteten. Zarte Stockrosen rahmten die Fenster ein, durch die gedämpftes Licht nach draußen fiel. Als er auf die Einfahrt abbog, knirschte der Kies unter den Reifen und ergänzte die idyllische Szenerie mit der passenden Geräuschkulisse. Einen Augenblick blieb er still im Wagen sitzen, dann schnallte er sich ab und stieg aus. Vom Fjord kam eine kühle Brise, die nach Salzwasser und Wald roch. Er legte den Kopf in den Nacken und ließ sich von der Stille einhüllen. Dann sah er zum Haus hinüber. Auf der Treppe rekelte sich eine Katze, die beim Klang seiner Schritte durch die angelehnte Tür nach drinnen verschwand.

»Hallo.«

Eine Frau war vor die Tür getreten. In ihren Augen lag ein Lächeln, als sie auf die Treppe trat und ihn fragend ansah.

»Mads Lindstrøm«, antwortete Mads und zog seinen Ausweis aus der Tasche. »Ist Sarah zu Hause?«

»Ah, ein Kollege.« Die Frau warf einen Blick auf die Katze, die um ihre Beine strich. »Ja, sie ist im Bad. Komm mit rein.« Sie öffnete die Tür und trat zur Seite, während die Katze über die Mauer in Richtung Bäume verschwand. »Setz dich einfach ins Wohnzimmer.«

»Danke.«

Er sah sich um. Bunte Gemälde schmückten die sandfarbenen Wände, und ein ganzer Wald von Grünpflanzen wucherte auf den Fensterbrettern. Es roch nach Holzboden, Seife und Lavendel. Er sah durch die Sprossenfenster zum Fjord hinaus, der die ruhige Stimmung vollendete, die über dem Haus lag.

»Mads?«

Er drehte sich um. Sarah war in der Türöffnung zum Vorschein gekommen. Sie trocknete sich mit einem Handtuch die Haare ab und trat auf ihn zu.

»Wo warst du denn?«

»Die Zeit ist mal wieder viel zu schnell vergangen«, sagte Mads. »Ich bin tatsächlich noch am *Buchs* vorbeigefahren, aber ihr wart schon weg, also habe ich mir gedacht, dass ich dich vielleicht hier antreffe.«

»Ja?« Sie zog die Brauen zusammen. Ein verwunderter Ausdruck huschte über ihr Gesicht, als wartete sie auf eine Fortsetzung, die nicht kam. Sie legte das Handtuch weg und warf einen Blick in Richtung Küche. »Kann ich dir was anbieten?«

»Nein danke, alles gut«, antwortete Mads und trat vom Fenster weg. »Deshalb bin ich nicht gekommen.«

Sie musterte ihn einen Moment und deutete dann mit der Hand auf die Sitzgruppe. »Warum dann?«

»Wegen dem hier«, antwortete Mads und nahm den weißen Umschlag aus der Tasche. »Das Projektil, das du für mich analysiert hast.«

»Ah«, sagte Sarah mit einem Nicken, während Mads sich setzte. »Das hatte ich ganz vergessen. Gib mir einen Augenblick, ich bin gleich zurück.« Sie verschwand in der Küche.

Mads sah ihr einen Moment nach, ehe er den Umschlag zusammendrückte und wieder durchs Fenster zum Fjord sah, über dem es immer dunkler wurde.

»Ich habe mich nur von Line verabschiedet«, sagte Sarah, als sie zurückkam. Sie sah ihn fragend an und stellte zwei kalte Bierdosen auf den Tisch. Ihre Wangen waren leicht gerötet, als sie sich die Locken hinter die Ohren schob und ihm gegenüber Platz nahm. »Nachtschicht.« Sie nickte mit dem Kopf in Richtung Haustür. »Manchmal geben wir uns wirklich nur die Klinke in die Hand.« Sie zuckte mit den Achseln, lehnte sich zurück und lächelte ihn an.

»Wie lange seid ihr schon zusammen?«, fragte Mads und

betrachtete kurz die Bierdosen, ehe er seine Aufmerksamkeit wieder auf sie richtete.

»Sieben Jahre«, antwortete Sarah, drehte an ihrem Ring und zog die Beine unter sich. »Die Zeit vergeht schnell. Bist du dir sicher, dass du kein Bier willst?«

»Danke, mir geht es gut«, sagte Mads und legte den Umschlag auf den Tisch. »Was weißt du eigentlich über den Birkelev-Fall?«

»Nicht viel«, antwortete Sarah. Sie beugte sich vor und griff nach einer der Bierdosen. Das Zischen beim Öffnen füllte für einen Moment die Stille zwischen ihnen. Sie trank einen Schluck, stellte die Dose ab und lehnte sich wieder zurück. »Der Fall ist so alt, dass er noch nicht digitalisiert wurde«, fuhr sie fort. »Die schon gelösten Fälle haben bei der Digitalisierung keine so hohe Priorität wie die offenen.« Sie sah ihn an. Die roten Locken, die über ihre Schultern fielen, wirkten durch die Feuchtigkeit viel dunkler. »Nur die Asservatenlisten liegen in digitaler Form vor.«

»Stimmt.« Mads nickte. »Ich hatte nur gehofft, dass du etwas darüber weißt.«

»Leider nein«, antwortete Sarah und trank noch einen Schluck. »Warum fragst du?«

»Mein Vater hatte die Unterlagen zu dem Fall zu Hause«, antwortete Mads.

»Zu Hause?« Sie zog die Augenbrauen zusammen. »Verstößt das nicht gegen die Vorschriften?«

Er zuckte mit den Achseln. »Er war Dezernatsleiter. Ich glaube, er hat in dem Fall ermittelt, als er starb.«

»Dann hatte er das Projektil also auch bei sich zu Hause liegen?«

»Nein, nur die Fallakte«, präzisierte Mads.

»Und woher stammt das Projektil?«

»Das ist eine lange Geschichte.« Er schob ein Kissen zur Seite, das zwischen ihm und der Armlehne klemmte.

»Kein Problem, ich habe die ganze Nacht Zeit, und du hast meine Neugier geweckt.« Sie griff nach einer Decke und legte sie über ihre nackten Beine, ehe sie den Blick wieder auf ihn richtete. »Aber sollte sich das Projektil nicht in der Asservatenkammer befinden?«

»Das Projektil, das du für mich analysiert hast, hat nie zum Beweismaterial gehört.«

»Das verstehe ich nicht.« Sie zog die Brauen zusammen, und ihre grünen Augen bekamen einen wachsamen Ausdruck. »Die Ballistik hat es aber doch dem Birkelev-Fall zugeordnet?«

»Ich habe das Ding in der Wand meines Wintergartens gefunden«, antwortete Mads. Er drehte den Kopf und sah wieder aus dem Fenster. Mittlerweile war es so dunkel geworden, dass der Fjord nur noch als hellere Nuance zu erahnen war. »Mein Vater hat Selbstmord begangen«, fuhr er fort, als sie nichts sagte. »Oder sagen wir besser: Das ist die Schlussfolgerung der Rechtsmedizin.«

»Aber du bist dir nicht sicher?«

»Nein.« Mads schüttelte den Kopf. Die Unruhe rumorte in seinem Körper wie ein Raubtier, das im Dunkeln auf der Lauer lag und nur auf einen unaufmerksamen Augenblick seiner Beute wartete. »Mein Vater war nicht der Typ, der Selbstmord begeht.«

»Gibt es da wirklich verschiedene Typen?«

»Du klingst schon wie Teglgård«, antwortete Mads und richtete seinen Blick wieder auf Sarah. Das weiche Licht des Wohnzimmers ließ ihre Haare beinahe glühen.

»Ist das gut oder schlecht?«

»Schlecht. Teglgård weicht nicht von seiner Meinung ab. Er ist überzeugt davon, dass die Arbeit meinen Vater zu sehr belastet hat.«

»Und das siehst du anders?«

»Nein – oder doch. Vielleicht«, antwortete Mads und machte eine resignierte Geste. »In der Akte zum Birkelev-Fall ist zu lesen, dass es ein besonders brutaler Mord war. Im Bericht der Spurensicherung heißt es, das Opfer sei an eine Wand gefesselt und sexuell misshandelt worden.«

»Sexuell misshandelt?«

»Der Anus ist mehrfach penetriert worden, wobei der Enddarm perforiert wurde«, antwortete Mads. »Aus der Asservatenliste geht hervor, dass der Täter eine Art Holzpflock verwendet haben muss.«

»Boah, das ist heftig«, murmelte Sarah. »Und das war vor dem Mord?«

»Ja«, antwortete Mads. »Das geht aus dem Obduktionsbericht klar hervor.«

»Erzähl«, forderte Sarah ihn auf und schob das Handtuch, das über der Armlehne hing, etwas zur Seite, bevor sie ihren Blick wieder auf Mads richtete.

Er saß ein paar Sekunden schweigend da und rief sich die Bilder in Erinnerung, die er so oft gesehen hatte. Das Blut, die Exkremente und das vor Schmerz und Angst verzerrte Gesicht. »Neununddreißig Messerstiche«, sagte er schließlich. »Eine extreme Form von Overkill, dem zahlreiche Schläge und die sexuelle Misshandlung vorausgingen. Sämtliche Stiche wurden von hinten durchgeführt.«

»Dann hat der Täter also hinter ihm gestanden?«, fragte Sarah und zog die Brauen zusammen. »Aber warum hat das Opfer sich nicht gewehrt?«

»Es war gefesselt«, antwortete Mads und sah den halb nackten Körper auf dem Brennholzstapel vor sich. Allein die Blutung aus dem Enddarm sprach eine deutliche Sprache. Der Täter musste mit ungemeiner Brutalität zu Werke gegangen sein.

»Das kling echt übel«, sagte Sarah. »Lässt sich diese Brutalität irgendwie aus seinem psychologischen Profil erklären?«

»Aus dem Bericht geht hervor, dass der Täter eine sozioemotionale Störung hat«, antwortete Mads. »Wobei ihn das noch nicht zu einem Täter macht, aber das kann natürlich eine Mitursache für die Brutalität gewesen sein.«

»Was steht da noch über ihn?«

»Wenn ich mich richtig erinnere, wurde er als verschlossen beschrieben, aber mit einem normalen IQ.«

»Und er hat den Mord gestanden?«

»Ja, das hat er«, antwortete Mads und schüttelte sich leicht.

»Aber wenn er gestanden hat, gab es für deinen Vater doch keinen Grund, sich den Fall nach der Urteilsverkündung noch einmal anzuschauen, oder?«

»Nein, und genau das wundert mich auch«, antwortete Mads und presste die Lippen zusammen. »Der Fall ist gelöst. Lauritz Koch hat gestanden, nachdem die Tatwaffe in seinem Zimmer unter einer losen Diele gefunden worden war.«

»Ist das durch Fingerabdrücke oder DNA untermauert worden?«

»Eine DNA-Analyse habe ich nicht gefunden, aber Lauritz Kochs Fingerabdrücke waren auf der Tatwaffe.«

»Dann gibt es doch keine offenen Punkte mehr«, meinte Sarah. »Alle Beweise deuteten auf ihn, und er hat gestanden.«

»Aber es muss doch einen Grund dafür geben, dass mein Vater sich den Fall noch einmal angesehen hat.« Einen Augenblick bereute Mads, sie gefragt zu haben, aber wenn ihm irgendjemand helfen konnte, dann sie.

»Manchmal wird so etwas zur Besessenheit«, sagte Sarah und legte den Kopf zur Seite. »Ich verstehe, dass du beweisen willst, dass er irgendeiner Sache auf der Spur war, aber vielleicht ist seine Besessenheit zu deiner geworden.«

»Das ist keine Besessenheit. Mein Vater war einfach nicht der Typ, der aufgibt. Ich schulde es ihm, herauszufinden, was wirklich passiert ist.«

»Du schuldest es ihm?« Sarah zog die Stirn in Falten. Ihr mitfühlender Blick wirkte besorgt.

»Ich habe ihn damals gefunden«, antwortete Mads. Sein Hals schnürte sich zu, und er senkte den Blick, damit sie nicht die Trauer sah, die ihn übermannte.

»Entschuldige, das wusste ich nicht.« Eine ebenso schwere wie befreiende Stille legte sich über das Wohnzimmer. »Das muss schwer für dich gewesen sein«, sagte sie schließlich.

»Ich sehe es noch immer vor mir.« Mads schüttelte kaum merkbar den Kopf und knetete die Hände. Dann hob er den Blick wieder und sah sie direkt an. »Wie er da im Wintergarten hing. Wie sich das Seil in seinen Hals schnitt und seine Augen mich leer anstarrten. Sein Gesicht war rotviolett angeschwollen. Alles in mir schrie danach, ihn herunterzunehmen, aber irgendwie konnte ich mich nicht rühren. Ich war vor Panik wie erstarrt.«

»Das muss ein schreckliches Erlebnis gewesen sein«, sagte Sarah. Sie beugte sich vor und streckte die Hand über den Tisch aus. »Ich kann gut verstehen, dass du dir Vorwürfe machst, weil du ihm nicht helfen konntest, aber du weißt ja selbst, dass es dafür mit großer Wahrscheinlichkeit schon zu spät war, oder?«

»Ja«, antwortete Mads, als ihre Hand die seine streifte. »Das weiß ich. Damals wusste ich das aber noch nicht. Ich konnte lange nicht schlafen, weil sein Blick mich immer wieder heimgesucht hat.«

»Hast du Hilfe bekommen?«

»Nicht wirklich«, sagte er mit einem leichten Schulterzucken. »Es gab so viel anderes zu erledigen. Meine Mutter hatte einen psychischen Zusammenbruch, als der Obduktionsbericht bestätigt hat, dass es Selbstmord war.«

»Und was ist mit dir?«

»Keine Ahnung. Ich war wohl ... in erster Linie ... wütend.«

»Wütend über das, was er getan hat?«

»Vielleicht.« Er kniff den Mund zusammen. Mit jedem Bild, das in ihm aufstieg, schnürte sich seine Brust enger zusammen und drückte ihm die Luft ab. »Das Schlimmste war vermutlich das Gefühl, nicht ernst genommen zu werden.«

»Wie meinst du das?«

»Ich habe damals immer wieder gesagt, dass er sich nicht umgebracht hat. Dass er so etwas niemals tun würde, aber Teglgård hat mir nicht zugehört.«

»Er wollte dich schützen«, sagte Sarah und zog die Hand wieder zu sich. Ihre Finger strichen dabei noch einmal sanft über seinen Handrücken, und ein schwaches Zittern ging durch seinen Körper. »Es ist nicht ungewöhnlich, dass Polizisten sich das Leben nehmen.«

»Das weiß ich. Ich weiß alles über Selbstmordstatistiken und -theorien. Mein wichtigster Punkt ist aber, dass er den

Abschiedsbrief an uns niemals mit seinem zweiten Vornamen unterschrieben hätte. Da stimmt was nicht. Die Ermittlungen wurden aber trotzdem eingestellt, kaum dass der Obduktionsbericht vorlag.«

»Aber was hätten sie denn noch herausfinden sollen?«, fragte Sarah. »Wenn ich dich richtig verstanden habe, hat doch nichts auf einen Mord hingedeutet.«

»Es muss da einen Zusammenhang geben«, sagte Mads mit Nachdruck. »Wie kommt das Projektil in die Wand von unserem Wintergarten? Und was gibt es für eine Verbindung zu dem Fall, den mein Vater sich noch einmal angesehen hatte?«

»Das weiß ich nicht«, antwortete Sarah und schüttelte bedauernd den Kopf. »Aber nach allem, was du erzählt hast, glaube ich nicht, dass das Projektil beim Mord in Birkelev irgendwie von Bedeutung war.«

»Das Projektil nicht, aber vielleicht die Waffe«, wandte Mads ein.

»Okay«, sagte Sarah und unterdrückte ein Gähnen, während sie diskret auf ihre Uhr blickte. »Es mag dieselbe Waffe gewesen sein, aber wir wissen weder, wer den Schuss abgefeuert hat, noch, wann er abgefeuert wurde. Ich verstehe ja, dass du nach jedem Strohhalm greifst, den du finden kannst, aber womöglich hat Teglgård recht. Vielleicht wäre es am besten, die Sache einfach auf sich beruhen zu lassen.«

3. Juli

Toftlund

Mads schaltete den Fernseher aus und legte die Fernbedienung auf den Couchtisch. Er atmete tief durch und richtete den Blick auf die Wand, an der die alte Uhr gestanden hatte. Es roch noch immer ein bisschen nach Farbe, obwohl es mittlerweile einige Monate zurücklag, dass seine Schwester Lisa das gemeinsame Elternhaus renoviert hatte. Die weißen Flächen der Wände schrien ihn mit ihrer minimalistischen Nacktheit geradezu an. Der neue Laminatboden unter seinen Füßen fühlte sich fremd an, und als er aufstand und das Wohnzimmer verließ, wurde der Klang seiner Schritte durch die ansonsten fast klinische Stille noch verstärkt.

Er rieb sich über das Gesicht. Ihm kam es vor, als hätte er Sand in den Augen, und er blinzelte ein paarmal, bevor er in den Flur trat und vor dem alten Büro seines Vaters Jørgen Lindstrøm stehen blieb. Die Risse in der alten Holztür waren in dem schwachen Lichtschein, der aus dem Wohnzimmer in den Flur fiel, noch besser zu sehen. Er zögerte einen Moment, dann öffnete er die Tür. Abgestandener Geruch nach altem Pfeifentabak schlug ihm entgegen und katapultierte ihn in die Vergangenheit zurück. Ein Streifen fahles Mondlicht fiel durch das Fenster auf den Schreibtisch mit dem aufgeschlagenen Ordner.

Junger Mann nach dem Birkelev-Mord zu lebenslanger Haftstrafe verurteilt, mit anschließender Option auf Sicherungsverwahrung.

Er betrachtete das vergilbte Foto des Mannes, der aus dem Gerichtssaal geführt wurde. Die Augen wirkten hinter den dicken Brillengläsern viel zu groß, und durch die gebeugte Körperhaltung sah er viel kleiner aus, als er es in Wirklichkeit war.

Die Geschworenen waren sich einig, dass Lauritz Koch, der neunzehnjährige Angeklagte, den Leiter der Wohneinrichtung, Hans Peter Jessen, aus Birkelev getötet hat.

Er zog den Stuhl zurück, setzte sich und strich mit der Hand über den alten Zeitungsartikel, bis seine Augen erneut an dem Text hängen blieben.

Der Fall, der in der Öffentlichkeit großes Aufsehen erregt hat, fand seinen Schlusspunkt, als Lauritz Koch heute wegen des bestialischen Mordes an dem 61-jährigen Eigentümer und Verwalter der Einrichtung Vråskovgård verurteilt wurde. Der Fall hat die Debatte über die Sicherheit der Angestellten von Wohneinrichtungen erneut angefacht. Hans Peter Jessen war im Spätsommer erstochen auf dem Gelände seines Hofes in Birkelev, südlich von Ribe, aufgefunden worden.

Mads hob den Kopf und sah auf die vergilbte Landkarte, die über dem Schreibtisch hing. Der Name des kleinen Dorfes war mit einem Bleistift eingekreist worden. Mads griff nach dem Bericht der Spurensicherung. Als Datum war der 27. August 1998 angegeben. Er schlug den Bericht auf und betrachtete die Fotos. Absperrband markierte die schmale Einfahrt zu dem gelben Haus, und einige schlanke Fichten schirmten Haus und Vorgarten von der Straße ab. Mads spitzte die Lippen, während er seinen Blick konzentriert über die anderen Fotos des Anwesens schweifen ließ. Der geschlossene Hofplatz war sauber und ordentlich, die Mauer frisch gekalkt und das Reetdach so hell, als wäre es erst kurz vor der Aufnahme des Fotos erneuert worden. Er drehte sich um und warf einen Blick auf die Flurkarte. An das Grundstück grenzte ein kleinerer Wald, zwischen dessen Bäumen der Fundort, ein Holzschuppen, eingezeichnet worden war.

Mads schob die Dokumente etwas zur Seite und griff nach dem Polizeibericht. Er überflog die Meldung, die im Polizeirevier eingegangen war, ehe er seine Aufmerksamkeit wieder auf den Bericht der Spurensicherung und die Fotos der Leiche richtete. Hans Peter Jessens halb entkleideter Körper hing schlaff über einem Haufen Brennholz, als wäre er über seine eigene Hose gestolpert. Rotviolette Wunden überzogen den nackten Unterleib, und lang gezogene Blutspritzer verwandelten die Wände und den Betonboden des Schuppens in eine Art makaberes Kunstwerk, in dessen Zentrum die übel zugerichtete Leiche hing.

Mads legte den Bericht zur Seite und nahm sich den Obduktionsbericht vor. In die Skizze des Toten waren die neununddreißig Stichwunden eingezeichnet, von denen der Rechtsmediziner mindestens achtundzwanzig für tödlich gehalten hatte. Mads zog die Brauen zusammen, während er die grauenhaften Aufzeichnungen durchging, wobei er immer wieder einen Blick auf die Skizze warf, bis er sich den Ablauf des Mordes einigermaßen vorstellen konnte.

3. Juli

Toftlund

Mads drehte das Wasser auf, hielt das Glas unter den Wasserstrahl und trank einen Schluck, um den künstlich süßen Geschmack des Proteindrinks von der Zunge zu bekommen. Die Muskeln in seinem Nacken waren steif, sie nahmen ihm die vielen nächtlichen Stunden am Schreibtisch seines Vaters übel. Er legte den Kopf zur Seite und dehnte die Muskeln mit angestrengter Miene, als das Handy in seiner Tasche zu klingeln begann.

»Lindstrøm«, sagte er und leerte das Glas in einem langen Zug, bevor er es abstellte und ins Wohnzimmer ging.

»Hallo, Mads? Was machst du?«, fragte Lisa. Im Hintergrund war das charakteristische Rauschen des Verkehrs zu hören. Sie stand vermutlich auf der kleinen, zur Straße gewandten Terrasse ihres Hauses in dem englischen Vorort, wo sie mit ihrem Mann und ihrem Sohn lebte.

»Nichts Besonderes«, antwortete Mads und ging in den Wintergarten. Trotz der Sonnenstrahlen, die auf die Dielen fielen, zog ein kalter Lufthauch über seine nackten Füße, als er die Tür zum Garten öffnete.

»Hast du frei?«

»Ja.« Er setzte sich in die Türöffnung und betrachtete das Spiel der Sonnenstrahlen in den Zweigen des alten Apfelbaums. »Im Bylderup-Fall ist ein Urteil gesprochen worden. Sechzehn Jahre.«

»Klingt nach einer angemessenen Strafe«, sagte Lisa. »Ich gehe davon aus, dass ihr zufrieden seid?«

»Ja, das war das erwartete Urteil«, antwortete Mads und ließ die Schultern etwas sinken.

»Du klingst nicht ganz fit. Ist was?«

»Nee, alles in Ordnung. Ist gestern nur ein bisschen spät geworden«, antwortete Mads und stand auf. Mit dem Blick folgte er einem Taubenpärchen, das über die Felder flog. Dann drehte er sich um und ging wieder ins Haus.

»Habt ihr gefeiert?«, erkundigte sich Lisa.

»Die anderen schon.«

»Du nicht?«

»Nein.« Er wedelte eine Wespe, die sich ins Wohnzimmer verirrt hatte, durch die offene Tür nach draußen.

»Du solltest ein bisschen mehr unter Leute gehen«, sagte Lisa. »Das würde dir guttun.« Im Hintergrund war ein leises Klicken zu hören, dann atmete sie tief ein.

»Und du solltest mit dem Rauchen aufhören.«

»Touché!« Lisa lachte heiser. »Was hast du jetzt für Pläne?«

»Keine besonderen«, sagte Mads und ging in den Flur. »Hier sind noch ein paar alte Sachen, die ich aufräumen muss.«

»Hast du schon Zeit gehabt, mit dem Makler zu reden?«

Ihre Frage brachte ihn dazu, das Handy fester zu umklammern. »Nein, noch nicht.«

»Aber du kümmerst dich drum, oder?«

»Ja, natürlich. Aber eins nach dem anderen. Ich muss erst mit dem fertig werden, was ich gerade mache.« Er drückte die Tür zu dem kleinen Büro auf und starrte auf das runde Gesicht von Lauritz Koch, der ihn von dem vergilbten Zeitungsartikel aus ansah, den Mads in einem der Ordner im Regal gefunden hatte.

»Brauchst du dafür noch lange?«

»Keine Ahnung«, antwortete Mads und setzte sich. Sein Blick fiel auf die handschriftlichen Notizen am Seitenrand einiger ausgedruckter Dokumente, und er atmete schwer aus. »Ich verspreche, dass ich mich bald darum kümmere.« Er schob den Stuhl etwas nach hinten und lockerte die Schultern.

»Das ist gut«, antwortete Lisa und atmete aus. »Wäre toll, wenn das nicht so lange dauern würde, jetzt, da wir das Haus für den Verkauf renoviert haben.«

Mads biss die Zähne zusammen und rieb sich mit den Fingerspitzen die Stirn. Die Leichtigkeit in ihrer Stimme provozierte ihn, und er fühlte sich an ein Versprechen gebunden, das nicht seines war.

»Ich kann das auch machen«, fuhr sie fort, als er nicht antwortete.

»Was machen?« Er beugte sich vor und schob das alte Zeitungsfoto beiseite, auf dem Koch nach dem Urteil aus dem Gerichtssaal geführt wurde.

»Einen Makler kontaktieren.«

»Nein, das mache ich.« Er zog die Brauen zusammen. Die verwaschene Druckerschwärze auf dem Foto ließ die Augen hinter den dicken Brillengläsern vollkommen leer wirken.

»Bist du noch dran?«

Er blinzelte ein paarmal. Es fiel ihm schwer, dem Gespräch zu folgen, obwohl er sich bemühte. »Ja, entschuldige, was hast du gesagt?«

»Ich habe gesagt, dass ich diesen Michel kenne, der bei

Danbolig arbeitet«, wiederholte Lisa. »Vielleicht kriegen wir einen guten Preis.«

»Ich denke nicht, dass da viel Spielraum ist«, antwortete Mads und stand wieder auf. Einen Moment lang blieb er still stehen. Für sie schien das alles ganz einfach zu sein. Trotzdem hörte er, dass sie sich zusammenriss, um ihn nicht zu sehr unter Druck zu setzen.

»Einen Versuch wäre es wert«, meinte Lisa. »Auf jeden Fall kennt er sich in der Gegend aus.«

»Ich rufe ihn an, sobald ich Zeit habe.«

»Du kannst natürlich auch jemand anders beauftragen«, fuhr sie unbeeindruckt fort. »Ich dachte nur, es wäre ganz praktisch, Michel zu fragen.«

»Ich kümmere mich schon darum«, sagte Mads noch einmal und legte seine Hand auf die Rückenlehne des Bürostuhls. Als er die Finger in die dünne Polsterung bohrte, zitterte er vor Ärger.

»Ja, das weiß ich, ich dachte nur …«

»Ich mach das, wenn ich Zeit dafür habe«, fiel Mads ihr ins Wort und ließ den Stuhl los. Die Muskeln in seinen Fingern schmerzten von dem festen Griff, und er schüttelte die Hand aus, während er sich umdrehte und aus dem Büro ging.

»Ich wollte dich nicht nerven.«

»Schon gut«, antwortete Mads und zog die Tür hinter sich zu. Für einen Moment bereute er es, sie so angefahren zu haben. »Im Moment geht mir einfach verdammt viel durch den Kopf.«

»Der Bylderup-Fall?«

»Ja, der auch«, antwortete Mads.

»Und was noch?«

Ihre Stimme klang beunruhigt, und er zögerte. Die Hand

glitt in seine Tasche, wo noch immer das kleine Projektil in dem Umschlag lag, das er Sarah gegeben hatte. Unwillkürlich legten sich seine Finger darum. »Ich habe Sarah Jonsen gebeten, das Projektil zu analysieren, das du im Wintergarten gefunden hast«, sagte er schließlich.

»Und?« Ihre Stimme klang auf einmal wachsam.

»Es gibt da einen Match mit dem Birkelev-Fall.«

»Wie das denn?«, fragte Lisa.

»Das weiß ich nicht. Möglicherweise gibt es einen Zusammenhang zwischen den beiden Fällen, sicher ist das aber nicht.«

»Und mit den beiden Fällen meinst du den, an dem Papa gearbeitet hat, und seinen Selbstmord?«, fragte Lisa.

»Wenn es denn Selbstmord war.«

Lisa atmete schwer, als nähme sie Anlauf. »Ich weiß schon, dass ich gesagt habe, du hast vielleicht recht, was Papa betrifft, aber ich habe noch mal darüber nachgedacht«, sagte sie schließlich. »Ich glaube wirklich, es wäre das Beste, wenn du das Ganze ruhen lässt. Das frisst dich sonst auf. Wir werden nie herausfinden, was damals passiert ist.«

»Was sagst du da?«, entgegnete Mads ungläubig. »Hast du es deshalb so eilig, das Haus zu verkaufen?«

»Das ist einer der Gründe«, antwortete Lisa. »Ich glaube, es wäre gut für dich, da rauszukommen. Weg von den ganzen Erinnerungen.«

»Du wärst also bereit, Papa den Preis zahlen zu lassen?«

»Er bezahlt keinen Preis, Mads«, antwortete Lisa sanft. »Papa ist tot, und daran können wir nichts mehr ändern. Wenn hier jemand einen Preis zahlt, dann du!«

4. Juli

Haderslev

Mads schloss die Tür des Kellerarchivs im Polizeirevier von Haderslev hinter sich. Einen Moment lang blieb er stehen und atmete den staubigen Geruch der gesammelten Ermittlungsakten der letzten Jahrzehnte ein. Ein Mausoleum für Fälle, von denen nicht alle gelöst worden waren. Er warf rasch einen Blick auf den Zettel in seiner Hand und trat zwischen die Metallregale. Mit der Hand strich er über die Kartons, während er die Nummern überflog, die jemand mit schwarzem Edding auf die alte Pappe geschrieben hatte. In einem Zwischengang blieb er stehen. Wegen des scharfen Lichts der Leuchtstoffröhren musste er blinzeln, als er sich ausstreckte und nach einem Karton ganz oben griff. Ein Knick zog sich durch die Pappe, als hätte jemand früher einmal etwas Schweres auf den Karton gestellt. Er hob ihn auf den Boden und fuhr mit der Hand über die Beschriftung. *Birkelev. QA1998.08.27.JL*. Sein Magen zog sich beim Anblick der Initialen seines Vaters zusammen, während er sich hinhockte und den Deckel abnahm. Ein paar Sekunden starrte er auf die diversen Plastikhüllen und roten Mappen, ehe er sie durchzublättern begann. Zwischen zwei Mappen lag eine teilweise zerknitterte Bleistiftskizze. Er nahm sie heraus, strich das Papier glatt und stellte fest, dass eine nackte Frau dargestellt war. Er legte die Skizze zurück, schloss den Karton wieder und nahm ihn mit. Draußen auf dem Flur hörte er Schritte. Er legte den Arm fester um den Karton und öffnete die Tür.

»Mads?« Per Teglgård blieb stehen. »Ich dachte, du hättest dich schon ins Wochenende verabschiedet.«

»Noch nicht«, antwortete Mads und balancierte den Karton auf dem einen Bein, während er nach dem Lichtschalter tastete.

»Lass, das kann ich doch machen.« Per Teglgård trat einen Schritt vor. »Ich wollte ohnehin gerade etwas ins Archiv bringen.« Er hielt das Foto von Aalund hoch, das am Schwarzen Brett der Abteilung gehangen hatte. »Das muss in den Ordner mit den früheren Mitarbeitern.« Er legte die Hand auf die Tür und ließ Mads passieren, bevor er das Foto in den kleinen Karton gleich am Eingang des Archivs legte und das Licht ausschaltete. »Was hast du dir da geholt?«

»Nur einen alten Fall«, antwortete Mads und sah über die Schulter nach hinten zu Per Teglgård. Die kurzen Ärmel entblößten die sehnigen Arme seines Chefs, und in der tristen Kellerbeleuchtung sah die Haut trotz der Sonnenbräune grau aus.

Per zog die Stirn in Falten. »Den Fährmann-Fall?«

»Nein«, antwortete Mads und ging gefolgt von Per Teglgård zur Treppe. »Ich will nur einem Zweifel nachgehen.«

»Was denn für ein Zweifel?« Ihre Schritte hallten durchs Treppenhaus, Sonnenlicht fiel durch die großen Fenster. Per kniff die Augen zusammen und sah auf den Karton. »Ist das der Birkelev-Fall?«

»Ja«, antwortete Mads und drückte die Tür des Dezernats mit der Schulter auf. Drinnen schlug ihm abgestandene Luft entgegen, und er warf einen Blick in den Personalraum, wo noch die schmutzigen Kaffeebecher vom Vortag standen. »Es gibt da ein paar Dinge, die mich verwundern.«

»Ich weiß genau, wonach du suchst«, sagte Per Teglgård, als Mads den Karton auf den Schreibtisch stellte. Ein trauriger Zug umspielte seine Lippen, während er zusah, wie Mads das Fenster öffnete. »Du musst mir glauben, wir haben wirklich jeden Stein umgedreht. Und obwohl der Fall schwierig war, haben wir den Täter schließlich gefasst. Was wir deinem Vater zu verdanken haben.«

»Und was, wenn es nicht der richtige Täter war?«, entgegnete Mads.

»Es war der richtige«, antwortete Per. »Die Beweise waren eindeutig. Ich war selbst bei einigen Vernehmungen anwesend, und da gab es keinen Zweifel. Lauritz Koch ist der Täter.«

»Und da bist du dir sicher?«

»Ja, das steht außer Frage«, antwortete Per Teglgård. Er zögerte einen Moment, dann setzte er sich auf Laugesens früheren Platz gegenüber von Mads und stützte die nackten Arme auf die Tischplatte. »Sämtliche Beweise deuteten auf ihn.«

»Und warum hat mein Vater dann noch nach dem Urteil weiter ermittelt?«

Per zuckte mit den Achseln und griff nach einem Kugelschreiber, als könnte er daran Halt finden. »Wenn ich dir sagen könnte, was sich dein Vater dabei gedacht hat, hätte ich das längst getan. Nicht nur ich habe mir damals Sorgen um ihn gemacht. Es ist nicht das erste Mal, dass ein Fall einen Ermittler dermaßen gefangen nimmt, dass er nicht mehr rauskommt. Und manchen kostet es das Leben. Es war tragisch, dass niemand von uns mitbekommen hat, wie es wirklich um Jørgen stand, bevor es zu spät war.«

»Mein Vater hat nicht Selbstmord begangen.«

»Ich weiß, dass du das nicht akzeptieren kannst, Mads, aber du musst dich irgendwie damit abfinden. Der Verlust ist nicht leichter zu ertragen, wenn du dich an eine Illusion klammerst. Bei den Ermittlungen hat wirklich nichts auf ein Verbrechen hingedeutet.«

»Ich habt überhaupt nicht ermittelt«, erwiderte Mads verärgert. »Ihr habt meinen Vater einfach abgeschrieben.«

»Das haben wir nicht«, entgegnete Per Teglgård und drehte den Kugelschreiber in den Fingern, bevor er ihn wieder weglegte. »Die Obduktion hat Fremdverschulden ausgeschlossen. Uns wäre es anders auch lieber gewesen, aber so war es nun einmal.«

»Den Tatort habt ihr aber nicht untersucht«, wandte Mads ein.

»Ich verstehe ja, dass das für dich so ausgesehen haben mag, aber das stimmt nicht. Wir haben den Wintergarten unter die Lupe genommen«, antwortete Per Teglgård.

»Ach ja?« Mads senkte den Blick. Die Luft erstickte ihn, und der Drang, einfach aufzustehen und wegzulaufen, brannte in seinem Körper.

»Ich kann nachvollziehen, was du fühlst, und kann mir vorstellen, wie schmerzhaft das für euch war. Aber du musst mir glauben, wenn ich sage, dass sein Tod auch mir sehr nahegegangen ist. Er war nicht nur mein Kollege, sondern auch ein Freund. Es vergeht kein Tag, an dem ich mir keine Vorwürfe mache, dass ich damals nicht gesehen habe, wie schlecht es ihm ging. Dass er Hilfe brauchte.«

»Hilfe bei den Ermittlungen in einem Mordfall«, sagte Mads, als der Dezernatsleiter aufstand. »Ich habe euch schon damals gesagt, dass da was nicht stimmt. Dass er niemals einen solchen Abschiedsbrief geschrieben hätte, aber ihr wolltet davon ja nichts wissen.«

»Ein Abschiedsbrief ist nur selten so, wie die Angehörigen es erwarten oder sich wünschen würden«, antwortete Per und legte Mads die Hand auf die Schulter. »Du musst loslassen. Sonst wird die ganze Sache auch dir das Leben nehmen.«

4. Juli

Haderslev

Wütend schob Mads den Bürostuhl nach hinten. Die Rollen stießen gegen den Karton, während er aufstand und die Tür hinter dem Dezernatschef schloss. Die Wut pulsierte durch seine Adern, und er kniff die Augen fest zusammen, um sich unter Kontrolle zu halten.

»Nein, verdammt!«, zischte er durch die Zähne. »Du hast das nie sehen wollen.« Er ging ans Fenster und sah nach unten auf die Straße, wo Per Teglgård gerade auf den Bürgersteig trat. Mads holte tief Luft und atmete schnaubend wieder aus, bevor er sich umdrehte und den Blick noch einmal über den Schreibtisch schweifen ließ. Das Vernehmungsprotokoll von Lauritz Koch lag zuoberst auf dem Stapel. Er nahm es heraus, obgleich er den Wortlaut auswendig kannte.

Freitag, 28. August 1998. Vernehmung von: Lauritz Koch, Bewohner der Wohneinrichtung Vråskovgård, Birkelev. Anwesend: Grete Jessen, Witwe des Toten und Miteigentümerin der Einrichtung. Ermittler: Per Teglgård und Dezernatsleiter Jørgen Lindstrøm.

Mads' Blick huschte über die Zeilen. Während der Vernehmung stand der neunzehnjährige Lauritz Koch in der Küche der Einrichtung und beschrieb Hans Peter Jessen. Dabei wiederholte er sich mehrfach, und seine Aussagen wurden immer wieder von längeren Phasen des Schweigens unterbrochen.

Mads schüttelte den Kopf und blätterte weiter. Die Beschreibung kam ihm unzusammenhängend vor, die Sätze wirkten abgehackt. Er lehnte sich zurück, während er sich im Protokoll die Charakterisierung des vernommenen Lauritz Koch durchlas. Der wirklichkeitsferne, etwas flackernde Blick des jungen Mannes war wieder und wieder zu Grete Jessen gewandert, als hätte er auf ihre Zustimmung gewartet. Die Körpersprache wurde als verklemmt beschrieben, und seine Aussage war immer wieder von seltsamem Lachen unterbrochen worden, bevor er wieder verschlossen und beinahe geistesabwesend gewirkt hatte.

Mads zuckte zusammen, als das Handy in seiner Tasche zu vibrieren begann. Ohne den Blick vom Bericht zu nehmen, holte er es heraus und nahm das Gespräch an.

»Lindstrøm.«

»Hallo, Mads.« Lisas Stimme klang unbeschwert. »Tut mir leid, dass ich dich noch mal störe, aber Chris und ich hatten gerade die Idee, dich zu fragen, ob du nicht mal wieder Lust auf eine Reise nach England hast. Das letzte Mal ist ganz schön lange her, und Elliot vermisst dich auch schon.«

»Ja«, murmelte Mads und ließ den Blick noch einmal über das Protokoll schweifen. »Stimmt.«

»Hast du mir überhaupt zugehört?« In ihrem vorwurfsvollen Tonfall lag jetzt eindeutig auch Enttäuschung. »Elliot hat dich seit dem Herbst nicht mehr gesehen.«

»Elliot, was?« Er ließ die Hand sinken und legte das Protokoll weg.

»Er vermisst dich«, sagte Lisa mit Nachdruck. »Was machst du gerade? Du scheinst wirklich nicht zuzuhören.«

»Ich sitze am Schreibtisch im Polizeirevier«, antwortete Mads, stand auf und sah aus dem Fenster. Dünne weiße Wolken trieben schnell über die Hausdächer von Haderslev und strukturierten den eintönig blauen Himmel.

»Ein neuer Fall?« Ihre Stimme sank etwas.

»Nein, nichts Besonderes«, antwortete Mads und spürte, wie der Kloß in seinem Hals anschwoll. Er legte die Hände auf den Fensterrahmen, der von der Sonne erhitzt war.

»Dann könntest du doch herkommen?«, fragte sie und klang wieder optimistisch.

»Im Moment ist das nicht so einfach«, antwortete Mads und machte das Fenster etwas weiter auf.

Auf der gegenüberliegenden Seite der Straße verschwand ein junges Paar zwischen den schmalen Bäumen am Gedenkstein für die Wiedervereinigung Jütlands. Er sah den beiden nach und nahm dann wieder am Schreibtisch Platz. »Ich muss hier erst noch ein paar Sachen fertig machen.«

»Aber der Fall ist doch abgeschlossen, oder?«

»Es geht nicht um diesen Fall, sondern um eine alte Sache«, antwortete Mads und senkte den Blick. »Ein Fall, der nie gelöst wurde.«

»Okay, aber wenn du doch Zeit haben solltest, kannst du jederzeit kommen. Wir sind zu Hause. Chris hat in den nächsten Wochen Urlaub.« Ihre Stimme klang hoffnungsvoll. Er hasste diesen Tonfall über alles, nicht nur, weil er ihn so sehr an ihre Mutter erinnerte, sondern auch, weil er die unausgesprochenen Erwartungen nicht erfüllen konnte. Dabei wusste er, dass es ihn quälen würde, wenn er nicht wenigstens versuchte, ihnen zu entsprechen.

»Danke, das ist lieb von euch«, antwortete er und versuchte, das Gefühl zu ignorieren, das sie in ihm wachrief. Er blätterte abwesend durch das Vernehmungsprotokoll. »Grüß die anderen von mir.«

»Das mache ich. Und denk an den Makler, ja?«

Er beendete das Gespräch, noch während ihre letzten Worte durchs Telefon drangen. Dann griff er nach der rechten unteren Ecke des Protokolls und blätterte die Seite vor und zurück. Irgendetwas stimmte nicht.

Eine ganze Weile starrte er auf die Aufzeichnungen. Das Datum war dasselbe – doch es war ein anderer Text als in der Version, die bei seinem Vater gelegen hatte. Mads beugte sich vor. Er ließ den Blick noch einmal über die Seite wandern, während er neue Details über die Vernehmung von Lauritz Koch erfuhr.

Während der Vernehmung wiederholt Lauritz Koch mehrfach den Satz: »Nicht sehen! Nicht sehen!« Auf die Frage, was er damit meint, antwortet er nicht, sondern zieht sich nur in sich selbst zurück.

Mads zog die Stirn in Falten. Im Folgenden erklärte Grete Jessen, dass Lauritz Koch Schwierigkeiten habe, mit abstrakten Dingen wie Leben oder Tod umzugehen. Seine fehlende Reaktion auf das Geschehene sei damit zu erklären, dass er die Konsequenzen gar nicht verstehe.

»Wir wissen in der Tat nicht, was Lauritz in seiner Kindheit miterleben musste«, erklärt Grete Jessen. »Es gelingt uns häufig nicht, seine Reaktionen zu verstehen. Man könnte meinen, dass er wissen sollte, was ein Mord ist, er zeigt aber erst dann konkrete Gefühle, wenn ein Ereignis reale Konsequenzen für ihn selbst hat. Vielleicht hat das etwas mit seinem Kindheitstrauma zu tun. Womöglich macht er einfach dicht, wenn ihm alles zu viel wird.«

»Reale Konsequenzen?«, murmelte Mads und trommelte

mit den Fingern auf die Tischplatte. Beim Lesen des Vernehmungsprotokolls hatte man das Gefühl, als würde Lauritz Koch in einer anderen Welt leben. Man gewann nicht den Eindruck, dass die Ermittler tatsächlich einem Mörder gegenübergesessen hatten. Seine linkischen Bewegungen, der flackernde Blick und die unsicheren Aussagen passten nicht zu der Intensität, mit der der Mord begangen worden war. Mads griff nach einem Kugelschreiber und unterstrich die entsprechenden Passagen.

»Hast du nicht frei?«

Es dauerte einen Moment, bis er Sarah Jonsen registrierte, die in der Tür stand. Er drehte den Kopf und sah sie an. »Ich muss hier nur noch was nachgucken.«

»Nachgucken?« Sie zog eine Augenbraue hoch, ließ die Klinke los und trat ins Büro, während sie lächelnd den Kopf schüttelte. »Solltest du deine Freizeit nicht anders nutzen?«

»Vielleicht.«

Sie griff nach der Fallakte. Ihre grünen Augen überflogen die Zeilen, bevor sie zu blättern begann.

»Birkelev?« Sie legte die Akte weg und sah ihn skeptisch an.

»Ja«, antwortete er, umklammerte den Kugelschreiber und tippte damit gleichmäßig auf die Tischplatte.

»Du solltest den Fall ruhen lassen.« Sarah legte ihre Hand auf seine.

»Das kann ich nicht.« Mads zog seine Hand zu sich. »Irgendwas stimmt da nicht. Ich weiß es. Ich muss es nur noch finden.«

»Und was soll das sein?«

»Das weiß ich noch nicht«, antwortete Mads und tippte wieder mit dem Kugelschreiber auf den Tisch. »Wenn ich es wüsste, müsste ich ja nicht suchen. Das kommt mir alles so glatt und einfach vor.«

»Vielleicht ist es das ja«, erwiderte Sarah und setzte sich auf die Tischkante.

»Vielleicht«, antwortete Mads. »Es macht nur nicht den Eindruck, als wäre der angebliche Täter wirklich zu dieser Tat in der Lage gewesen.«

»Warum nicht?«

Mads zuckte mit den Schultern und seufzte tief. »Sein Verhalten vermittelt den Eindruck, als würde er gar nicht verstehen, dass Hans Peter Jessen ermordet wurde.«

»Du meinst, er leugnet oder verdrängt die Tat?«

»Nein«, sagte Mads und schüttelte nachdenklich den Kopf. »Es macht eher den Anschein, als hätte das für ihn überhaupt keine Bedeutung.«

»Wie das?«, fragte Sarah und zog die Brauen zusammen.

»Man bekommt den Eindruck, als würde er nicht einmal begreifen, dass Hans Peter Jessen tot ist. Geändert hat sich das erst, als die Witwe Grete Jessen, die bei der Vernehmung anwesend war, gesagt hat, dass es wie mit den Kaninchen sei. Laut dem Protokoll bringt ihn erst diese Aussage komplett aus der Fassung.«

»Und dann war er auf einmal betroffen?«

»Eher wütend oder ängstlich«, meinte Mads und starrte auf die Stelle des Protokolls, wo Lauritz' aufgerissene Augen beschrieben wurden.

»Sonst noch was Brauchbares?«

»Nicht wirklich.« Mads schob den Stuhl nach hinten. Er starrte einen Moment vor sich hin, dann sah er Sarah an. »Nach allem, was ich bis jetzt gelesen habe, gibt Grete Jessen an, dass Lauritz am fraglichen Morgen zu Hause gewesen sei.«

»Und da ist sie sich sicher?«

»Schwer zu sagen. ›Zu Hause‹ ist ein weiter Begriff. Das Gelände rund um den Vråskovgård ist recht weitläufig, außerdem ist auf ihre Aussage niemand genauer eingegangen.«

»Könnte er psychotisch gewesen sein?«

»Du meinst, ob er den Mord begangen haben könnte, ohne sich dessen bewusst zu sein?«, fragte Mads. »Im Prinzip ja. So was kommt vor.«

»Es gibt aber keine Hinweise darauf?«

»Nein. Im Protokoll steht nur, dass Lauritz Koch die Augen aufreißt, sich die Hände vors Gesicht schlägt und plötzlich ängstlich stammelt: ›Nicht sehen! Nicht sehen!‹, als Grete Jessen sagt, dass er zu Hause war.«

»›Nicht sehen‹?«, wiederholte Sarah. »Kann er sich die Szenerie vor seinem inneren Auge vorgestellt haben?«

»Schwer zu sagen«, antwortete Mads und zuckte mit den Achseln. »Es ist ja eher ein Gespräch als eine richtige Vernehmung.«

»Und zu dem Zeitpunkt gab es noch keinerlei Verdacht, dass Lauritz Koch der Täter sein könnte?«

»Nein, da noch nicht. Zum Durchbruch kam es erst einen Monat später, nachdem die Tatwaffe in seinem Zimmer gefunden worden war.«

»Einen Monat? Ist das Haus denn nicht durchsucht worden?«

»Doch, dabei wurde die Tatwaffe aber nicht gefunden.«

»Und wie wurde sie dann entdeckt?«

»Als Jan Jessen, also der Sohn des Opfers, mal in der Einrichtung war, hat er Lauritz Koch zufällig mit dem Messer in der Hand in seinem Zimmer sitzen sehen«, antwortete Mads und griff nach einem anderen Vernehmungsprotokoll.

»Anfangs hat Lauritz Koch geleugnet, dass es sein Messer ist. Später hat er dann gestanden.«

»Aber dann gibt es verdammt wenige Ansatzpunkte«, wandte Sarah ein und stand auf. Mit einer federleichten Bewegung schob sie sich die Locken hinter das Ohr, während sie aus dem Fenster sah. Die Sonne schien auf ihre von Sommersprossen übersäte Haut, als Sarah den Blick wieder auf Mads richtete. »Du solltest Feierabend machen und nach Hause gehen.«

4. Juli

Toftlund

Mads stand auf und ging durch das Wohnzimmer. Draußen zogen von Westen her dicke Wolken auf, und die kühle Abendluft strömte durch die offene Tür des Wintergartens. Einen Moment lang blieb er stehen und beobachtete die Schwalben, die tief über die Felder flogen, dann schloss er die Tür und drehte sich um. Sein Blick ging zu der Ecke, in der Lisa das Projektil gefunden hatte. Langsam ließ er die Luft durch die Lippen entweichen, während er die alten Feuchtigkeitsflecken betrachtete, die sich unter der weißen Farbe wie eine verdrängte Erinnerung abzeichneten.

»Was, zum Henker, hast du gefunden, Papa?«, murmelte er und sah hinüber zum Esstisch mit den Fallakten. Blutige Bilder vom Tatort in Birkelev, Asservatenlisten, die Berichte von Rechtsmedizin und Spurensicherung und diverse Vernehmungs- und Gerichtsprotokolle.

Er legte die Hand auf die Rückenlehne des Stuhls, und seine Finger krallten sich automatisch um das Holz, als suchten sie in alldem Chaos nach einem Ort, an dem sie sich festhalten konnten. Dann zog er den Stuhl vom Tisch weg und setzte sich. Sein Blick wanderte zum Bericht der Spurensicherung, der einen blutigen Fußabdruck auf dem Betonboden zeigte. Mads legte den Kopf leicht zur Seite und musterte das grobe Profil, das sich zickzackförmig zwischen den Blutspritzern auf dem rauen Boden abzeichnete. Mit zusammengekniffenen Augen beugte er sich vor, um die Schuhgröße zu erkennen, die als Zahl in einem Kreis angegeben war und sich von dem kantigen Profil abhob. Doch sie war zu undeutlich, weshalb er sich wieder aufrichtete und bis zum Foto des keilförmigen Holzstücks weiterblätterte, das auf dem Boden neben der Leiche gelegen hatte. Reste von Gewebe und Kot klebten an den groben Splittern, die vom Nadelholz abstanden. Dann nahm er sich die Nahaufnahmen von der Leiche vor. Die rotvioletten Hämatome, die das entblößte Gesäß verfärbten, waren in dem scharfen Licht überdeutlich zu erkennen. Mads musste schlucken, als er die heftigen Verletzungen rund um den After betrachtete. Dicke blutige Streifen zogen sich wie rostrote Muster durch die Schamhaare und über die Innenseite der Schenkel nach unten bis in die Jeans, die wie beiläufig zu Boden geworfene Schmutzwäsche auf den Knöcheln des Toten hing.

Mads legte den Bericht weg und schloss die Augen für ein paar Sekunden, während sich die Handlung vor seinem inneren Auge abspielte. Die grenzenlose Brutalität. Macht, Demütigung und Gewalt. Er atmete tief aus und richtete seine Aufmerksamkeit erneut auf die Fotos von Hans Peter Jessens malträtiertem Körper. Eine längliche Schürfwunde zog sich über die rechte Wange des Opfers, die auf dem Brennholzstapel lag. Die Lippe war aufgeplatzt, und die Augen starrten gleichsam verblüfft vor sich in die Luft, als hätte der Tod ihn überrascht.

Mit einem letzten Blick auf den Leichnam klappte Mads den Bericht der Spurensicherung zu und griff nach dem Polizeibericht.

Meldung einer tot aufgefundenen Person, identifiziert als Hans Peter Jessen, Eigentümer und Verwalter des Anwesens Vråskovgård, am 27. August 1998 um 11:31 Uhr. Anzeigende Person: Grete Jessen. Fundort: Holzschuppen des Anwesens, Vråskovvej, Birkelev.

Er überflog die Zeilen und versuchte, sich zu konzentrieren. Der Wortlaut der direkten Abschrift des Anrufs in der Einsatzzentrale kam ihm neu vor, obwohl er jeden Satz kannte. Grete Jessens Entsetzen prägte ihre Worte, und die vielen neuen Fotos aus dem Archiv im Polizeirevier verrieten ihm, welcher Anblick sich ihr geboten haben musste.

Er stand auf und ging zu den Fenstern. Die dicken Wolken, die immer schneller auf ihn zutrieben, schienen Regen im Gepäck zu haben. Er warf rasch einen Blick auf seine Uhr und ging ins Badezimmer. Die schwüle Wärme des Sommertages saß wie ein klebriger Film auf seiner Haut. Er griff nach einem Handtuch, als sein Handy klingelte.

»Lindstrøm«, sagte er, legte das Handtuch auf den Rand des Waschbeckens und beugte sich zum Spiegel vor.

»Per Teglgård«, hörte er die Stimme seines Chefs. »Sorry, dass ich jetzt noch anrufe, aber wir werden gebraucht. Randerupvej. Südlich von Skærbæk, gleich hinter der Ortschaft Ottersbøl.«

»Ich komme«, antwortete Mads und stieß sich vom Waschbecken ab. »Ist Jonsens Team schon alarmiert?«

»Natürlich. Wann kannst du da sein?«

»Gib mir eine halbe Stunde.« Mads legte auf.

Im Flur griff er mit der einen Hand nach der Jacke, während er mit der anderen die Haustür öffnete. Er sah gen Himmel und verfluchte den Regen, der zweifelsohne kommen würde.

4. Juli

Skærbæk

Das hohe Gras der Böschung wischte über den Unterboden des Autos, als Mads am Straßenrand parkte und den Motor ausschaltete. Die ersten Regentropfen fielen schwer auf die Scheibe. Vor ihm versperrten einige Einsatzwagen die schmale Landstraße. Blaulicht zuckte unter den dunklen Wolken, die von der Nordsee herübertrieben.

Er stieg aus und zog den Reißverschluss seiner Jacke zu, als ein Windstoß seine Haare durcheinanderwirbelte. Dann ging er mit hochgezogenen Schultern zu dem kleinen Waldstück, das an die Straße grenzte.

Er nickte dem Polizisten zu, der an der Absperrung stand. Der Wind drückte das rot-weiße Absperrband an die Bäume und ließ die losen Enden flattern. »Mads Lindstrøm. Ist es da drüben?« Er nickte in Richtung der Bäume und sah an den Abendhimmel.

»Ja, sie sind gerade dabei, ein Zelt zu errichten«, antwortete der Kollege als Antwort auf Mads' Blick zu den Wolken. »Es wird nicht mehr lange dauern, bis sich die Schleusen öffnen, hoffentlich kriegen die das rechtzeitig hin.« Er hob das Absperrband an, und Mads tauchte darunter hindurch. »Ziehen Sie sich lieber einen Overall über, wenn Sie da reingehen«, sagte der Polizist und reichte ihm einen Schutzanzug.

»Sarah Jonsen war sich nicht sicher, wie groß der Bereich sein wird, den sie untersuchen müssen. Also achten Sie darauf, wo Sie hintreten.«

»Danke.« Mads richtete sich auf und nahm den Overall entgegen. Das trockene Gras knisterte unter seinen Füßen, als er einen Schritt zur Seite trat und sich eine Brombeerranke im Stoff seiner Hose verhakte. Mit routinierten Bewegungen streifte er den weißen Anzug über und schloss ihn, bevor er zwischen den Bäumen verschwand. Ein Stück entfernt sah er Sarah Jonsen aus einem Zelt treten. Grelles Scheinwerferlicht fiel auf eine kleine Lichtung und warf ihren Schatten auf die weiße Zeltwand.

»Hallo.« Er blieb in etwas Abstand stehen und betrachtete sie. »Kann ich näher kommen?«

»Ja, klar«, antwortete Sarah und winkte ihn zu sich. »Berit Langer ist auch gerade eingetroffen.«

»Und Teglgård?«

»Noch nicht.« Sie warf einen besorgten Blick nach oben in die Baumkronen. »Wir können nur hoffen, dass das Wetter noch ein bisschen hält, sonst kriegen wir Probleme.«

»Was haben wir?«, fragte Mads und folgte ihrem Blick, als sie den Kopf wieder senkte und sich im Wäldchen umsah.

»Eine Frau. Ein Ortsansässiger hat sie gefunden.«

»War er mit seinem Hund unterwegs?«

»Nein, ein Spaziergänger«, antwortete sie und nickte mit dem Kopf in Richtung der Häuser, an denen er gerade erst vorbeigekommen war. »Klarer Fall von Blasenschwäche, er konnte nicht warten, bis er zu Hause in Ottersbøl war.«

»Was wissen wir bisher?«

»Wir haben es hier mit einem Fundort zu tun«, antwortete Sarah und ging mit Mads zu dem Zelt. »Eine Hundestaffel sucht gerade die Gegend ab.«

»Ein sexuelles Tatmotiv?«, fragte Mads.

»Ja, ich denke schon«, antwortete sie und schlug die Zeltplane zur Seite. Ein quälender Gestank schwappte ihnen entgegen, und Mads drehte automatisch den Kopf zur Seite und hielt die Luft an, ohne den Blick von Berit Langers weiß gekleideter Gestalt zu nehmen, die ihm den Blick auf die Tote verstellte.

»Hallo«, sagte Mads und nickte ihr durch den Spalt zu. »Darf ich reinkommen?«

Berit Langer drehte sich halb um und sah zu ihm auf. Ihre Wangen waren von der Wärme der Arbeitslampe gerötet, und ein angestrengtes Lächeln lag auf ihren Lippen. Dann hellte sich ihre Miene auf. »Ja, natürlich.« Sie legte die Unterarme auf die Knie und stützte sich kurz ab, ehe sie ihre Aufmerksamkeit wieder auf die ältere Frau richtete, die nackt am Boden lag. Unförmige Krampfadern zogen sich über ihre blassen Beine.

»Was wissen wir?«, fragte Mads wieder und trat durch die Öffnung. Hinter sich hörte er Sarah Jonsen, die stehen geblieben war und die Tote betrachtete, bevor sie wieder aus dem Zelt verschwand.

»Eine Frau. Vermutlich Anfang bis Mitte siebzig«, antwortete Berit und rückte etwas zur Seite, damit er alles sehen konnte. »Dem Anschein nach sexuell missbraucht und dann erwürgt«, fuhr sie fort und zeigte auf den um den Hals der Frau gewickelten BH.

»Und du bist dir sicher, dass es in dieser Reihenfolge passiert ist?«, fragte Mads.

»Definitiv wissen wir das erst nach der Obduktion, aber

ich bin mir ziemlich sicher. Die Läsionen an der Innenseite der Schenkel deuten darauf hin, dass ihre Beine gewaltsam auseinandergedrückt wurden, als sie noch am Leben war«, antwortete Berit und fuhr mit den Fingern leicht über die länglichen schwarzblauen Hämatome.

»Jonsen meinte, das hier sei nur der Fundort?« Mads ließ den Blick über die Tote schweifen, die auf dem trockenen Waldboden lag. Der Mund war leicht geöffnet, die rissigen Lippen sahen schmerzverzerrt aus.

»Ja, es gibt keinen Zweifel, dass der Leichnam bewegt wurde«, antwortete Berit und hob den Blick, als die ersten Regentropfen auf die Zeltplane prasselten. »Die Totenflecken sind fixiert, und aus ihrer Platzierung würde ich schließen, dass sie in den Stunden nach Eintreten des Todes auf dem Bauch gelegen hat.«

»Kannst du schon etwas über den Todeszeitpunkt sagen?«

»Vermutlich vor drei bis sieben Tagen«, antwortete Berit und stand auf. »Die Totenstarre hat sich gelöst, und es gibt sichtbare Zeichen der Verwesung.« Sie zog sich die Latexhandschuhe aus, stellte sich hin und schüttelte die Beine aus.

»Was glaubst du, wie lange sie hier schon liegt?«, fragte Mads und betrachtete eine Schmeißfliege, die quer über das Gesicht der Toten krabbelte, dann kurz aufflog und erneut auf der Haut landete.

»Schwer zu sagen«, erwiderte Berit mit einem Achselzucken. Sie schlug die Zeltplane zur Seite und sah an den Himmel, während die kühle Luft ins Zelt strömte. »Mindestens ein paar Tage.« Sie atmete tief durch und verließ das Zelt. Ein leichtes Zittern ging durch ihren Körper, und sie schlug die Arme um sich, als fröstelte sie. »Ich weiß mehr, wenn ich sie auf dem Obduktionstisch hatte«, fuhr sie fort und musterte Mads, der sich duckte, während er aus dem Zelt trat. »Ich rechne damit, dass ich sie mir morgen um elf anschauen kann. Bist du dabei?«

»Ja«, antwortete Mads und legte ihr kurz die Hand auf die Schulter, zog sie aber gleich wieder weg, als Per Teglgård aus dem Unterholz trat.

»Dann sehen wir uns morgen.« Sie warf ihm ein Lächeln zu, drehte sich um und ging zu den Sanitätern.

»Gut, dass du vor mir da warst«, sagte Per und blieb neben Mads stehen. »Was haben wir?«

»Eine ältere Frau«, antwortete Mads und sah zu Berit Langer hinüber, die mit den Sanitätern diskutierte. Ihr weißer Overall leuchtete im scharfen Scheinwerferlicht. Für einen Moment wandte sie ihm das Gesicht zu und lächelte ihn an, dann richtete sie ihre Aufmerksamkeit wieder auf ihre Mitarbeiter.

Mads senkte den Blick und suchte einen Moment nach den richtigen Worten, ehe er wieder zu Per Teglgård sah. »Im Moment haben wir noch keinen Hinweis darauf, um wen es sich bei der Toten handelt.«

»Und wer hat den Fund gemeldet?«

»Ein Mann aus der Nachbarschaft«, antwortete Mads.

»Mist«, murmelte Per Teglgård und sah Berit Langer hinterher, die gerade zusammen mit zwei Sanitätern im Zelt verschwand. Sein Gesicht verzog sich zu einer unschönen Grimasse, und er drückte sich die Hand auf den Bauch.

»Alles in Ordnung?«

»Das ist nur dieses verfluchte Magengeschwür«, antwortete Per Teglgård und atmete angestrengt aus, während er die Hand in die Tasche steckte und eine Tablettenpackung herauszog. Die silbergraue Folie knisterte zwischen seinen

Fingern, als er zwei Tabletten herausdrückte und schluckte. »Das bringt mich noch um.«

»Findest du nicht, dass du damit mal zum Arzt gehen solltest?«, fragte Mads und zog eine Augenbraue hoch, als Per die restlichen Tabletten wieder in die Tasche gleiten ließ.

»Stress«, antwortete der Dezernatsleiter und sah zu, wie die Sanitäter die Bahre mit dem Leichensack aus dem Zelt schoben. »Das verschwindet schon wieder, wenn es etwas ruhiger wird. Sag mir lieber, was wir sonst noch haben.«

»Sarah Jonsens Team untersucht gerade den Waldboden«, antwortete Mads und sah zu den weiß gekleideten Gestalten zwischen den Bäumen. »Eine Hundestaffel ist unterwegs, ich weiß aber nicht, ob die schon was gefunden haben.« Er wandte sich wieder zu Per Teglgård, der sich in diesem Moment leicht nach vorn beugte und sich auf die Knie stützte. Das Aschgrau seines Gesichts wurde noch blasser, als blutiger Husten aus seinem Mund spritzte.

»Verdammt!« Mads eilte zu seinem Chef, der gerade in sich zusammensackte, und ging neben ihm in die Hocke. Er sah sich Hilfe suchend um, ehe er sich wieder auf Per konzentrierte, der keuchend am Boden lag, während ihm Blut aus dem Mundwinkel sickerte.

5. Juli

Esbjerg

Mads legte die Hand an die Tür des Einzelzimmers im ersten Stock. Hinter sich hörte er die schnellen Schritte einer Krankenschwester. Er atmete tief durch und schob die Tür auf. Die Luft war abgestanden und roch nach Schlaf, Krankheit und chemisch gereinigtem Bettzeug. Er zögerte einen Moment, ehe er den Raum betrat. In dem blassen Morgenlicht, das durch die dünne Gardine fiel, zeichnete sich der Umriss einer etwas eingefallenen Gestalt auf der Bettkante ab.

»Mads?« Inge Teglgård hob den Kopf und lächelte ihn traurig an. Ihre Müdigkeit war nicht zu übersehen, und die Augen waren rot gerändert. Sie blickte wieder zu ihrem Mann und drückte ihm die Hand, die auf der Bettdecke lag.

»Wie geht es ihm?«, wollte Mads wissen.

»Nicht gut«, antwortete sie. »Es ist schlimmer, als wir befürchtet hatten.«

»Kann er operiert werden?«

Sie drückte noch einmal die Hand ihres Mannes und stand auf. »Es ist kein Magengeschwür, wie er sich einzureden versucht hat«, sagte sie schließlich und kehrte Mads den Rücken zu. Sie zog die Gardine zur Seite und sah in den weiten blauen Himmel. »Sie haben heute Nacht ein MRT gemacht. Es deutet alles darauf hin, dass es Krebs ist.« Sie schwieg und schüttelte kraftlos den Kopf. »Ich hätte das wissen müssen. Bei einem Magengeschwür nimmt man nicht so stark ab. Aber immer, wenn ich ihn darauf angesprochen habe, hat er nur abgewinkt. Dabei waren die typischen Anzeichen alle da. Die nächtlichen Schweißausbrüche. Die fehlende Energie. Die Schmerzen. Aber weder er noch ich haben darauf gehört.« Sie drehte sich um und kniff die Lippen zusammen. Dann versuchte sie, tapfer zu lächeln, es wurde aber nur eine traurige Grimasse. »Er wird im Laufe des Tages nach Odense verlegt werden. Ich weiß noch nicht, wann – oder ob – sie ihn operieren können. Ich hoffe es aber.«

»Es tut mir leid, das zu hören«, antwortete Mads und starrte ein paar Sekunden zu Boden, ehe er die Frau seines Chefs wieder ansah. »Kann ich irgendetwas für euch tun?«

Sie zuckte mutlos mit den Achseln. »Ich weiß nicht. Die verlorene Zeit kann uns niemand zurückgeben. Für Per hatte die Arbeit immer oberste Priorität, doch im Moment würde ich ihn am liebsten verfluchen, weil er sich nicht genug Zeit für sich selbst genommen hat.« Sie ließ die Schultern hängen und setzte sich wieder aufs Bett. Dann strich sie mehrmals über die Hand ihres Mannes, als wollte sie ein paar Krümel wegwischen. »Wir müssen abwarten, was passiert. Aber wenigstens hat er jetzt keine Schmerzen mehr und ist in guten Händen«, fuhr sie fort und zog ihre Hand zu sich. »Danke, dass du vorbeischaust. Das ist wirklich lieb von dir.«

»Grüß ihn von mir, wenn er aufwacht«, sagte Mads und trat einen Schritt nach hinten, ehe er sich zur Tür umdrehte.

»Mads?«

Er blieb stehen. Die Schwäche in Per Teglgårds Stimme versetzte ihm einen Stich, und er ging zurück zum Bett. »Ja?«

»Dachte ich mir doch, dass das deine Stimme war«, sagte Per und hustete leise. »Habt ihr alles im Griff?«

»Mach dir darüber keine Sorgen«, antwortete Mads und legte die Hand auf das weiße Bettgestell. »Konzentrier dich jetzt darauf, schnell wieder gesund zu werden.«

»Weißt du, wer mich ersetzen soll?«

»Noch nicht.« Mads starrte auf seine Hände, als Pers Gesicht sich zu einer Grimasse verzog.

Inge stand auf und schob die Hand unter den Nacken ihres Mannes, als dieser sich zusammenkrümmte und die Finger auf den Bauch presste. Was er sagen wollte, wurde vom Husten erstickt.

Mads' Herz verkrampfte sich, als er sah, wie Per Teglgård langsam und stöhnend einatmete und noch einmal ansetzte.

»Ich bitte dich, die Wahl zu respektieren. Wer immer es werden mag.«

»Natürlich«, erwiderte Mads und streckte den Rücken durch. »Das ist das Mindeste, was ich tun kann.«

»Danke«, sagte Per. Er ließ sich wieder auf die Matratze sinken und lächelte angestrengt. Nach dem heftigen Hustenanfall traten ihm Tränen in die Augen, und rote Flecken zeichneten sich auf der grauen Haut seines Halses ab. »Ich konnte mich immer auf dich verlassen.«

5. Juli

Odense

Mads streifte die blauen Überschuhe über und drückte die Tür zum Obduktionssaal mit der Schulter auf. Es zischte, bis der Druck zwischen den beiden Räumen ausgeglichen war, dann erst ging die Tür ganz auf, und aus dem gefliesten Raum schlug ihm kalte Luft entgegen. Er nahm ein Paar Latexhandschuhe aus der bereitstehenden Schachtel, zog sie über und trat an den Stahltisch, auf dem der Leichnam lag.

»Na, da bist du ja«, sagte Berit Langer.

»Sorry für die Verspätung«, antwortete Mads und fuhr sich mit dem Handrücken über die Stirn. Die Körperwärme staute sich unter dem dünnen Kunststoffkittel, den er hatte anziehen müssen, und seine Haut klebte bereits. »Mach ruhig weiter.« Er senkte den Blick, als Berit auf die Uhr über der Tür schaute. Er hätte schon vor einer Dreiviertelstunde kommen sollen.

»Die Totenstarre hat sich gelöst, das Abdomen ist aufgedunsen und diffus grünlich verfärbt. Die Venen zeichnen sich deutlich unter der Haut ab«, diktierte Berit. Ihre Hände glitten über den nackten Körper auf dem Stahltisch, wobei die kleinen Blasen, die sich in der Haut gebildet hatten, platzten und bräunliche Leichenflüssigkeit freisetzten.

»Wo warst du denn so lange?«, flüsterte Sarah Jonsen ihm zu und beugte sich zu ihm vor, während sie die Kamera fest in der Hand hielt.

»Draußen«, antwortete Mads leise, ohne den Blick von Berit zu nehmen, die einen Schritt zur Seite trat, damit Sarah den Zustand der Toten dokumentieren konnte.

»In den Bindehäuten der Augen, auf der Gesichtshaut und hinter den Ohren sind punktförmige Einblutungen zu erkennen«, fuhr Berit fort, nachdem Sarah mit einem kurzen Nicken zu verstehen gegeben hatte, dass die Bilder gut geworden waren. Sie ließ die Augenlider der Toten zurückgleiten und wartete darauf, dass der Obduktionsassistent den Kopf der Toten nach hinten beugte, bevor sie mit zwei Fingern deren Mund öffnete. Die rissigen Lippen formten einen lautlosen Schrei in Richtung Decke, der wie die absurde Kopie eines Gemäldes von Edvard Munch aussah. »Der Mund ist zahnlos, es gibt aber Hinweise auf ein Gebiss. Die Luftwege im vorderen Teil des Mundes sind frei.« Berit schwieg einen Moment, dann beugte sie sich etwas tiefer über den Leichnam. »Auf den Schleimhäuten sind punktförmige Einblutungen zu erkennen, des Weiteren befindet sich auf der linken Seite eine größere Läsion.« Sie hob den Blick, während Sarah das Objektiv ihrer Kamera einstellte. Berits Finger zuckten leicht, als das Blitzlicht von den Fliesen reflektiert wurde. Dann ließ sie den Kiefer los, nahm ein Wattestäbchen und führte es in den Mund der Toten ein. Als sie es wieder herauszog, waren bräunliche Reste auf der weißen Watte. »Kot«, konstatierte sie und legte das Wattestäbchen in den Beweisbeutel, den Sarah ihr hinhielt. »Auf der linken Seite des Gesichts findet sich ein größeres blauschwarzes Hämatom vom Ohr bis zum Kiefer.«

»Leichenflecken?«, fragte Mads und räusperte sich.

»Ich denke, das war eher ein Faustschlag«, antwortete Berit und strich mit den Fingern über die Stelle. »Das ist ein deutliches Zeichen, dass das Opfer schon einige Stunden vor dem Eintreten des Todes Gewalt ausgesetzt war.«

»Stumpfe Gewalt?«

»Ja.« Berit nickte und holte tief Luft. »Auf den ersten Blick würde ich sagen, dass ihr mindestens acht Mal ins Gesicht geschlagen wurde. Die Lippe ist aufgeplatzt. Bei einem der Schläge wurde die Mundschleimhaut an die Zahnprothese gepresst, wodurch es zur Verletzung im Mundinnenraum kam.«

»Und die Nase?«, fragte Mads und sah zu der Toten.

»Gebrochen«, antwortete Berit. »Die Computertomografie zeigt neben dem Bruch der Nase auch einen Bruch des linken Oberarms sowie von zwei Rippen, ebenfalls auf der linken Körperseite. Spontan würde ich sagen, dass alle Frakturen vor dem Eintreten des Todes entstanden sind.«

»Bist du dem Todeszeitpunkt schon näher gekommen?«

»Noch nicht«, antwortete Berit und stützte sich mit den Händen am Rand des Stahltisches ab. »Anhand des Verwesungsgrads und der Entwicklungsstadien der Maden, die ich gefunden habe, gehe ich aber davon aus, dass die Tote drei bis vier Tage im Wald gelegen hat.«

»Und wie sicher bist du dir da?«

»Eine gewisse Unsicherheit gibt es da schon. Die Maden, die ich an der Leiche gefunden habe, sind noch ziemlich klein, sie befinden sich aber bereits in mehreren Stadien.« Berit griff nach einem Beweisbeutel, in dem ein paar weiße Maden in einem Röhrchen mit einer klaren Flüssigkeit schwammen. »In der Regel vergehen zehn bis zwölf Tage von der Eiablage der Schmeißfliegen bis zum Schlupf der nächsten Generation.« Sie legte den Beutel weg und richtete ihren Blick wieder auf die Frau. »Wie ich schon am Fundort gesagt habe, wurde die Tote bewegt. Die Leichenflecken auf der Vorderseite sind fixiert, das heißt, sie hat in den Stunden nach ihrem Tod auf dem Bauch gelegen. Es ist aber schwer zu sagen, wie lange sie so gelegen hat, bis sie nach Ottersbøl gebracht wurde. Das können ein paar Stunden, aber auch mehrere Tage gewesen sein.«

»Was würdest du schätzen, wie lange ist sie tot?«

»Ich weiß es nicht«, antwortete Berit mit einem Achselzucken. »Etwa vier bis fünf Tage?«

»Dann wäre sie um den 1. Juli ermordet worden?«

»Ja, plus/minus einen Tag«, bestätigte Berit mit einem Nicken. »Die Wärme der letzten Tage hat den Prozess vermutlich beschleunigt, trotzdem ist die Verwesung noch nicht sehr weit fortgeschritten. Sie kann nicht länger als eine Woche tot sein.« Sie sah ihn schweigend an. »Machen wir weiter?«

»Ja, in Ordnung«, antwortete Mads und trat einen Schritt zurück, als Berit zur Lampe oberhalb der Leiche griff und den Winkel des einfallenden Lichts justierte.

»Am Hals ist eine circa zwölf Millimeter breite Strangulationsmarke zu erkennen, die quer über den Hals verläuft«, fuhr sie fort und ließ ihre Finger über die Leiche wandern. »Auf der linken Seite des Körpers ist ein etwa zweihundertneunzig mal hundertsiebzig Millimeter großes Hämatom zu sehen, das zu den gebrochenen Rippen passt. Eine ähnliche Läsion findet sich etwa vom unteren Drittel ihres linken Oberarms bis zum Ellenbogen. Diese Einblutung misst hundertfünfundvierzig mal hundertzehn Millimeter. Auch am linken Unterarm sind zahlreiche Läsionen zu erkennen, deren Größe von dreißig bis zu fünfundfünfzig Millimetern reicht.«

»Abwehrläsionen?«, fragte Mads.

»Vermutlich«, sagte Berit und legte den Arm wieder an die Seite der Toten. Das scharfe Licht hob die blauschwarzen Flecken auf der blassen Haut grotesk hervor. Für einen Moment verweilte ihr Blick auf den vielen Verletzungen, dann atmete Berit tief aus und justierte die Lampe neu. »Auf beiden Innenseiten der Schenkel sind fingerähnliche Blutergüsse, Hautabschürfungen und Kratzer zu sehen«, fuhr sie fort, als Sarah Jonsens Blitzlicht wieder den Raum erhellte. »Und an beiden Handgelenken ist zu erkennen, dass sie gefesselt war.«

»Du hast am Fundort gesagt, dass die Tote vermutlich sexuell misshandelt wurde?«, fragte Mads, als Berit die Beine der Toten etwas spreizte.

»Ja, das ist richtig«, antwortete Berit und warf ihm einen kurzen Blick zu. »An Scheide und After sind Kratzer und Abschürfungen zu erkennen. Die Penetration muss sehr hart gewesen sein.«

»Dann ist sie sowohl anal als auch vaginal missbraucht worden?«, hakte Mads nach.

»Anal, vaginal und oral«, erwiderte Berit und nickte dem Obduktionsassistenten kurz zu. »In dieser Reihenfolge. Ich habe Scheidensekret und Kot in der Mundhöhle gefunden, und auch in der Scheide waren Spuren von Kot, das konnte ich nachweisen, bevor du gekommen bist.«

»Spuren vom Täter?«, fragte Mads.

»Leider nein«, antwortete Berit, während der Obduktionsassistent den Leichnam umdrehte. »Der Täter hat entweder ein Kondom oder eine Art Dildo benutzt.«

»Verdammt«, murmelte Mads und sah zu Sarah Jonsen, die das Kameraobjektiv umklammerte, während der Blitz erneut den Tisch aufleuchten ließ.

»Auf der Rückseite der Leiche sind zahlreiche Spuren stumpfer Gewalt zu erkennen. Sie reichen vom Nacken über Schulter und Gesäß bis zur Rückseite der Schenkel«, fuhr Berit fort, ehe sie mit einem Blick zu erkennen gab, dass sie gesehen hatte, was sie sehen wollte.

Mads atmete leise aus, als der Obduktionsassistent die Tote wieder zurück auf den Rücken drehte. Der Gedanke an den Gestank, der den Raum erfüllen würde, sobald die Leiche geöffnet würde, war geradezu unerträglich, und er kniff die Lippen zusammen und starrte auf das Skalpell, das in einer langen, gleitenden Bewegung schräg über die Brust der Toten und dann über den Bauch nach unten geführt wurde, bis die bekannte Y-Form des Schnitts zu erkennen war.

6. Juli

Haderslev

Mads atmete seufzend aus, ehe er weiter durch die Liste auf seinem Bildschirm scrollte. Lächelnde Gesichter strahlten ihn an. Familienfotos aus glücklichen Zeiten, die so gar nicht zum Ernst der Situation passten. Er lehnte sich zurück, als es an der Tür klopfte.

»Hallo, hast du gerade viel zu tun?«

»Geht so«, antwortete Mads und musterte Sarah Jonsen. Ihre wilden Locken rahmten das sommersprossige Gesicht ein, auf dem sich ein breites Lächeln abzeichnete, als sie in den Raum trat. Sie steckte die Hände in die Tasche.

»Du bist gestern einfach so verschwunden.«

»Ich hatte noch einen Termin«, antwortete Mads. Er presste die Lippen zusammen, als Torben Laugesens Stimme draußen auf dem Flur zu hören war. Einen Moment lang starrte er zur Tür, dann nahm er den Kugelschreiber und tippte leicht auf die Dokumente, die vor ihm lagen. »Machst du bitte die Tür zu?«

»Laugesen hat eine Besprechung anberaumt«, sagte Sarah, schloss die Tür aber trotzdem. Ihr Blick wanderte über den leeren Schreibtisch und blieb einen Moment an den eingetrockneten Kaffeeflecken hängen. »In Aalunds Büro«, fuhr sie fort und setzte sich auf den leeren Stuhl, während sie Mads musterte. »Der ist ziemlich die Karriereleiter raufgefallen.«

»Dezernatsleiter«, schnaubte Mads und sah aus dem Fenster. Graue Wolken hingen über Haderslev, nur ganz hinten am Horizont war ein blauer Streifen zu erkennen. »Der hat doch nicht die Spur einer Ahnung, wie man eine Ermittlung leitet.«

»War das die Entscheidung des Polizeidirektors?«, fragte Sarah.

»Ja«, antwortete Mads und ballte die Hände zu Fäusten. »Ich denke aber, dass er Teglgårds Segen hatte. Der Chef hat gestern so was angedeutet. Ich verstehe nicht, was er in Laugesen sieht.«

»Das Dienstalter?«, schlug Sarah vor, zuckte leicht mit den Schultern und lehnte sich auf ihrem Stuhl zurück. »Vermutlich hat er auch deshalb Aalunds Büro übernommen, nachdem es frei geworden war.«

»Laugesen kann Teglgård wirklich um den Finger wickeln«, sagte Mads. »Du hättest ihn sehen sollen, als er mir die Nachricht überbracht hat.«

»Zu seiner vorläufigen Einsetzung?«, fragte Sarah und blickte zur Tür.

»Der war noch nicht mal am Fundort. Er hat keine Ahnung, womit wir es hier zu tun haben.«

»Vielleicht hat er deshalb die Besprechung anberaumt«, sagte Sarah und streckte die Beine aus.

»Die Besprechung findet jedenfalls ohne mich statt«, antwortete Mads, warf den Kugelschreiber auf den Tisch und griff zur Maus. Er ließ den Blick über den Bildschirm huschen, dann ließ er die Maus wieder los und schob den Stuhl nach hinten.

»Hast du irgendwas zu dem Opfer gefunden?«, erkundigte sich Sarah.

»Nein.« Vom Flur war wieder Torben Laugesens Stimme zu hören. Mads senkte den Kopf und drückte die Finger gegen die Stirn, als täten ihm die Geräusche physisch weh. »Hast du etwas am Fundort gefunden?«

»Nichts, was uns bei der Identifikation des Opfers weiterhelfen könnte«, sagte Sarah. »Natürlich habe ich die Fingerabdrücke, die Berit Langer während der Obduktion genommen hat, durchs System laufen lassen, aber ohne Erfolg. Hast du dich mal in Deutschland umgehört?«

»Noch nicht«, antwortete Mads und stemmte die Ellenbogen auf den Tisch. Vor Ärger konnte er kaum einen klaren Gedanken fassen.

»Dann solltest du das vielleicht tun«, meinte Sarah.

Gerade als sie aufstand, öffnete Torben Laugesen die Tür und durchbohrte Mads mit dem Blick. Dann tippte er mit dem Finger auf das Ziffernblatt seiner Uhr. »Vielleicht würdet ihr beide uns die Ehre erweisen, an der Besprechung teilzunehmen?« Er kniff die Augen zusammen, während der Sarkasmus aus seinen Worten troff. Kleine Schweißperlen glänzten auf der roten Narbe an seiner Stirn, die wie eine Schlange bis zu seinem Haaransatz verlief. »Und zwar sofort!«

6. Juli

Haderslev

»Gut, damit wären dann ja alle hier. Pünktlichkeit ist wichtig, damit wir nicht die Zeit der anderen vergeuden. Das sollte sich jeder im Team hinter die Ohren schreiben«, sagte Torben Laugesen und ließ Mads dabei nicht aus den Augen. »Wie die meisten von euch wissen, bin ich gebeten worden, die Dezernatsleitung zu übernehmen, solange Per Teglgård krankgeschrieben ist.«

»Vorläufig«, murmelte Mads und lehnte sich an die Wand.

»Per Teglgård ist ins Universitätskrankenhaus von Odense verlegt worden«, fuhr Laugesen fort und griff nach ein paar Unterlagen vor sich auf dem Tisch. »Die Chancen, ihn schnell wieder zurückzubekommen, sind leider sehr gering, weshalb die jetzige Lösung mehr als nur eine Übergangslösung sein wird.« Er sah in die Runde. Einen Augenblick blieb sein Blick an Kjær und Vesterlund hängen, ehe er über Nilsson und Sarah Jonsen zu Mads wanderte. »Wir sollten also loslegen. Wie sieht es mit dem Fundort aus? Und mit dem Obduktionsbericht?«, fragte er, warf kurz einen Blick in seine Unterlagen und sah dann auffordernd zu Mads.

»Wie du sicher schon gelesen hast, hat ein Spaziergänger den Fund gemeldet«, sagte Mads nach ein paar Sekunden Schweigen.

»Danke, das weiß ich«, antwortete Laugesen und verschränkte die Arme vor der Brust. »Du musst nicht bei Adam und Eva anfangen. Das Protokoll des Gesprächs mit Niels Vestergaard ist bereits in der elektronischen Fallakte gespeichert. Ich dachte eher an das, was noch nicht allen bekannt ist. Sarah?« Er sah zu Sarah Jonsen und zog die Brauen hoch. »Fundort?«

»Ich habe zum jetzigen Zeitpunkt noch nicht viel zu sagen«, antwortete Sarah und sah kurz zu Mads. »Durch die Trockenheit der letzten Wochen ist der Boden sehr hart, weshalb wir weder Schuhabdrücke noch Reifenspuren haben, die wir dem Täter zuordnen könnten. Ein paar abgebrochene Zweige und ein Stofffetzen sind gefunden worden, der von den Kleidern des Täters stammen könnte. Sollte sich diese Vermutung bestätigen, ist er von der Rückseite des Wäldchens gekommen. Das ist aber auch schon alles.«

»Und ihr habt die ganze Gegend wirklich gründlich abgesucht?«

»Ja, natürlich. Wir haben alles eingesammelt, was für den Fall auch nur ansatzweise interessant sein könnte, aber eine konkrete Spur haben wir nicht. Auch die Hundestaffel hat leider nichts gefunden. Die Spur hat in einem zertrampelten Bereich hinter den Bäumen geendet.«

»Dann ist der Täter mit einem Auto gekommen und später wieder damit weggefahren?«, fragte Laugesen.

»Davon müssen wir ausgehen«, sagte Sarah.

»Zeugen?«

»Nein, bis jetzt nicht.« Sie zog bedauernd die Mundwinkel herunter. »Niemand hat etwas Auffälliges bemerkt.«

»Verdammt«, schimpfte Laugesen und sah zu Mads. »Und was ist mit der Obduktion?«

»Mit der Obduktion?«

»Ja, mit der Obduktion«, wiederholte Laugesen angestrengt und schob ein paar der Papiere zur Seite, die vor ihm lagen. »Soweit ich das sehen kann, haben wir den Bericht noch nicht bekommen, wenn du also so reizend wärst, uns anderen mitzuteilen, zu welchen Schlussfolgerungen ihr gekommen seid?«

»Bei der Leiche handelt es sich um eine Frau«, antwortete Mads.

»Danke, das weiß ich bereits«, fiel Laugesen ihm ins Wort. »Die technischen Details, bitte. Geschätztes Alter, besondere Kennzeichen, Identität?«

Er zog die Brauen zusammen, als Mads nicht antwortete. Die Narbe an seiner Stirn leuchtete auf, und der Haaransatz glänzte vor Schweiß.

»Eine Frau, vermutlich Anfang siebzig«, sagte Sarah, als Mads weiter schwieg. »Es gibt am Leichnam keinerlei Hinweise auf die Identität der Toten.«

»Dann haben wir … nichts?«, fragte Laugesen. Er stemmte die Hände auf den Tisch und beugte sich vor. »Es ist bald zwei Tage her, dass sie gefunden wurde. Die Zeit arbeitet nicht gerade für uns. Wir müssen weiterkommen.« Er stieß sich beim letzten Wort energisch ab und drehte sich um. »Identität und Motiv.« Er klopfte auf das Whiteboard. »Ich weiß, dass Teglgård euch mehr Freiheiten gelassen hat, aber mit mir am Ruder sammeln wir die Informationen hier. Sonst noch etwas?«

»Wenn ich Mads richtig verstanden habe, gibt es auf den ersten Blick keine Vermissten in Dänemark, die zu der Beschreibung passen würden«, sagte Sarah zögernd und sah wieder zu Mads. »Sollten wir es vielleicht mal in Deutschland versuchen?« Sie senkte den Blick, während Laugesens Gesicht rot anlief.

»Ist das etwa noch nicht geschehen?«

»Leider habe ich Thomas Beckmann noch nicht erreicht«, antwortete Mads und ballte die Hände zu Fäusten.

»Thomas Beckmann«, wiederholte Laugesen wütend und schob die Unterlagen zu einem chaotischen Haufen zusammen. »Mal wieder typisch, dass du nur mit einer ganz bestimmten Person reden kannst. Na, dann komm mal in die Gänge.« Kopfschüttelnd verließ er den Raum.

»Sorry«, meinte Sarah und klopfte mit der Schuhspitze auf das graue Linoleum. »Hab vergessen, dass er nicht Teglgård ist. Alles okay bei dir?«

»Ja, alles gut«, antwortete Mads und sah mit zusammengekniffenen Augen hinter Laugesen her.

»Sicher?« Sie lächelte ihn vorsichtig an.

»Ja.« Sie legte ihre Hand auf seinen Arm, und er blickte auf. Die Wärme drang durch den dünnen Stoff, und er versuchte, ihr Lächeln zu erwidern, aber die Wut loderte noch immer in ihm. »Vergiss es, ist ja nicht deine Schuld, dass Laugesen so ein Arschloch ist.«

6. Juli

Haderslev

Mads schloss die Tür hinter sich, aber Laugesens laute Stimme drang trotzdem bis zu ihm durch. Er holte tief Luft und lehnte sich mit dem Rücken an die Wand. Die kühle Fläche linderte die Wut, die in ihm kochte, und er atmete langsam aus, bevor er die Hand in seine Tasche steckte und sein Handy herausnahm.

»Mads Lindstrøm«, sagte er und setzte sich an seinen Schreibtisch, als Thomas Beckmanns schroffe Stimme durch den Lautsprecher kam. Seine Hand wanderte wie automatisch zur Maus, der Bildschirm schaltete sich ein, und Mads ließ den Blick über die in Dänemark vermissten Personen schweifen. »Störe ich?«

»Nein, gar nicht. Was kann ich für Sie tun?«

»Es geht um einen Leichenfund, den wir hier am Sonntagabend gemacht haben«, fuhr Mads fort und öffnete die Mappe mit Sarah Jonsens Fotos vom Fundort. Sein Blick blieb an dem blassen Körper hängen, der in leicht verdrehter Stellung am Boden lag. Lange Kratzer zogen sich über die bleiche Haut, als wäre die Tote über den Boden geschleift worden. Der Unterleib war übersät von blutigen Flecken.

»Ja?«

»Ich bin das dänische Register der vermissten Personen

durchgegangen, aber ohne Erfolg«, sagte Mads und scrollte weiter nach unten. »Also habe ich mich gefragt, ob Sie vielleicht überprüfen könnten, ob es sich um eine deutsche Staatsbürgerin handelt.«

»Schicken Sie mir eine Beschreibung der Leiche?«

»Ja, natürlich«, antwortete Mads. Ein paar Sekunden verharrte sein Blick an der Nahaufnahme des verfärbten Kopfes. Der BH schnitt sich straff in die Hautfalten des Halses. Die Augen der Toten waren starr nach vorn gerichtet, und ihr Mund wirkte wie ein bodenloses schwarzes Loch. »Es handelt sich um eine ältere Frau. Nach Aussage der Rechtsmedizin ist sie mit aller Wahrscheinlichkeit vor etwa einer Woche getötet worden.« Er schwieg und nahm durch den Hörer ein leises Tippen wahr. »Zum jetzigen Zeitpunkt fehlt uns noch der Tatort.« Er sah aus dem Fenster. Die Nachmittagssonne ließ die Luft über den Hausdächern flimmern. »Ich schicke Ihnen die Details.«

»Danke. Ich schaue mir das schnellstmöglich an. Sie hören von mir.«

Mads ließ das Handy sinken, legte den Kopf in den Nacken und atmete schwer aus. Ein paar Sekunden blieb er still sitzen, dann richtete er sich auf und mailte Thomas Beckmann die Fotos, die Sarah Jonsen in dem Wäldchen gemacht hatte.

6. Juli

Haderslev

Mads stand auf und sah nach unten auf den Gammelting. Die Hitze des Tages wurde von dem Asphalt und den Hauswänden abgestrahlt, sodass auch der frühe Abend noch warm war. Er legte die Hände auf den Fensterrahmen und beobachtete ein paar Kinder, die zwischen den Bäumen am Gedenkstein herumrannten. Dann schloss er das Fenster.

Sein Blick schweifte noch einmal nach draußen, wo Laugesen in seinem alten Wagen gerade den Parkplatz verließ. Eine graue Abgaswolke zog sich hinter ihm her, als er Gas gab und in Richtung Zentrum verschwand.

Mads wollte gerade gehen, als sein Handy klingelte. Es war Thomas Beckmann. »Sie sind noch im Büro?«, fragte er.

»Ja, ist spät geworden heute«, sagte Mads. Er massierte sich mit den Fingern die Stirn, um die Spannungskopfschmerzen hinter seinen Augen etwas zu lindern. »Haben Sie was gefunden?«

»Ja, deshalb rufe ich Sie an«, antwortete Thomas Beckmann. »Ich bin die Vermisstenanzeigen durchgegangen, und es könnte tatsächlich sein, dass es einen Match gibt.«

»Erzählen Sie«, sagte Mads und setzte sich.

»Eine gewisse Erika Truelsen, vierundsiebzig Jahre alt, ist am Samstag, dem 3. Juli, als vermisst gemeldet worden.«

»Und die Beschreibung passt?«

»Es muss noch verifiziert werden, aber eigentlich habe ich keine Zweifel. Die Ähnlichkeit mit den Fotos, die Sie geschickt haben, ist eindeutig.«

»Was wissen wir über sie?«, fragte Mads und versuchte, die Kopfschmerzen zu ignorieren.

»Zum jetzigen Zeitpunkt noch nicht viel. Alleinstehend. Wohnhaft zwischen Fleckeby und Kosel. Die Nachbarn haben die Polizei alarmiert.«

»Irgendetwas Verdächtiges?«

»Nein, aus der Anzeige geht nur hervor, dass sie sich darüber gewundert haben, dass sie ein paar Tage in Folge nicht an der Bushaltestelle stand. Sie haben sich Sorgen gemacht«, antwortete Thomas Beckmann.

»Und die Nachbarn haben nicht versucht, Kontakt zu ihr zu bekommen?«

»Doch, hier steht, dass sie durch die Fenster ins Haus geschaut haben, um zu sehen, ob sie gestürzt war und hilflos auf dem Boden lag, aber nichts war zu sehen«, antwortete Beckmann.

»Könnte sie nicht verreist sein?«

»Im Prinzip schon. Nach Aussage der Nachbarn war sie aber eigentlich nie weg.«

»Wenn Berit Langers Annahmen stimmen, ist sie etwa am 1. Juli gestorben«, sagte Mads. »Ich habe den Obduktionsbericht leider noch nicht bekommen, aber er wird mir sicher bald vorliegen. Wissen wir, wann sie zuletzt gesehen wurde?«

»Nicht genau.«

»Hat sie Familie?«

»Das habe ich überprüft. Ihr engster Verwandter ist ein Neffe namens Stefan Krüger.«

»Haben Sie ihn schon kontaktiert?«

»Noch nicht. Aber das werde ich natürlich tun.«

»Und wie sieht es mit dem Haus aus?«, fragte Mads. »Könnte das der Tatort sein?«

»Das bezweifle ich«, antwortete Beckmann. »Nach der Vermisstenanzeige ist eine Streife vorbeigefahren, den Beamten ist aber nichts aufgefallen. Ich kann Ihnen den Bericht schicken.«

»Danke, das wäre gut«, sagte Mads. »Glauben Sie, wir können den Neffen bitten, die Tote zu identifizieren, damit wir sicher sein können, dass es sich wirklich um Erika Truelsen handelt?«

»Ich werde versuchen, für morgen einen Termin zu vereinbaren«, antwortete Thomas Beckmann. »Wann könnten Sie hier sein?«

7. Juli

Kosel

»Schön, dass Sie hergefunden haben«, sagte Thomas Beckmann und reichte Mads die Hand, dann wanderte sein Blick zu dem Haus, vor dem sie standen.

Hellrosa Stockrosen flankierten die dunkelgrüne Tür des rotbraunen Ziegelgebäudes mit Reetdach, das die Idylle komplettierte.

»Es war mir bisher leider nicht möglich, Stefan Krüger zu erreichen«, fuhr Beckmann fort. Er warf Mads einen Blick zu, öffnete das Tor und betrat das Grundstück. »Wir können nur hoffen, dass er zu Hause ist.«

Mads zögerte einen Moment, dann folgte er dem deutschen Kollegen. Sein Blick ging zu den dünnen weißen Gardinen vor den Fenstern. »Gibt es jemand anders, der die Tote identifizieren könnte?«, fragte er, während Thomas Beckmann den Türklopfer auf die kleine Metallplatte fallen ließ.

»Vielleicht die Nachbarn, die die Anzeige aufgegeben haben«, antwortete Beckmann und trat einen Schritt zurück. Dann ließ er den Blick durch den Garten schweifen, ehe er noch einmal anklopfte.

»Der ist nicht zu Hause.« Die raue Stimme ließ Mads herumschwingen. Ein geblümtes Kopftuch umrahmte das faltige Gesicht einer alten Frau. »Wenn Sie zu Stefan wollen, der ist oben bei der Kirche«, fuhr sie fort und nickte in die Richtung, aus der sie gekommen waren. Dann musterte sie sie neugierig. »Heute Nachmittag ist noch eine Beerdigung. Er bereitet sich vor.«

»Und dann stören wir ihn nicht?«, fragte Thomas Beckmann.

Sie lachte heiser. »Nein, das glaube ich nicht. Sind Sie mit ihm verwandt?« Ihre Stimme klang so ungläubig, als zweifelte sie daran, ob das möglich sein könnte.

»Leider nein«, antwortete Thomas Beckmann und hielt ihr seinen Polizeiausweis hin, ehe er das Gartentor hinter ihnen schloss.

*

Mads betrachtete die Kirche, deren runder Turm von den hohen Bäumen beinahe verdeckt wurde. Er folgte Thomas Beckmann durch das Tor und wedelte die Insekten weg, die im Schatten der Bäume um sie herumschwirrten, als sie auf die Feldsteinkirche zugingen.

»Herr Krüger?« Thomas Beckmanns Stimme hallte über den Friedhof. Im Vorraum schlug ihnen der Kalkgeruch mit staubiger Kühle entgegen, als er die Tür öffnete. Einen Moment blieb er still stehen und lauschte, ehe er zu Mads sah und die Tür zum Kirchenraum öffnete.

Mit einem tiefen Atemzug folgte Mads seinem deutschen Kollegen. Während sie an den blau gestrichenen Bänken vorbeigingen, sah er sich im Innenraum der Kirche um. Filigrane Lampen in passenden Farben hingen von der Decke herab, und hinter ihnen auf der Empore rahmte ein hölzernes Orgelgehäuse mit drei Bögen die silbernen Pfeifen ein. Mads drehte sich um, als sich eine Tür im Chorraum öffnete.

»Sind Sie Stefan Krüger?«, fragte Thomas Beckmann.

»Ja, wer fragt?«, antwortete der Mann, der aus der offenen Tür trat.

»Thomas Beckmann, Kriminalpolizei«, sagte Beckmann und hielt dem Mann seinen Ausweis hin.

»Kriminalpolizei?« Stefan Krüger zog die Stirn in Falten. Sein kräftiger Körper füllte das T-Shirt komplett aus, und die braune Arbeitshose drohte zu platzen.

»Es geht um Erika Truelsen«, fuhr Thomas Beckmann fort. »Sie ist Ihre Tante, oder?«

»Ja, das stimmt«, antwortete Krüger und sah von Beckmann zu Mads, während er einen Stapel dünne Liederheftchen auf den Taufstein legte. »Worum geht es denn?«

»Wir haben Grund zu der Annahme, dass Ihre Tante Opfer eines Verbrechens geworden ist«, fuhr Thomas Beckmann fort und musterte Stefan Krüger, der sich die Hände am Stoff der Hose abwischte.

»Ein Verbrechen?«

»Unsere dänischen Kollegen haben eine Tote gefunden, bei der es sich um Erika Truelsen handeln könnte«, fuhr Thomas Beckmann fort und nickte Mads zu.

»Wir sind uns zum jetzigen Zeitpunkt noch nicht sicher, ob es wirklich Erika Truelsen ist«, übernahm Mads und trat einen Schritt vor. Kurz betrachtete er die zarte Gewölbemalerei über dem Altar, ehe er den Blick wieder auf Stefan Krüger richtete. »Ich wollte fragen, ob Sie eventuell bereit wären, die Leiche zu identifizieren?«

»Ja, wenn es sich um Erika handelt, natürlich«, antwortete Stefan Krüger unsicher und sah auf die Uhr.

»Wann haben Sie sie zuletzt gesehen?«, fragte Mads.

»Das ist lange her«, antwortete Krüger, griff nach den

Heftchen und ging langsam durch den Kirchenraum. Beckmann und Mads folgten ihm. »Wir haben uns bei der Beerdigung meiner Mutter zuletzt unterhalten«, fuhr Krüger fort. »Aber ich habe meine Tante mehrmals hier in Kosel gesehen.«

»Waren Sie zerstritten?«

»Nein«, antwortete Krüger und schüttelte den Kopf. Dann bückte er sich und hob einen geflochtenen Korb an. Sein Gesicht lief dabei tiefrot an, und es dauerte einen Moment, bis er weitersprechen konnte. »Ich weiß nicht, wie ich das erklären soll, aber Erika hat sich schon vor vielen Jahren aus der Familie verabschiedet. Muss ich mir die Leiche wirklich anschauen?«

»Ich habe ein Foto dabei«, sagte Mads. Er griff in die Hosentasche und zog den Ausdruck eines Fotos vom Gesicht der Toten heraus, das im Obduktionssaal aufgenommen worden war. »Aber wenn Sie wollen, dürfen Sie sie natürlich sehen.«

»Ein Bild würde mir reichen«, antwortete Krüger und breitete die Liederheftchen in dem Korb aus, bevor er diesen auf ein Tischchen in der Nähe des Eingangs stellte. Er sah noch einmal auf seine Uhr, dann wanderte sein Blick durch die geöffnete Kirchentür zu einem Lieferwagen, der auf dem Kirchenvorplatz gehalten hatte. »Auch wenn ich mit ihr verwandt bin, weiß ich nicht viel über ihr Leben. Ich fürchte, ich kann Ihnen da nicht großartig weiterhelfen.«

»Es wäre schon eine große Hilfe, wenn Sie die Leiche identifizieren würden«, sagte Mads und hielt ihm das ausgedruckte Foto hin.

Stefan Krüger zögerte einen Moment, ehe er den Blick senkte und das bleiche Gesicht betrachtete. »Ja«, sagte er und nickte. »Das ist Erika.«

7. Juli

Weseby

Mads ging vom Gas und sah hinüber zu den Häusern am Ufer des Langsees. Hohe Bäume rahmten die Straße mit ihren dunkelgrünen Kronen ein. Dahinter leuchtete golden das fast reife Getreide. Er riss sich von dem Anblick los und sah geradeaus auf Beckmanns weißen Passat, der nach links in eine Stichstraße einbog.

»Es ist das Haus da vorne«, sagte Thomas Beckmann, nachdem er ausgestiegen war, und nickte in Richtung des letzten Hauses am Weg. Trockene Grasbüschel wucherten zwischen den Platten der Einfahrt. »Wir sollten zur Sicherheit auch die Spurensicherung anfordern.« Er drehte sich um und sah über die Felder, während er das Handy herausholte und Helmut Vogel anrief.

*

»War jemand da drin?«, fragte Helmut Vogel und zog die Seitentür des Lieferwagens zu. Dann ließ er den Blick über das kleine Haus und weiter zum Garten schweifen, in dem ein paar Laken an einer schiefen Wäschespinne hingen.

»Das weiß ich nicht«, sagte Thomas Beckmann und zog sich den Overall an. »Im Bericht steht nichts dazu, der Windfang auf der Rückseite des Hauses ist aber unverschlossen, möglich ist es also.«

»Aha«, murmelte der Kriminaltechniker. »Dann sehen wir es uns mal an.« Er drückte das Gartentörchen auf und ging über den Plattenweg zum Haus. In den Fugen klammerte sich vertrocknetes Unkraut fest.

Tiefe Risse zogen sich durch das Holz des Windfangs, als wäre es Jahrzehnte her, dass hier zuletzt gestrichen worden war. Ein Paar ausgetretene Holzschuhe verstärkten den heruntergekommenen Eindruck. Helmut Vogel öffnete die Tür zum Inneren des Hauses. Vor ihnen erstreckte sich ein Flur mit Terrazzoboden. Kleine schwarze Flecken verfärbten den Putz oberhalb der Fußleisten, und ein leichter Schimmelgeruch schlug ihnen entgegen.

»Dürfen wir reinkommen?«, erkundigte sich Beckmann.

Die Luft im Windfang war warm und stickig, und Mads schwitzte unter seinem Schutzoverall.

»Flur und Küche sollten okay sein, aber fasst bitte nichts an!«, rief Helmut Vogel aus dem Inneren des Hauses.

Thomas Beckmann trat über die Schwelle und verschwand im Halbdunkel. Mads folgte ihm mit einem letzten Blick auf die ausgetretenen Holzschuhe. Dann richtete er seine Aufmerksamkeit auf den schmalen Flur. Die Farbe an den Wänden glänzte, und ein Muster aus grauen Schimmelpunkten zog sich am Rand der vergilbten Deckenplatten entlang. Er holte tief Luft und unterdrückte den Drang, sich den Handrücken auf die Nase zu drücken, als er mit dem Ellenbogen die Tür zu einer kleinen Toilette öffnete.

»Mads?«

Thomas Beckmanns Stimme riss ihn aus seinen Gedanken. Mads warf noch einen Blick auf den Plastikbecher mit der Zahnbürste, die auf der Ablage unter dem Spiegel stand, dann drehte er sich um. »Ja?« Er zog die Tür zu und ging weiter ins Haus hinein.

»Es sieht nicht so aus, als wäre sie verreist«, sagte Thomas Beckmann und zeigte auf einen Gefrierbeutel auf der Küchenarbeitsplatte, in dem grünliche Klumpen zu erkennen waren. »Frikadellen?«

»Ja, vermutlich«, sagte Mads. »Wie sieht es mit dem Kühlschrank aus?«

Thomas Beckmann öffnete den niedrigen Kühlschrank in der Ecke. »Nicht viel drin«, antwortete er mit einem Achselzucken. »Ein paar abgelaufene Scheiben Käse und Wurst, ein Glas Marmelade und Butter. Eine Dose Katzenfutter und eine Schale mit Kartoffeln, die schon vor ein paar Tagen hätten gegessen werden müssen.« Er trat einen Schritt zurück, während sein Blick über das Türfach wanderte, in dem eine Reihe von Bierflaschen stand. »Es sieht so aus, als könnte sie vor über einer Woche verschwunden sein.«

»Sie sollten das lieber Helmut Vogel dokumentieren lassen«, sagte Mads und sah hinüber zum Wohnzimmer. Auf den Fensterbrettern standen ein paar vertrocknete Pflanzen, und die Zeiger der Uhr waren um kurz vor vier stehen geblieben.

Thomas Beckmann schloss den Kühlschrank. »Hier gibt es nicht viel zu sehen«, sagte er und ging ins Wohnzimmer.

Mads sah durchs Fenster. Draußen fuhr gerade ein Auto in die Einfahrt.

»Verstärkung«, erklärte Helmut Vogel und steckte den Kopf aus dem angrenzenden Zimmer. »Auf den ersten Blick sieht es nicht so aus, als wäre hier ein Verbrechen passiert, aber wir müssen das noch genauer untersuchen. Gibt es vom

Fundort irgendwelche Spuren, die in eine klare Richtung deuten?«

»Leider nein«, antwortete Mads und schüttelte bedauernd den Kopf. »In dem Wäldchen hatte es seit Wochen nicht geregnet, weshalb es keine Abdrücke gibt. Sarah Jonsen analysiert gerade die Gegenstände, die in der Gegend gefunden wurden, aber wir haben weder Zeugenaussagen noch sonst irgendetwas Konkretes.«

»Das macht die Sache nicht gerade leichter«, bemerkte Helmut Vogel. Hinter dem Auto mit seinen Kollegen hatten sich ein paar Leute versammelt, die neugierig ins Haus spähten. »Wir müssen sehen, was wir finden«, fuhr der Kriminaltechniker fort und hob seine Kamera an. »Wir werden alles ganz genau durchgehen. Sie kriegen den Bericht, sobald ich ihn fertig habe.«

»Danke«, antwortete Thomas Beckmann und nickte in Richtung des kleinen Flurs, als wollte er Mads anweisen, gemeinsam mit ihm nach draußen zu gehen.

Mit einem letzten langen Blick ließ Mads die Details auf sich wirken. Das Deckchen auf dem dunkelbraunen Couchtisch. Die Fliegenklatsche auf dem Sofa. Eine aufgeschlagene Illustrierte, die nahelegte, dass Erika Truelsen zuletzt einen Artikel über Schauspieler auf einer Filmpremiere gelesen hatte. Der Fußschemel vor dem Sessel war etwas zur Seite geschoben, damit man besser vorbeikam. Hinter sich hörte Mads Helmut Vogel, der wieder in dem angrenzenden Raum verschwand. Dann drehte Mads sich um und folgte Thomas Beckmann nach draußen.

7. Juli

Weseby

Als Mads wieder in den kleinen Windfang tat, schlug ihm die abgestandene warme Luft entgegen. Die dreckigen Fenster erzeugten einen Treibhauseffekt, und er riss sich die Latexhandschuhe von den Fingern und streifte die Kapuze des Overalls ab. Dann atmete er tief durch und ließ den Blick durch den Garten und über die Felder schweifen.

»Tja, dann müssen wir wohl abwarten, was sie finden«, sagte Thomas Beckmann und fuhr sich über die Stirn. »Auf den ersten Blick sieht es nicht so aus, als gäbe es da etwas.«

»Wissen wir, ob sie öfter verreist war?«, fragte Mads und schirmte mit der Hand die Sonne ab.

»Nein«, antwortete Thomas Beckmann. »Aus der Anzeige geht lediglich hervor, dass sie mehrmals pro Woche mit dem Bus nach Kosel gefahren sein soll.«

»Vielleicht sollten wir einfach da starten?«, schlug Mads vor und sah auf seine Uhr.

»In Kosel oder bei demjenigen, der sie vermisst gemeldet hat?«, fragte Thomas Beckmann und knüllte den Overall zusammen.

»In Kosel«, antwortete Mads. »Wenn sie regelmäßig da war, sollte man sie dort kennen.«

»Das wird nichts bringen«, meinte Beckmann. »Der

Anzeige ist zu entnehmen, dass Erika Truelsen eine Einzelgängerin war. Ich bezweifle, dass sie in Kosel mit den Leuten Kontakt hatte.«

»Was wissen Sie über sie?«

»Nichts«, antwortete Thomas Beckmann hart. »Es ist Sommer. Wir haben zu wenig Personal, und da die Streife, die nach der Anzeige hier draußen war, keine Anzeichen eines Verbrechens gefunden hat, wurden keine Ressourcen bereitgestellt, um der Sache weiter nachzugehen. Ich meine, die Menschen dürfen ja wohl noch ihre Häuser verlassen, ohne ihren Nachbarn davon etwas zu sagen.« Er biss die Zähne zusammen und bog um die Hausecke. Ein paar große Bäume beschatteten die Giebelwand, vor der er tief atmend stehen blieb.

»Das muss alles genau untersucht werden, sonst kommen wir nicht weiter«, sagte Mads mit Nachdruck.

»Ich weiß«, antwortete Thomas Beckmann und fuhr sich mit dem Unterarm über die Stirn. Der Schweiß glänzte auf seiner Haut, und dunkle Flecken zeichneten sich am Achselbereich seines hellblauen Hemdes ab. »Und ihr habt wirklich nichts, was auf einen möglichen Täter hindeutet?«

»Leider nein«, antwortete Mads, trat von einem Bein auf das andere und sah noch einmal auf seine Uhr. »Sarah Jonsen ist schon dran, wir haben aber kaum Ansatzpunkte.«

»Und wie sieht das eure Rechtsmedizinerin?«, fragte Thomas Beckmann. »Kann die keine Hinweise geben?«

»Schwer zu sagen«, antwortete Mads und betrachtete eine Gruppe von Fahrradfahrern in engen Lycraklamotten, die auf der Landstraße vorbeifuhren. »Es deutet einiges auf eine persönliche Beziehung zwischen Opfer und Täter hin, aber sicher ist das nicht.«

»Schießen Sie los.«

»Die Würgemale zeigen, dass der Täter mit großer Wahrscheinlichkeit vor ihr gestanden hat«, sagte Mads und ballte die Hände zu Fäusten, als sähe er vor seinem inneren Auge, wie der Täter den BH um Erika Truelsens Hals legte. »Seinem Opfer beim Mord in die Augen zu sehen, deutet auf Rache und damit auf ein persönliches Motiv hin.«

»Ja, das ist richtig.« Thomas Beckmann nickte. »Sie glauben also nicht an einen sexuell motivierten Raubmord?«

»Das wäre natürlich eine Möglichkeit«, antwortete Mads und presste die Lippen nachdenklich zusammen. »Aber nein. Ich glaube, da ist noch mehr. Die Brutalität der Tat und die Demütigung durch die Vergewaltigung – das deutet auf eine ganz bewusste Handlung hin.«

Wieder nickte Thomas Beckmann zustimmend. »Familie? Freunde?«

»Vielleicht sollten wir da ansetzen«, schlug Mads vor und zögerte eine Sekunde.

In diesem Moment bog Helmut Vogel um das Haus.

»Ich schicke ein paar Leute in Kosel von Tür zu Tür«, sagte Thomas Beckmann mit einem Seufzen und holte sein Handy heraus. »Den Rest machen wir vom Büro aus.«

»Ich muss jetzt leider wieder zurückfahren«, antwortete Mads und verzog bedauernd den Mund. »Ich habe noch einen Termin mit dem neuen Dezernatsleiter.«

»Ihr habt einen neuen Leiter?«, fragte Thomas Beckmann und zog die Stirn in Falten.

»Ja.« Mads nickte und schnitt eine Grimasse. »Per Teglgård ist leider krankgeschrieben.«

»Ach so«, antwortete Thomas Beckmann, ohne den Blick vom Display seines Handys zu nehmen. Seine Finger huschten über die Icons, dann richtete er seine Aufmerksamkeit wieder auf Mads. »Es wäre gut, wenn Sie noch ein bisschen bleiben und helfen könnten.«

»Das weiß ich, aber da sind mir leider die Hände gebunden. Vielleicht könnten Sie mir schicken, was Sie jetzt schon haben, dann schaue ich mir das schnellstmöglich an.«

»Natürlich«, sagte Thomas Beckmann und hielt sich das Handy ans Ohr. »Sie hören von mir.«

*

Mads schloss die Autotür und ließ den Motor an. Er drehte das Gebläse auf und schloss für einen Moment die Augen, während seine Finger sich um den Schaltknüppel legten. Die Wärme im Wagen war erdrückend, und er atmete tief durch, bevor er den Rückwärtsgang einlegte und Beckmann zum Abschied kurz zuwinkte. Der Schotter knirschte unter den Reifen, als er aus der Einfahrt fuhr und Gas gab. Im Rückspiegel sah er Thomas Beckmann in der Luft gestikulieren, ehe der wieder hinter dem Haus verschwand.

Er richtete den Blick nach vorn. Die Felder vor ihm reichten bis zum Langsee, auf dem die Sonne glitzerte. Er fuhr an den Straßenrand und nahm sein Handy heraus. Wie in Trance öffnete er seine Lauf-App und sah sich die Strecken an, die es hier in der Nähe gab. Dann legte er das Handy wieder auf die Mittelkonsole und steuerte auf einen nahe gelegenen Parkplatz zu.

8. Juli

Haderslev

»Hallo«, sagte Sarah Jonsen und musterte Mads besorgt. »Hast du mit Laugesen gesprochen?« Sie sah sich um, bis ihr Blick an dem feuchten Handtuch hängen blieb, das über dem Stuhlrücken von Laugesens früherem Platz hing. Dann schob sie die Unterlagen auf Mads' Schreibtisch etwas zur Seite und setzte sich auf die Tischkante.

»Danke, Laugesen war gerade hier«, antwortete Mads.

»Hab ich mir gedacht«, sagte Sarah. »Wo warst du?«

»In Deutschland.« Mads nickte in Richtung des deutschen Polizeiberichts, der ausgedruckt auf dem Tisch lag. Dann stand er auf und schloss die Tür.

»Heute Vormittag?«, fragte Sarah und griff nach den Unterlagen.

»Nein, gestern«, antwortete Mads und setzte sich wieder. »Laugesen hat sich darüber aufgeregt, dass er nicht informiert war, aber ich kann ihn doch nicht über jeden Schritt auf dem Laufenden halten.«

»Es ist aber schon eine relevante Information, dass die Tote identifiziert wurde«, sagte Sarah. »Erika Truelsen?«

»Nicht du auch noch«, antwortete Mads und nahm die Papiere entgegen, die sie ihm reichte. »Ich wollte diese Informationen doch nicht für mich behalten! Ich habe das Ganze nur noch nicht vollständig durchgearbeitet. Teglgård war es immer wichtig, dass wir uns einen gewissen Überblick verschafft haben, bevor wir so etwas weitergeben.«

»Da hast du recht, Laugesens Führungsstil ist wirklich nicht mit Teglgårds zu vergleichen«, sagte Sarah mit einem Achselzucken. »Aber du hättest ihn bei der Morgenbesprechung darüber informieren müssen.«

»Ich verstehe nicht, wie der Polizeidirektor ihn als Dezernatsleiter einsetzen konnte!« Mads schob seinen Bürostuhl nach hinten und kniff wütend die Lippen zusammen. »Laugesen ist komplett inkompetent. Man muss sich nur den Bylderup-Fall anschauen.«

»Ich bin doch deiner Meinung, Mads«, sagte Sarah und hob abwehrend die Hände, »aber das scheint ja kein Kriterium zu sein. Hat er dir den Marsch geblasen?«

»Das kann man getrost sagen«, antwortete Mads und warf die Unterlagen auf den Tisch. »Er hat mir einen Vortrag darüber gehalten, dass wir hier im Dezernat ein Team sind und ich nicht einfach tun kann, was ich will.«

»Was auch immer wir von ihm halten, in dem Punkt hat er recht«, sagte Sarah. Sie stützte sich auf den Tisch und nickte in Richtung Polizeibericht. »Was weißt du bis jetzt?«

»Das Opfer ist inzwischen identifiziert worden«, antwortete Mads. »Erika Truelsen. Vierundsiebzig Jahre alt. Sie wurde am 3. Juli als vermisst gemeldet, ist aber schon seit Ende Juni nicht mehr gesehen worden.«

»Dann gehen wir davon aus, dass sie Ende Juni verschwunden ist?«, fragte Sarah.

»Ja, das steht aber noch nicht fest«, erwiderte Mads.

»Und der Tatort?«

»Noch unbekannt. Wir wissen nur, dass sie nicht bei sich

zu Hause ermordet wurde. Die deutschen Kriminaltechniker haben Haus und Grundstück abgesucht. Es deutet nichts darauf hin, dass das Verbrechen dort geschehen ist.«

»Was wissen wir sonst noch über sie?«

»So gut wie nichts«, antwortete Mads. »Die Informationen von Nachbarn und Familie sind eher spärlich. Ich warte aber noch auf eine Rückmeldung von Beckmann.«

»Aber wenn ihr bei ihr zu Hause wart, dann habt ihr doch sicher schon ausführlicher mit den Nachbarn gesprochen?«, fragte Sarah und zog die Stirn in Falten.

»Dazu hat die Zeit gefehlt. Beckmann macht so etwas am liebsten selbst. Das Opfer ist Deutsche, und solange wir nicht wissen, ob der Fundort nicht die einzige Verbindung zu Dänemark ist, sollten wir den Deutschen die Leitung überlassen.«

»Klingt plausibel«, stimmte Sarah ihm zu. »Dann hört er sich jetzt in der Gegend um?«

»Davon gehe ich aus«, erwiderte Mads. »Wir müssen rekonstruieren, wo sie sich bis zu ihrem Verschwinden aufgehalten hat. Wie sieht es bei dir aus? Irgendwelche Neuigkeiten vom Fundort?«

»Ja, deshalb bin ich gekommen«, sagte Sarah und stand auf. »Ich habe auf dem BH, mit dem sie erwürgt wurde, ein paar Fingerabdrücke gefunden. Die meisten stammen vom Opfer selbst. Wir haben aber auch einen Abdruck von jemand anderem gefunden.«

»Hast du ihn durchs System laufen lassen?«

»Ja, aber das war leider nicht so einfach. Ein paar technische Details haben den Prozess erschwert.«

»Aber du hast einen Match?«, fragte Mads hoffnungsvoll.

»Noch nicht.« Sarah legte die Hand auf die Türklinke. »Der Abdruck ist durch eine fettige Substanz verunreinigt.

Vermutlich Hautcreme oder Ähnliches. Außerdem ist er nicht vollständig, weshalb ich ihn noch nicht identifizieren konnte. Ich arbeite aber weiter daran und sage dir Bescheid, sobald ich etwas weiß.«

8. Juli

Haderslev

»Eine Verbindung nach Dänemark?«, vergewisserte sich Mads.

»Anscheinend gehörte Erika Truelsen der dänischen Minderheit an«, drang Thomas Beckmanns Stimme durch den Lautsprecher des Handys. »Haben Sie sie mal gegoogelt?«

»Nein, noch nicht«, antwortete Mads und sah aus dem offenen Fenster. Der Abend war warm, und von irgendwoher kam Musik. »Ich habe den Tag genutzt, um die Bewohner von Ottersbøl zu befragen.«

»Na dann«, brummte Thomas Beckmann. »Ist was dabei rausgekommen?«

»Nein, nichts«, antwortete Mads. »Niemandem ist etwas Ungewöhnliches aufgefallen.«

»Haben Sie einen Zeugenaufruf gestartet?«

»Ja«, antwortete Mads. Er beugte sich vor, klemmte sich das Handy zwischen Ohr und Schulter und tippte den Namen *Erika Truelsen* ins Suchfeld des Browsers. »Ein paar Tipps haben wir bekommen, es war aber nichts Brauchbares dabei.« Der kleine Kreis auf dem Bildschirm drehte sich, während Mads ungeduldig auf die Ergebnisse wartete. Dann nahm er das Telefon wieder in die Hand.

»Also ist es dem Täter gelungen, die Leiche in einem

relativ offenen Gelände abzulegen, ohne dass jemand etwas bemerkt hat?«, fragte Thomas Beckmann skeptisch.

»Sieht so aus«, erwiderte Mads und trommelte mit den Fingern auf die Maus. »Die Hinweisnummer ist noch geschaltet, ich bezweifle aber, dass da noch etwas kommt.«

»Wir brauchen einen Ansatzpunkt. Es ist schon so viel Zeit verstrichen«, erklärte Thomas Beckmann.

»Das ist richtig«, stimmte Mads ihm zu und betrachtete den Bildschirm, auf dem ein paar wenige Treffer angezeigt wurden.

»Wie sieht es mit dem Obduktionsbericht aus?«, erkundigte sich Beckmann.

»Der ist noch nicht da«, antwortete Mads und druckte ein paar Seiten aus dem Internet mit Informationen über Erika Truelsen aus. »Ich schaue mir das morgen alles noch mal an. Könnten Sie mir Ihre Ergebnisse zumailen?«

»Ja, natürlich, ich schicke sie Ihnen gleich.«

»Danke. Bis dann.« Mads legte auf und erhob sich. Ein paar Sekunden starrte er die Dokumente an, die auf seinem Tisch lagen, dann schaltete er die Schreibtischlampe aus. Gerade griff er nach der Maus, als ein Ton diskret darauf hinwies, dass Thomas Beckmanns Mail eingetroffen war. Mads öffnete die Datei und druckte sie aus, bevor er seine Sporttasche nahm und den Raum verließ.

Hinter ihm fiel die Tür des Dezernats für Gewaltverbrechen ins Schloss, und das Geräusch seiner Schritte hallte durch den leeren Flur, als er über die Treppe nach unten ging. Er blieb einen Moment an der Tür zur Tiefgarage stehen, dann warf er einen Blick auf seine Uhr und ging stattdessen in den Trainingsraum.

*

Mads schob die Langhantelstange in die Halterung und richtete sich auf. Das Herz hämmerte in seiner Brust, und der Schweiß lief ihm herab, während er nach der Wasserflasche griff. Noch einmal glitt sein Blick über die Dokumente, die er auf dem Boden ausgebreitet hatte, dann setzte er die Flasche an die Lippen und trank sie aus. Einen Augenblick saß er still da, dann warf er die Wasserflasche in seine Tasche und sammelte die ausgedruckten Informationen über Erika Truelsen zusammen.

9. Juli

Haderslev

»Nein, ich habe den Obduktionsbericht leider noch immer nicht bekommen«, sagte Mads und nahm das Handy etwas vom Ohr weg. »Ich weiß, dass es besser gewesen wäre, wenn Sie bei der Obduktion persönlich anwesend gewesen wären, aber zum damaligen Zeitpunkt wussten wir ja noch nicht, dass es sich bei der Toten um eine Deutsche handelt.« Er drehte den Kopf und sah Torben Laugesen, der den Kopf in sein Büro steckte.

»Die Besprechung hat vor zehn Minuten angefangen«, sagte Laugesen, ohne Rücksicht auf das Telefonat zu nehmen.

»Noch zwei Minuten«, formte Mads lautlos mit den Lippen und hielt zwei Finger hoch. »Ja, Beckmann, ich verspreche, dass ich ihr Druck mache.«

Laugesen stieß die Tür auf und spießte Mads förmlich mit dem Blick auf. »Jetzt!«, forderte er, während er einen Schritt vortrat und die Arme vor der Brust verschränkte.

»Ja, ich rufe Sie sofort an«, versicherte Mads seinem Gesprächspartner am Telefon. Er warf einen Blick auf die Uhr am Bildschirm, während er Laugesen mit einer Handbewegung zu signalisieren versuchte, dass er beschäftigt war.

»Jetzt!«, wiederholte Laugesen wütend. Er schlug mit der flachen Hand auf den Tisch, und seine Wangen nahmen eine tiefrote Farbe an.

»Siehst du nicht, dass ich telefoniere?«, entgegnete Mads auf Dänisch.

»Das ist mir so was von egal«, fauchte Laugesen und hob den Zeigefinger. »Mag sein, dass du bei Teglgård mit so was durchgekommen bist, aber jetzt bestimme ich die Tagesordnung, und wenn ich darum bitte, zur Morgenbesprechung zu erscheinen, dann erscheinst du auch, ist das klar?«

»Im Moment geht das noch nicht«, antwortete Mads und richtete seinen Blick demonstrativ auf den Bildschirm, während er auf Deutsch fortfuhr: »Ja, ich habe schon mehrfach nachgefragt.«

Einen Moment blieb Laugesen still stehen, dann stieß er sich mit den Händen vom Schreibtisch ab. »In fünf Minuten bist du da!«

»Was, zum Henker, ist eigentlich mit dir los?«, fauchte Mads und stand mit einer abrupten Bewegung auf. Seine Finger umklammerten das Handy so fest, dass die Knöchel weiß wurden. Wütend funkelte er Laugesen an. »Ich komme, wenn ich hier fertig bin.«

Laugesen knallte die Tür hinter sich zu. Mads setzte sich wieder hin und hielt sich das Handy ans Ohr. Einen Augenblick schwieg er, während das Adrenalin durch seine Adern pumpte. Dann legte er den Kopf nach hinten und atmete langsam aus. »Entschuldigen Sie, was haben Sie gesagt?«

»Ich habe gefragt, ob Sie damit rechnen, den Bericht heute noch zu bekommen.«

»Das kann ich nicht versprechen, ich werde aber alles in meiner Macht Stehende versuchen«, erklärte Mads.

»Und können Sie mir bitte die Befragungen in Ottersbøl zumailen?«

»Ja, natürlich. Ich schicke sie Ihnen, sobald ich mit Berit Langer gesprochen habe«, sagte Mads und warf einen Blick zur Tür. Draußen auf dem Flur war Laugesens Stimme zu hören, die sich wie eine Machete durch die Abteilung schnitt. »Was ist mit Helmut Vogel?«, fragte er. »Hat er etwas gefunden?«

»Leider nein«, antwortete Thomas Beckmann. »Sie haben alles probiert. Fingerabdrücke, Luminol, Fasern. Es deutet wirklich nichts darauf hin, dass irgendjemand anderes bei Erika Truelsen zu Hause war. Die Zeugenaussagen der Nachbarn untermauern das auch. Sie scheint nie jemanden zu sich eingeladen zu haben.«

»Okay«, murmelte Mads und beugte sich vor. »Haben Sie herausfinden können, wann sie zuletzt gesehen wurde?«

»Nur das, was auch in der Anzeige steht«, antwortete Thomas Beckmann.

»Also Ende Juni.«

»Genau.«

»Was ist mit Kosel und der Busgesellschaft? Sind Sie dieser Spur nachgegangen?«

»Teilweise.«

»Dann haben Sie auch nichts Neues?«, fragte Mads. Er griff nach einem Kugelschreiber und trommelte damit rhythmisch auf die Akten, die vor ihm lagen.

»Wir gehen gerade die Unterlagen und Fotos durch, die im Haus gefunden wurden, vielleicht liefert das irgendwelche Hinweise. Um ehrlich zu sein, sieht das Ganze aber ziemlich hoffnungslos aus.«

»Mist!«, murmelte Mads und warf den Kugelschreiber vor

sich hin. »Bitte informieren Sie mich, falls doch noch irgendwas auftauchen sollte.« Er beendete das Telefonat und legte das Handy auf den Tisch. Draußen fuhr seufzend ein Lastwagen los, der seine Dieselwolke in Richtung der geöffneten Fenster schickte. Mads zögerte noch einen Augenblick, dann ging sein Blick zur Schreibtischschublade. Mit einer schnellen Bewegung zog er sie auf, drückte ein paar Pillen aus dem Blister und schluckte sie, ehe er erneut zum Handy griff und Berit Langer anrief.

»Dies ist der Anschluss der Rechtsmedizinerin Berit Langer. Ich kann Ihren Anruf gerade leider nicht entgegennehmen, aber hinterlassen Sie mir bitte eine Nachricht.«

»Hallo, Mads hier«, begann er. »Thomas Beckmann aus Deutschland fragt, wie weit du mit dem Obduktionsbericht bist.« Er schwieg. Der staubige Geschmack der Nahrungsergänzungsmittel klebte an seiner Zunge. Er klemmte sich das Handy zwischen Ohr und Schulter und griff zur Wasserflasche. »Ich weiß nicht, ob du die Nachricht heute noch abhörst, aber falls ja, ruf mich bitte zurück!« Er legte auf und steckte das Handy in die Tasche, bevor er die Flasche leerte, die Mappe mit den Unterlagen von Thomas Beckmann nahm und das Büro verließ.

*

»Jetzt wäre ich so weit«, sagte Mads und blieb in der Tür des Personalraums stehen. Ein paar Becher waren auf dem Tisch stehen geblieben, und die Stühle standen so, als hätten alle den Raum in großer Eile verlassen. Er warf einen Blick auf das Whiteboard mit Laugesens Notizen, ehe er kehrtmachte und in sein Büro zurückging.

9. Juli

Odense

Mads zog die Handbremse an, sah zum Uniklinikum von Odense und schaltete den Motor aus. Er öffnete die Tür und stieg aus. Ein paar Fliegen tanzten unter den Ebereschen, die zwischen den Autoreihen standen, aber nur minimal Schatten boten. Er wedelte die Insekten weg und sah sich um. Eine endlose Reihe von Autos schob sich am Parkplatz vorbei, während Fahrradfahrer sie und die wartenden Taxis zu umkurven versuchten. Er schloss die Wagentür und sah zu dem Stockwerk hinauf, in dem Per Teglgård liegen musste.

*

»Hallo.« Mads ließ die Tür hinter sich ins Schloss gleiten und sah zu Per Teglgård. Streifen aus Licht fielen durch die halb geöffneten Jalousien auf den grauen Boden und das weiße Bettzeug. »Wie geht es dir?«

Die Decke raschelte leise, als Per den Kopf drehte. Seine Wangen waren eingefallen, die Haut wirkte schlaff und ausgezehrt. »Könnte besser sein«, antwortete er und befeuchtete die trockenen Lippen, während er nach dem Bettgalgen griff und sich mit angestrengter Miene hochzog, bis er einigermaßen saß. »Hat Inge dich angerufen?«

»Ja.« Mads sah sich im Zimmer um. Auf dem Tischchen

am Fenster stand eine benutzte Teetasse. Daneben lagen Illustrierte.

»Nimm dir einen Stuhl«, sagte Per und nickte müde in Richtung Fußende.

»Danke.« Ein Lächeln huschte über Mads' Lippen, als er nach dem einfachen Stuhl griff, der vor dem Fernseher stand, und ihn ans Bett stellte. »Schaffst du es, die Zeit irgendwie totzuschlagen?«

Ein Geräusch, bei dem es sich ebenso gut um ein Schnauben wie um ein Lachen handeln konnte, kam über Pers Lippen. »Na ja, viel Ruhe kriegt man hier nicht.«

Er sah zur Tür, hinter der hektische Geräusche zu vernehmen waren, die einen scharfen Kontrast zur Einsamkeit im Zimmer bildeten. »Wenn du einen Kaffee möchtest, kannst du dir auf dem Flur einen holen.«

»Danke, nicht nötig«, antwortete Mads und setzte sich. Für einen Moment blieb sein Blick an dem Urinbeutel hängen, der am Bettrand hing. Dann sah er wieder zu seinem Chef. »Inge hat gesagt, sie haben dich operiert?«

»Ja, es sieht nicht gut aus«, sagte Per Teglgård. »Der Krebs hat gestreut, ich komme um das ganz große Programm also nicht herum.« Er zögerte, und für einen Moment stand die Stille wie eine Mauer zwischen ihnen, dann drehte Per den Kopf zur Seite und hustete. »Wie läuft es im Ottersbøl-Fall? Kommt ihr weiter?«

»Das Opfer konnte identifiziert werden«, antwortete Mads. »Erika Truelsen, eine Deutsche.«

»Dann hast du Thomas Beckmann informiert?«

»Ja«, sagte Mads und rutschte auf dem Stuhl etwas nach vorn. Die dünnen Stahlbeine scharrten über den Boden. »Wir verschaffen uns gerade einen Eindruck, wer sie war.«

»Habt ihr schon den Tatort gefunden?«

»Leider nein. Es sieht danach aus, als hätte jemand sie an der Straße aufgelesen.«

»Aufgelesen?«

»Nach allem, was Thomas Beckmann erfahren hat, ist sie zuletzt an einer Bushaltestelle in Kosel gesehen worden«, erklärte Mads.

»Und ihr habt mit der Busgesellschaft gesprochen, die die Strecke bedient?«, fragte Per Teglgård und griff nach einem Plastikbecher, in dem sich stark verdünnter Saft zu befinden schien.

»Ja«, antwortete Mads und sah weg, als sich das Gesicht seines Chefs vor Schmerzen verzog. Falten gruben sich in seine Haut, und die Augen lagen ungewöhnlich tief in ihren Höhlen. »Sie scheint nicht mit dem Bus gefahren zu sein«, fuhr Mads fort, als Per den Becher abstellte und sich wieder in die Kissen sacken ließ. »Natürlich gibt es da eine gewisse Unsicherheit, schließlich liegt das schon über eine Woche zurück.«

»Wie sieht es mit der Obduktion aus? Irgendwelche interessanten Ergebnisse?«

»Der abschließende Bericht ist noch nicht fertig«, sagte Mads. »Ich habe bei Berit Langer nachgefragt, aber noch keine Antwort von ihr bekommen.«

»Und der vorläufige?«

»Der sollte da sein«, antwortete Mads. »Oder jeden Moment kommen. Es herrscht wohl kein Zweifel, dass Erika Truelsen Opfer eines brutalen Übergriffs geworden ist. Der Täter hat sie stranguliert, vorher aber aufs Heftigste misshandelt.«

»Und da war sie wirklich noch am Leben?«

»Laut Berit Langer ja.« Mads nickte. »Die Brutalität, mit der der Täter vorgegangen ist, übersteigt bei Weitem die Kraft, die nötig gewesen wäre, um die alte Frau zu überwältigen.«

»Hat Laugesen irgendeine Hypothese dazu?«

Mads schnaubte. »Laugesen?« Er stand auf und schob die Hände in die Hosentaschen. Das Licht, das durch die Jalousien fiel, zeichnete einen hellen Streifen auf sein Hemd, während er Per Teglgårds Blick auf sich spürte. Er kniff die Lippen zusammen, drehte sich wieder um und sah den Kranken an. »Warum, zum Henker, überlässt man einem Mann wie ihm die Verantwortung?«

»Du solltest dich in Torben Laugesen nicht täuschen«, sagte Per. »Er ist ein kompetenter Ermittler mit Führungsqualitäten.«

»Ja, und zwar so kompetent, dass er jede Ermittlung an die Wand fährt!«, erwiderte Mads. »Er setzt die komplett falschen Prioritäten und nutzt seine Macht, um uns herumzuscheuchen, statt irgendetwas Vernünftiges zu tun. Wir haben jede Menge Zeit mit blödsinnigen Besprechungen und der Befragung von Nachbarn vergeudet, die uns keinen einzigen Hinweis liefern konnten.«

»So etwas kann zu Beginn einer Ermittlung sehr sinnvoll sein«, entgegnete Per Teglgård und drückte sich die Hand auf den Bauch, wobei er mit gequälter Miene versuchte, sich etwas weiter aufzurichten. »Die ersten Stunden sind die wichtigsten, und in Anbetracht der Zeit, die der Leichnam im Wald gelegen hat, halte ich es für durchaus relevant, die Leute in der Gegend zu befragen, bevor etwaige Zeugen vergessen haben, was sie gesehen haben.«

»Es ist nicht nur das«, fuhr Mads fort. »Sondern auch

die Art, wie er es macht. Er scheucht uns herum, als wären wir total unfähige zweitklassige Ermittler, die von nichts eine Ahnung haben.«

»Du wirst das akzeptieren müssen«, sagte Per Teglgård. »Der Beschluss, dass Torben Laugesen mich als Dezernatsleiter vertritt, kommt von oben. Euer interner Machtkampf ist weder für die Zusammenarbeit noch für die Ermittlungen hilfreich. Wir sind doch ein Team.«

»Das solltest du ihm vielleicht mal sagen«, schnaubte Mads. »Zusammenarbeit bedeutet doch wohl auch, dass man zuhört.«

»Ja, das weiß ich, aber das gilt auch für dich, Mads. Du musst das Kriegsbeil begraben.«

»Das werde ich nicht tun. Ich begreife nicht, warum du immer eine schützende Hand über ihn gehalten hast.«

»Ich habe meine Hand über und unter euch alle gehalten«, sagte Per und warf Mads einen scharfen Blick zu. »Du musst akzeptieren, dass Laugesen mich ersetzt und die Dinge so regelt, wie er das will.«

»Du meinst also, dass auch ich dazu beitragen soll, die Ermittlungen zu torpedieren.«

»Du sollst im Team mitspielen, dem du angehörst«, antwortete Per Teglgård. Er drehte den Kopf, als die Tür geöffnet wurde und eine Krankenschwester hereinschaute. Einen Moment betrachtete sie die beiden, dann kam sie zum Bett.

»Ich glaube, es ist an der Zeit, dass unser Patient ein bisschen Ruhe bekommt«, sagte sie und justierte den Tropf in Pers Arm, wobei sie einen Blick auf Mads warf. »Die Besuchszeit ist ohnehin gleich rum.«

»Ja, das ist sicher das Beste«, sagte Per Teglgård und

nahm die Tabletten entgegen, die die Schwester ihm in einem kleinen Plastikbecher reichte. »Grüß die anderen von mir.«

9. Juli

Autobahn Fünen

Mads trommelte mit den Fingern auf das Lenkrad. Der monotone Freiton des Telefons erfüllte den Innenraum des Autos, und er musste leicht bremsen, als vor ihm ein Lastwagen auf die Überholspur fuhr. Weiter vorn sah er die Brücke, die über den Kleinen Belt führte. Die Umrisse der Brückenpfeiler ragten in den rosafarbenen Abendhimmel.

»Hallo, hier ist Mads Lindstrøm«, meldete er sich, als Berit Langer den Anruf entgegennahm. »Störe ich?« Er beugte sich etwas zur Seite und sah an dem Lastwagen vorbei, der wieder auf die rechte Spur fuhr. Die Wut, die Per Teglgård in ihm wachgerufen hatte, brodelte noch immer in ihm. Er beschleunigte und warf dem Lkw-Fahrer einen wütenden Blick zu, als er an ihm vorbeizog.

»Nein, gar nicht. Ich wollte gerade zusammenpacken«, antwortete Berit.

»Langer Tag?«

»Das kannst du laut sagen«, erwiderte sie und lachte. »Diese Sitzungen rauben mir noch den letzten Nerv.«

»Ich weiß nicht, ob du meine Nachricht erhalten hast«, fuhr Mads fort, ohne auf ihre Antwort einzugehen. Unter ihm kräuselte sich das stahlgraue Wasser des Kleinen Belt. Möwen flogen dicht über der Oberfläche. »Ich rufe eigentlich an, um mich zu erkundigen, wie es mit dem Obduktionsbericht aussieht. Thomas Beckmann hat schon ein paarmal nachgefragt. Es geht ja um eine deutsche Staatsbürgerin, und weil er bei der Obduktion nicht selbst dabei war, ist er ein bisschen ungeduldig.«

»Das verstehe ich«, antwortete Berit. »Tut mir leid, dass ich dich noch nicht zurückgerufen habe, aber ich hatte einfach zu viel zu tun.«

»Ja, kann ich mir vorstellen«, sagte Mads und ließ den Blick über den Anleger des alten Ammoniakhafens schweifen. Im Hintergrund hörte er, wie eine Tür geschlossen wurde. Er richtete seine Aufmerksamkeit wieder auf die Straße, während im Lautsprecher Windgeräusche ertönten. »Kannst du schon sagen, wann du fertig bist?«, fragte er, als es wieder leiser wurde.

»Ich hoffe, dass ich die letzten Ergebnisse in ein paar Tagen habe«, antwortete Berit. »Ich habe jetzt leider noch einen Termin, aber wenn du heute Abend kurz bei mir vorbeischaust, kann ich schon mal die Hauptpunkte für dich zusammenstellen.«

»Heute Abend passt es mir leider nicht«, sagte Mads und warf einen Blick auf die Sporttasche auf dem Beifahrersitz. »Ich muss noch zum Revier. Mailst du es mir zu?«

»Von zu Hause?« Er hörte die Skepsis in ihrer Stimme. »Du weißt, dass ich das nicht darf«, fuhr sie fort, verstummte dann aber.

Die Stille zog sich unendlich hin, nur unterbrochen von dem rhythmischen Klopfen der Asphaltplatten unter ihm.

»Komm doch her«, sagte sie schließlich. »Ich sorge auch dafür, dass wir was zu essen haben. Was hältst du von sieben Uhr?«

»Lieber halb acht«, antwortete Mads. Vor ihm teilte sich die Autobahn, und er fuhr auf die linke Spur in Richtung Taulov und beendete das Gespräch.

9. Juli

Toftlund

Mads ging vom Gas und sah zu Berit Langers Haus hinüber. Die weißen Lamellenvorhänge waren leicht schräg gestellt und ließen das warme Licht aus dem Wohnzimmer in breiten Streifen nach draußen fallen. Er sah zum Himmel. Dicke Wolken hingen über Toftlund, erste Regentropfen klatschten auf die Windschutzscheibe und vertrieben den letzten Rest des warmen Sommertags.

Er schnallte sich ab und blieb noch ein paar Sekunden im Auto sitzen. Sein Blick ruhte auf der geöffneten Tasche und dem feuchten Handtuch, das er achtlos hineingeworfen hatte, bevor er den Trainingsraum im Keller des Polizeireviers verlassen hatte. Er legte den Kopf nach hinten und atmete schwer aus, ehe er auf seine Uhr sah. 19:55. Dann schaltete er den Motor aus, sodass nur noch das Trommeln des Regens zu hören war.

*

»Ich dachte schon, du würdest mich versetzen«, sagte Berit und öffnete die Tür. Leichter Parfümduft hüllte sie ein, als wäre sie gerade erst im Bad gewesen. Die Sommerbräune auf ihren Wangen ließ ihre Haut wie Samt wirken. »Warst du bis jetzt im Büro?«

»Ja, ich musste noch einer Sache nachgehen«, antwortete Mads und sah ihr nach, als er die Jacke öffnete. Ihre nackten Füße bewegten sich fast lautlos über den Boden, während sie die Bluse zurechtzupfte, die ihr über eine Schulter gerutscht war.

»Wein?«, fragte sie.

»Nein danke«, antwortete Mads und legte seine Jacke ab, bevor er ihr folgte. »Nur ein Glas Wasser, bitte.«

»Sicher?« Sie griff nach der Flasche, die auf der Arbeitsplatte stand, und sah ihn an.

»Ja, nur Wasser.«

»Na gut, dann trinken wir Wasser«, sagte Berit. Sie stellte die Weinflasche zurück und nahm eine Wasserkaraffe aus dem Schrank. »Gibt es irgendwelche Neuigkeiten in dem Fall?«

»Nicht viel«, entgegnete Mads, während sein Blick auf die beiden Pizzakartons fiel, die auf dem Tisch standen. »Sarah Jonsen hat auf dem BH ein paar Fingerabdrücke gefunden.«

»Vom Täter?«

»Vielleicht.« Mads spürte, wie sein Magen sich zusammenzog. »Die meisten stammen natürlich vom Opfer selbst, aber einer weicht ab. Leider ist er unvollständig, sie will aber trotzdem versuchen, ihn durchs System zu jagen.«

»Wieso ›versuchen‹?«, fragte Berit und stellte die gefüllte Wasserkaraffe auf den Tisch. »Das sollte doch Routinearbeit sein, selbst wenn er nicht vollständig ist?«

»Der Abdruck ist nicht sonderlich gut«, erklärte Mads. »Wenn ich sie richtig verstanden habe, ist er durch irgendeine Creme beschädigt.«

»Ach so. Hat sie eine chemische Analyse gemacht?«

»Ich glaube, sie ist gerade dabei«, antwortete Mads und

lächelte pflichtbewusst, als sie ihm die eine Pizzaschachtel reichte.

»Peperoni und Bacon«, sagte sie, als er schwieg. »Das war damals deine Lieblingspizza, als wir am Gymnasium waren. Ich bin mal davon ausgegangen, dass du die noch immer magst.« Sie setzte sich ihm gegenüber an den Tisch und öffnete mit ihren schlanken Fingern ihre Pizzaschachtel.

»Danke«, antwortete Mads und sah auf den Karton. Der Geruch des salzigen, fettigen Fast Foods schnürte seinen Magen zu einem harten Knoten zusammen. Nach leichtem Zögern sagte er: »Dass du dich daran erinnerst.«

»Manche Dinge vergisst man nie«, erwiderte Berit und lächelte ihn etwas schief an, während sie in ein Pizzastück biss. »Wir haben damals so viel Zeit zusammen verbracht. Manchmal fühlt es sich so an, als hätte die Zeit all die Jahre stillgestanden.« Sie verstummte und ließ die Schultern mit einem kaum hörbaren Seufzen sinken, während sie sich mit den Fingern etwas Käse vom Mund wischte und ihn erneut unsicher anlächelte. »Ich habe das vermisst.«

»Vermisst?«

»Ich weiß nicht, warum ich nach Kopenhagen geflüchtet bin.« Sie schüttelte kaum merklich den Kopf. »Schließlich war alles, was ich geliebt habe, hier. Nur, dass man so was nicht immer sieht, wenn man jung ist.«

»Ja, das stimmt«, murmelte Mads und sah sie an, als sie aufstand. »Du warst damals beinahe besessen von der Idee.«

»Stimmt«, sagte Berit und lachte leise, während sie aus dem Fenster auf die dunklen Wolken starrte. Der Regen zeichnete unregelmäßige Muster auf die Scheibe. »Nikolai hat mir die Idee verkauft, dass ich mir meine Träume in der

Stadt erfüllen könnte, dabei waren das in Wahrheit wohl eher seine Träume.«

»Aber du wolltest doch Rechtsmedizinerin werden?«

»Ja, das schon.« Sie griff nach dem Serviettenspender, der auf der Fensterbank stand, zog eine heraus und wischte sich die Finger ab, bevor sie sich wieder setzte. Die blonden Haare wellten sich auf ihren Schultern, bis sie sie mit einer leichten Bewegung hinter die Ohren schob und die Serviette neben die Pizza legte. »Ich war so jung. Alles in mir schrie danach, aus diesem Provinzkaff rauszukommen. Ich wollte endlich leben und nicht hier rumstehen und auf einen Bus warten, der nie kommt.«

»Hast du das wirklich so empfunden?«

»Zumindest größtenteils«, sagte sie. »Es kam mir so vor, als stünde das Leben hier draußen still. War das für dich nie so?«

»Ich weiß nicht«, antwortete Mads. Er griff nach seinem Wasserglas, stieß aber dagegen und sah wie benommen zu, wie es umkippte. »Tut mir leid.« Er schob den Stuhl nach hinten, um aufzustehen, aber Berit hatte bereits eine Handvoll Servietten genommen. »Lass mich das machen«, sagte er, schob den Pizzakarton zur Seite und legte seine Hand auf ihre, als sie mit dem Bündel Servietten den Tisch abzuwischen begann.

»Ist schon okay.«

Sie hielt in der Bewegung inne. Ihre Finger fühlten sich unter seiner brennenden Haut glatt und kühl an, und er zögerte kurz, bevor er seine Hand wegnahm.

»Für dich schien das alles so einfach zu sein«, fuhr sie fort und wandte sich ab, um die Servietten wegzuwerfen.

»Einfach?« Er musterte sie. Die dünne Sommerbluse lag

eng an ihrem schlanken Körper, und die Jeans unterstrich ihre Taille.

»Ja, als hättest du nie daran gezweifelt, was du wolltest.«

»Das habe ich wohl auch nicht«, murmelte Mads. Er fuhr sich mit den Fingern über die Handfläche, an der er noch immer ihre Haut spürte. Als sie die Servietten in den Mülleimer warf und an den Tisch zurückkam, senkte er den Blick.

»Ich wünschte, ich hätte damals deine Ruhe gehabt«, sagte sie.

Er schüttelte den Kopf. »Ruhe?«

Berit nickte. »Von außen betrachtet sah es so aus, als könnte dich nichts aus der Ruhe bringen.« Sie schwieg und griff nach einem weiteren Pizzastück, dann sah sie ihn eine ganze Weile schweigend an. »Manchmal frage ich mich, wie mein Leben ausgesehen hätte, wenn ich nicht nach Kopenhagen gegangen wäre.«

»Wie meinst du das?«

»Ich weiß nicht«, antwortete Berit. »Manchmal fühlt es sich so an, als hätte ich mein Leben mit dem falschen Mann verbracht.« Ein Anflug von Trauer glitt über ihr Gesicht, bis sie wieder lächelte. »Aber lass uns über etwas anderes reden.«

Er musterte sie, während sie einen weiteren Bissen nahm. »Gibt es Neuigkeiten von der Obduktion? Wäre gut, wenn ich bald irgendwelche Infos für Thomas Beckmann hätte.«

»Eigentlich nicht«, antwortete sie. »Die Ergebnisse der Toxikologie stehen noch aus, und wenn du ihm schon gesagt hast, was wir bisher wissen, ist er im Grunde vollumfänglich informiert.«

»Mist«, murmelte Mads und sah auf seine Uhr. »Wann kommen die fehlenden Ergebnisse?«

»Schwer zu sagen. Mit etwas Glück schon morgen, aber versprechen kann ich das nicht.«

»Okay.« Er schob den Stuhl nach hinten und stand auf. »Ich muss leider nach Hause und arbeiten.«

Sie sah enttäuscht aus. »Hast du nicht noch ein bisschen Zeit?« Sie legte ihm die Hand auf die Schulter und strich über seinen Arm, während er nach seiner Jacke griff.

Er sah ins Wohnzimmer. Durch die weißen Lamellenvorhänge waren die schweren Wolken zu erahnen, aus denen sich gerade der Regen über Toftlund ergoss. Das warme, gedämpfte Licht des Zimmers zog ihn an.

»Nur, bis der Regen ein bisschen nachgelassen hat«, sagte Berit und streichelte seinen Arm. Dann nahm sie seine Hand und zog ihn hinter sich her ins Wohnzimmer.

10. Juli

Toftlund

Mads blinzelte. Das frühe Morgenlicht fiel durch die Lamellen der Jalousie und hüllte den Raum in Halbdunkel. Ein Geruch, den er nicht sofort wiedererkannte, stieg ihm in die Nase. Als sich das aufdringliche Brummen, das ihn geweckt hatte, erneut meldete, drehte er sich auf die Seite. Die Decke schmiegte sich um seinen Körper, und plötzlich wusste er wieder, wo er war.

»Lindstrøm«, sagte er leise, drückte sich das Handy ans Ohr, schlug die Decke zur Seite und setzte sich auf. Der große Spiegel neben dem Doppelbett zeigte seinen nackten Körper und dahinter Berit Langer, die noch schlief. »Ja, und?« Er bückte sich, hob seine Boxershorts auf und sah auf seine Uhr. »Du bist verdammt früh auf den Beinen.«

»Ich konnte nicht schlafen«, antwortete Sarah. »Es war nicht ganz einfach, aber es ist mir gelungen, den Fingerabdruck vom BH zu verbessern. Ich habe ihn eingescannt, bevor ich gestern nach Hause gegangen bin, damit er die Nacht über durchs System laufen konnte.«

»Und, gibt es einen Match?« Er sah zu Berit, während er sich das Handy zwischen Schultern und Ohr klemmte und sich die Shorts anzog.

»Was hast du gesagt?«

»Ich habe gefragt, ob es einen Match gibt«, wiederholte Mads leise.

»Ja, genau deshalb rufe ich dich an«, antwortete Sarah. »Eigentlich hat Laugesen gesagt, dass ich ihm Bericht erstatten soll, aber er ist nicht ans Telefon gegangen, und ich kann nicht zur Morgenbesprechung kommen.«

»Okay.« Er sammelte seine restlichen Kleider zusammen und öffnete die Tür zum Flur.

»Kannst du vielleicht vorbeikommen?«

»Jetzt?«

»Ja, wenn es für dich passt? Ich muss in einer Stunde los.«

Er warf einen raschen Blick auf seine Sportuhr und zog vorsichtig die Tür hinter sich zu. Ihn überkam das Gefühl, in etwas Falsches hineingeraten zu sein, und am liebsten wäre er einfach abgehauen. »Das wird knapp«, sagte er.

»Okay. Ich kann dir die Ergebnisse auch auf den Tisch legen.«

»Danke, das wäre wunderbar.« Er öffnete die Haustür. Der Duft des Regens lag noch in der Luft. Tropfen hingen an den Blättern der Hecke, die Berits Grundstück säumte, und reflektierten glitzernd die Sonnenstrahlen. Er trat nach draußen auf die Treppe. Der kühle Wind bot einen deutlichen Kontrast zur Wärme unter der Bettdecke eben. Seine Muskeln zitterten leicht. »Ich beeile mich.«

»Gut. Fahr vorsichtig.«

Er legte auf. Der Kies in der Einfahrt knirschte unter den Füßen, als er zu seinem Wagen ging.

10. Juli

Haderslev

»Was ist das denn?«, fragte Sarah Jonsen und musterte Mads skeptisch, der einen Proteindrink zu sich nahm und sich danach den Mund mit dem Handrücken abwischte.

»Mein Frühstück.«

»Frühstück? Davon kannst du doch nicht leben.«

»Doch«, antwortete Mads und warf das leere Fläschchen in den Mülleimer. »Der enthält alles, was man braucht.«

»Na ja, vielleicht, wenn man vom Genuss absieht«, sagte Sarah und legte eine Klarsichthülle auf den Tisch. Sie musterte ihn noch ein paar Sekunden, als wartete sie auf eine Antwort. Als er weiter schwieg, sagte sie: »Es ist mir gelungen herauszufinden, was das für eine Substanz an dem BH war.« Sie zog Laugesens alten Stuhl zu sich heran. »Die Ergebnisse der Gas-Chromatografie deuten auf einen Weichmacher hin. Ich gehe davon aus, dass es sich um Vaseline handelt.«

»Gut«, sagte Mads mit einem Nicken. »Wie sieht es mit dem eigentlichen Fingerabdruck aus?«

»Hat Laugesen dir das nicht gesagt?«

»Laugesen?« Mads zog die Augenbrauen zusammen. »Ich dachte, du hättest ihn nicht erreicht.«

»Er hat zurückgerufen, kurz nachdem ich mit dir gesprochen habe«, antwortete Sarah. »Dabei hat er gesagt, dass er die Morgenbesprechung eine Stunde vorverlegt, deshalb habe ich dir das Ergebnis nicht wie besprochen auf den Schreibtisch gelegt.«

»Ich habe mich verspätet«, sagte Mads und zog das Handy aus der Tasche. Es war 10:42 Uhr. Ein verbissener Ausdruck huschte über sein Gesicht, als er die verpassten Anrufe von Laugesen vor mehr als drei Stunden sah. Er legte das Handy auf den Tisch und sah zu Sarah.

»Aha«, sagte sie und reichte ihm die Sichthülle mit den Dokumenten. »Wir haben einen Match. Natürlich gibt es noch eine gewisse Unsicherheit, da der Abdruck nicht vollständig ist, aber ich bin mir ziemlich sicher, dass die Daten reichen.«

»Ein Bekannter?«, fragte Mads und nahm die Unterlagen aus der Sichthülle, als sein Handy kurz auf dem Tisch vibrierte. Eine SMS von Berit Langer.

»Kann man getrost sagen«, antwortete Sarah und lehnte sich zurück. »Lauritz Koch. Verurteilt wegen Mordes an …«

»Hans Peter Jessen«, vollendete Mads ihren Satz und hob den Blick. »Der Mord in Birkelev.«

»Ja.« Sarah nickte.

»Aber das ist doch nicht möglich«, sagte Mads und legte die Unterlagen zurück auf den Tisch. »Das muss ein Fehler sein.«

»Wie meinst du das?«, fragte Sarah und zog die Augenbrauen zusammen.

»Lauritz Koch sitzt in Sicherungsverwahrung. Da kann er doch nicht einen weiteren Mord begangen haben.« Er presste die Lippen zusammen und sah zur Tür, hinter der Laugesens Stimme zu hören war. »Bist du dir wirklich sicher?«

»Auf den ersten Blick schon, aber ich überprüfe das natürlich noch einmal«, erwiderte Sarah und stand auf. Sie musterte ihn, während er sich die Augen massierte, mit den Händen das Gesicht rieb und ein Gähnen unterdrückte. »Alles in Ordnung?« Sie strich sich die roten Haare hinter ein Ohr und ging zur Tür, ohne die Klinke herunterzudrücken.

»Ja, warum?«

»Du siehst nicht ganz gesund aus.«

»Alles gut«, versicherte Mads und sah kurz zum Handy, ehe sein Blick sich wieder auf die Unterlagen richtete, die Sarah ihm gegeben hatte. »Ich habe letzte Nacht nur nicht genug geschlafen.«

»Sicher?«

»Ja«, sagte Mads und strich sich noch einmal über das Gesicht. Lächelnd nahm er wahr, dass da noch etwas vom Duft der vergangenen Nacht war. »Es ist wirklich nichts. Nur ein bisschen viel im Moment.«

»Okay. Aber versprich mir, dass du Bescheid sagst, wenn ich dir irgendwie helfen kann.«

»Danke.« Der Anflug des Lächelns auf seinen Lippen wurde deutlicher, als er ihr zunickte. »Beschaffe mir einfach einen Fingerabdruck, mit dem wir unseren Mörder identifizieren können.«

»Ich checke das noch einmal gründlich ab«, antwortete Sarah und hob die Hand zum Abschied.

Mads sah ihr nach, als sie die Tür schloss. »Lauritz Koch«, murmelte er vor sich hin und schüttelte den Kopf. Er rutschte auf dem Stuhl nach hinten und sah die Decke über sich kreisen. Schwarze Punkte tanzten über den weißen Gips, und seine Augen brannten von zu wenig Schlaf. Ein paar Sekunden kniff er sie zusammen, während sich wieder ein Lächeln auf seinen Lippen abzeichnete. Die Gedanken wanderten zurück zur vergangenen Nacht. Zu den spielerischen Bewegungen ihres wunderschönen Körpers und seinem eigenen gleichmäßigen Rhythmus, bei dem er all seine Gedanken hatte loslassen können.

Er kniff die Augen fester zusammen, als Torben Laugesens Stimme erneut über den Flur schallte. Wie eine Nadel durchstieß sie die Blase, die sich um ihn gebildet hatte, und er wurde zurück in die Wirklichkeit katapultiert, wie sehr er sich mental auch dagegen wehrte.

Sein Blick ging zu Sarah Jonsens Dokumenten und blieb am Namen Lauritz Koch hängen.

10. Juli

Haderslev

Mads lehnte sich zurück und sah aus dem Fenster. Die Sonne stand längst im Südwesten, und sein Büro lag im Schatten. Er streckte die Beine aus, griff nach der Wasserflasche und drehte den Verschluss ab, während sein Blick noch einmal auf das Foto des Messers fiel, das Lauritz Koch 1998 überführt hatte. Die äußere Schicht des Griffs war verkohlt, während die Hitze auf der Klinge bunte Spuren hinterlassen hatte, die an den schimmernden Regenbogen von Öl in einer Wasserpfütze erinnerten.

Mads stellte die Wasserflasche ab, als Laugesen das Büro betrat.

»Sarah Jonsen hat gesagt, sie hätte dich informiert. Also gehe ich davon aus, dass du gerade Informationen über Lauritz Koch sammelst«, meinte Laugesen. »Bewegungsprofil. Beziehung zum Opfer. Verbindungsdaten.« Er hielt in seinem Monolog inne. Seine Brauen zogen sich zusammen, als er nach dem Dokument auf dem Schreibtisch griff. »Verdammt! Was ist das denn?«

»Unterlagen zum Birkelev-Fall«, antwortete Mads und nahm Laugesen die Papiere aus der Hand. »Ich lese mich gerade ein.«

»Einlesen?« Hektische rote Flecken bildeten sich an Lau

gesens Hals, und die Narbe leuchtete stärker als sonst. »Warum das? Wir stecken mitten in einer Ermittlung, und du beschäftigst dich mit einem alten Fall?«

»Das ist nicht einfach nur ein alter Fall. Ich versuche zu verstehen, was Lauritz Koch für Beweggründe gehabt haben könnte.«

»Das ist doch völlig irrelevant«, schimpfte Laugesen.

»Irrelevant?«

»Ja, irrelevant«, wiederholte Laugesen. »Sarah Jonsen hat uns den Täter genannt. Da brauchen wir keine Beweggründe. Das Einzige, worauf es jetzt noch ankommt, ist, ihn zu finden.«

»Wir sollten nicht vernachlässigen, dass der Fingerabdruck unvollständig war.«

»Und was willst du mir damit sagen?« Laugesen zog fragend eine Augenbraue hoch.

»Es bestanden schon damals Zweifel daran, dass Lauritz Koch der Täter war, deshalb möchte ich mich ungern auf eine einzige Spur verlassen. Wir müssen ein bisschen breiter denken.«

»Zweifel?« Laugesen funkelte ihn an. Es schien ihm schwerzufallen, seine Wut zu zügeln. Die Kiefermuskeln arbeiteten, und die Nasenflügel weiteten sich. Schließlich schlug er mit der Hand auf den Tisch. »Es bestanden nie irgendwelche Zweifel an Kochs Täterschaft. Mag sein, dass Teglgård deinen breiten Ermittlungsansatz, deine Eigensinnigkeit und deinen autonomen Stil geduldet hat, aber ich tue das nicht.« Er beugte sich vor und tippte mit dem Zeigefinger auf die Akte in Mads' Hand. »Schlimm genug, dass du nicht ans Telefon gehst, wenn ich dich anrufe!« Er nahm die Hand weg und blieb einen Moment ruhig stehen. Dann richtete er den Zeigefinger auf Mads und starrte ihn an. »Aber ich erwarte, verdammt noch mal, dass du dich um den Fall kümmerst, mit dem wir es aktuell zu tun haben. Wir wissen, wer der Täter ist, und deine Aufgabe ist es, ihn zu finden.«

»Dann schau doch mal im Gefängnis Herstedvest nach«, konterte Mads und warf die Akte auf den Tisch.

»Wenn du zur Besprechung gekommen wärst, wüsstest du, dass Lauritz Koch vor etwa zwei Jahren entlassen wurde, aber diese Details haben für dich ja keine Bedeutung.« Laugesen schwieg, ohne Mads aus den Augen zu lassen. Einige Sekunden vergingen, dann sagte er: »Lauritz Koch hat noch einen Menschen umgebracht, verstanden? Und wenn du dir die Mühe machen würdest, die beiden Morde miteinander zu vergleichen, würdest du auch die Ähnlichkeit der beiden Fälle erkennen.«

»Wir können uns doch nicht einzig und allein auf einen halben Fingerabdruck verlassen«, erwiderte Mads und wich etwas zurück. »Nach dem Abschluss der damaligen Ermittlungen deutete einiges darauf hin, dass es sich um einen Justizirrtum handeln könnte.«

»Das war die Meinung deines Vaters«, fiel Laugesen ihm ins Wort. »Aber dein Vater war inkompetent. Wann siehst du endlich ein, dass er nicht der Mann war, für den du ihn hältst?«

Mads öffnete den Mund, aber die Worte blieben ihm im Hals stecken. Seine Brust schnürte sich zusammen, und er schnappte nach Luft.

»Im Gegensatz zu dir habe ich schon vor diesem Lauritz Koch gesessen, und ich kann dir garantieren, dass er keineswegs so unschuldig ist, wie dein Vater gemeint hat«, fauchte Laugesen und griff nach den Bildern vom Birkelev-Fall, die auf dem Schreibtisch lagen. »Wir haben damals jeden Stein umgedreht, und die Beweise haben eine deutliche Sprache gesprochen. Lauritz Koch ist ein kaltblütiger Mörder.« Er tippte mit dem Finger auf das Foto von Hans Peter Jessens misshandeltem Körper. »Ich verstehe ja, dass du deinen Vater nicht in einem solchen Licht sehen willst, aber wenn du deine privaten Interessen nicht von deiner Arbeit trennen kannst, muss ich dir den Fall entziehen. Ich kann es mir nicht leisten, dass wir wertvolle Zeit vergeuden. Verstanden?«

»Das sind keine privaten Interessen«, sagte Mads.

»Und was dann?«, entgegnete Laugesen. »In all den Jahren, die ich dich jetzt schon kenne, ging es immer nur um den Tod deines Vaters. Damit du jemandem die Schuld geben kannst und nicht einsehen musst, dass er ein jämmerlicher Ermittler war, der dem Druck nicht standgehalten hat.« Er presste die Lippen zusammen. Dann machte er auf dem Absatz kehrt und verließ das Büro.

»Diese Sache hier hat absolut nichts mit meinem Vater zu tun!«, schrie Mads ihm nach und stand auf. »Wie kannst du es wagen, so über ihn zu reden?«

Seine Hände zitterten, als er sich an den Türrahmen lehnte und vorbeugte, um Laugesen hinterherzublicken, der unbeeindruckt von seinem Wutausbruch den Flur entlang in sein neues Büro ging.

10. Juli

Haderslev

Wütend schnappte Mads sich seine Sporttasche. Laugesens Spott klang noch in seinen Ohren, als er den Reißverschluss öffnete. Während er nach seinen Laufschuhen griff, begann das Handy in seiner Tasche zu vibrieren. Einen Moment erwog er, es klingeln zu lassen, dann nahm er das Gespräch aber doch an. »Lindstrøm.«

»Thomas Beckmann«, meldete sich sein deutscher Kollege. »Haben Sie inzwischen den Obduktionsbericht erhalten?«

»Tut mir leid«, sagte Mads. »Ich war zu beschäftigt.« Er atmete seufzend aus, ließ die Schuhe in die Tasche zurückfallen und griff nach der Maus. Einen Moment lang starrte er das Datum der Mail an, die Berit ihm geschickt hatte, und verfluchte sich selbst.

»Seit gestern?«

»Ich weiß«, antwortete Mads und öffnete Berits Mail. »Es tut mir wirklich leid, dass ich Sie nicht zurückgerufen habe.«

»Dann haben Sie den Bericht also vorliegen?«

»Ja«, antwortete Mads und setzte sich. Er überflog den Text, während er die Angaben mit den Aufnahmen verglich, die Sarah Jonsen während der Obduktion gemacht hatte. »Er ist vor einer halben Stunde gekommen.«

»Und Sie haben ihn nicht gleich an mich weitergeleitet?«

»Nein, tut mir wirklich leid. Wie gesagt, ich war beschäftigt. Aber ich schicke ihn sofort an Sie«, versicherte Mads. »Ich habe übrigens mit Sarah Jonsen gesprochen.«

»Aha. Gibt es etwas Neues?«

»Es ist ihr gelungen, den Fingerabdruck auf dem BH zu verbessern.«

»Ich meinte die Obduktion. Sind die letzten Resultate jetzt da?«

»Ach so, sorry.« Mads schickte den Bericht ab. »Es ist der abschließende Obduktionsbericht, da sollte alles drin sein.« Er machte eine kurze Pause. Draußen schaltete jemand seine Boombox ein, und er sah kurz zu der Baumgruppe auf der anderen Straßenseite hinüber, von wo die Musik kam.

»Und wie lautet das Fazit?«

»Die Todesursache ist, wie wir vermutet haben, Strangulation«, antwortete Mads und betrachtete die Nahaufnahmen der Hämatome an Erika Truelsens Hals. »Die Unterhautblutungen sind vorne am Hals unregelmäßig, während sie auf der Rückseite eine klare Linie aufweisen, was zeigt, dass sie von vorn stranguliert worden ist, was auch zu der Art passt, wie der BH um ihren Hals hing.«

»Und ihr seid euch noch immer sicher, dass sie um den 1. Juli herum ermordet wurde?«

»Ziemlich sicher. Die hohen Sommertemperaturen haben den Verwesungsprozess natürlich beschleunigt, aber die Entwicklungsstadien der Maden, die Berit Langer gefunden hat, deuten darauf hin, dass die Tote zwei bis drei Tage draußen gelegen hat.«

»Und die toxikologischen Analysen?«

»Nichts Ungewöhnliches«, antwortete Mads und scrollte durch die Liste der durchgeführten Analysen. »Es gibt weder

Spuren von Medikamenten noch von Alkohol, organischen Lösungsmitteln oder anderen Substanzen, mit denen sie hätte betäubt werden können.«

»Dann haben wir … nichts?«, fragte Thomas Beckmann verbissen.

»Doch«, antwortete Mads. »Wie ich eben schon gesagt habe, ist es Sarah gelungen, den Fingerabdruck zu identifizieren, den sie auf dem BH gefunden hat.« Er öffnete den Bericht der Spurensicherung und scrollte sich durch die Liste.

»Ja?«

»Es handelt sich um einen Mann, der schon einmal wegen Mordes verurteilt worden ist«, sagte Mads und griff nach dem Polizeibericht über den Birkelev-Fall. Kurz betrachtete er den Leichnam von Hans Peter Jessen, bevor er zögernd zum Foto des damals neunzehnjährigen Lauritz Koch weiterblätterte. »Lauritz Koch ist zweiundvierzig Jahre alt. Aufgewachsen in Husum mit einer dänischen Mutter und vermutlich einem deutschen Vater.« Er schwieg. Die etwas zu großen Augen hinter den dicken Brillengläsern starrten ihn aus dem runden Gesicht mit einem Ausdruck an, den er nicht verstand.

»Vermutlich?«

»Die Angaben sind etwas wirr«, fuhr Mads fort und blätterte weiter durch die Akte. »Laut den damaligen Ermittlungsergebnissen war die Mutter in der Kieler Drogenszene unterwegs.«

»Und die Vermutung, dass der Vater Deutscher ist, ist Teil dieser Ermittlungsergebnisse?«, fragte Thomas Beckmann spitz.

»Ich gebe Ihnen vollkommen recht. Die Grundlage für eine solche Vermutung ist äußerst dünn«, antwortete Mads.

»Hm«, brummte Thomas Beckmann. »Aber die Mutter ist Dänin?«

»Ja, oder besser gesagt: Teil der dänischen Minderheit«, antwortete Mads. »Sie ist von Kiel nach Husum gezogen, als Lauritz etwa zwei Jahre alt war. Er ist dann dort aufgewachsen.«

»War die Mutter die ganze Zeit alleinerziehend?«

»Nein.« Mads legte den Polizeibericht vor sich auf den Tisch. »Im Bericht steht, dass die Mutter während seiner gesamten Jugend häufig wechselnde Partnerschaften hatte.«

»Drogen?«

»Ja. Lauritz' Kindheit war von massiver Vernachlässigung geprägt. Die Mutter und ihre Partner waren drogenabhängig. Es kam wiederholt zu Gewalt und sexuellen Übergriffen.«

»Am Kind?«

»Das weiß ich nicht, wir können es aber nicht ausschließen«, antwortete Mads. »Lauritz Koch wird als extrem verschlossen beschrieben, er ist etwas zurückgeblieben. Seine kognitiven Fähigkeiten sind vermutlich durch die Drogen und den Alkohol während der Schwangerschaft deutlich reduziert.«

»Dann ist er geistig behindert?«

»Da bin ich mir nicht sicher«, antwortete Mads und griff nach seiner Wasserflasche. »Laut dem psychiatrischen Gutachten aus dem Jahr 1998, das im Zuge des Gerichtsverfahrens erstellt wurde, ist er normal begabt, seine kognitiven Fähigkeiten aber haben gelitten. Das könnte auf den Drogenmissbrauch der Mutter in der Schwangerschaft zurückzuführen sein, vielleicht hängt es aber auch mit den Traumata zusammen, denen er in seiner Kindheit und Jugend ausgesetzt war.«

»Hm«, brummte Thomas Beckmann. »Und wo ist er jetzt?«

»Das wissen wir nicht«, antwortete Mads. »Der Fingerabdruck wurde erst heute Morgen identifiziert.« Er schwieg. Einen Augenblick lang erwog er, Thomas Beckmann von den Nachforschungen seines Vaters zu erzählen, entschied sich dann aber dagegen und griff nach dem Kugelschreiber.

»Sie sind sich aber sicher, dass er es ist?«

»Der Dezernatsleiter ist sich sicher«, erwiderte Mads und biss die Zähne zusammen.

»Und Sie?«

»Ich nicht.« Mads warf noch einen Blick auf das Foto von Lauritz Koch. »Es deutet aber viel darauf hin, dass Lauritz Koch der Täter ist.«

»Viel?«, fragte Thomas Beckmann. »Ein einzelner Fingerabdruck kann wohl kaum als *viel* bezeichnet werden. Was haben Sie mir nicht erzählt?«

»Wir haben wirklich nicht mehr«, erwiderte Mads und tippte mit dem Kugelschreiber auf den Bericht. »Laugesen betont die Parallelen zu dem Mord, für den Lauritz Koch vor über zwanzig Jahren verurteilt wurde.«

»Was für Parallelen?«

»Machen Sie sich selbst ein Bild davon«, sagte Mads und richtete den Blick auf den Bildschirm. Sarah Jonsens Dokumentation von Erika Truelsens Verletzungen untermauerte Berit Langers Aussagen im Obduktionsbericht. Lange blauviolette Hämatome zogen sich über die Rückseite der Leiche, an manchen Stellen war die Haut sogar aufgeplatzt.

»Aber Sie sind anderer Meinung?«

»Ja und nein. Es gibt definitiv Parallelen«, antwortete Mads und rutschte auf seinem Stuhl herum. »Es ist nur ...« Er schwieg, kniff die Lippen zusammen und stöhnte leise.

»Was?«

»Ach, nichts. Ich bin nur der Meinung, dass Laugesen sich zu diesem frühen Zeitpunkt der Ermittlungen viel zu sehr auf diese eine Spur konzentriert.«

»Aha«, sagte Thomas Beckmann. »Schicken Sie mir alles, ich guck mir das an.«

»Danke.«

»Gibt es etwas, das ich für Sie untersuchen soll?«

»Im Moment nicht«, antwortete Mads und lehnte sich zurück. Sein Blick ging zur Sporttasche, und die Unruhe in seinem Körper meldete sich wieder. »Wie weit sind Sie mit der Recherche zu Erika Truelsen?«

»Weit«, antwortete Thomas Beckmann. »Ich schicke es Ihnen, obwohl das jetzt ja vielleicht nicht mehr relevant ist.«

11. Juli

Haderslev

»Achtundvierzig, neunundvierzig, fünfzig.« Mads biss die Zähne zusammen, während er mit letzter Kraft die Arme beugte. Die Muskeln zitterten unter dem schweren Gewicht, und der Schweiß lief ihm über das Gesicht, ohne dass er es merkte. Er drückte die Stange nach oben in die Halterung und atmete tief durch. Die Augen waren auf die Dokumente gerichtet, die vor ihm auf der Bank lagen, und er streckte die Finger, während er sich die Informationen einprägte, die Thomas Beckmann ihm geschickt hatte.

Sarah Jonsen öffnete die Tür des Trainingsraums im Keller des Polizeireviers. »Hier steckst du also.« Das Licht, das durch die schmalen, oben an den Wänden liegenden Fenster fiel, mischte sich mit der künstlichen Beleuchtung der Leuchtstoffröhren. Ein Luftstrom, der die Gerüche der Stadt mit sich trug, zog durch den Raum. Sarah sah zu den Fenstern hinauf. »Die kann man aufmachen?«, fragte sie verwundert und ließ die Klinke los. Ihre roten Locken waren heute in einem Pferdeschwanz gebändigt. »Was machst du?«

»Trainieren«, antwortete Mads und sah kurz zu ihr, bevor er sich wieder auf die Dokumente konzentrierte.

»Auf dem Papier?«

Er hob den Blick und sah sie etwas verwirrt an, bis er

ihr Lächeln und den vielsagenden Blick sah, mit dem sie die Dokumente bedachte.

»Nein, ich kann einfach besser denken, wenn ich trainiere«, erklärte er und legte die Hand auf die Trainingsbank. Für einen Moment blickte er in den großen Spiegel, der einen Großteil der Wand einnahm. Kleine Unebenheiten verzerrten das Bild, und er kniff die Augen zusammen. Dann stand er auf.

»Und? Hast du schon was rausgefunden?«, fragte sie, als er sich bückte, um ein Handtuch aus seiner Tasche zu holen.

»Schwer zu sagen.« Mads trocknete sich den Nacken ab. Ein paar Sekunden blieb er mit dem Handtuch in der Hand stehen, dann warf er es zurück in die Tasche. »Es gibt kaum Informationen über sie.«

»Sie?«, fragte Sarah und zog die Stirn in Falten. »Du meinst Erika Truelsen?«

»Ja. Thomas Beckmann hat sein Bestes gegeben, um ihr Leben und ihr Umfeld zu durchleuchten.«

»Was sagt Laugesen dazu?«, fragte Sarah und zog eine Augenbraue hoch. »Ich dachte, wir sollten uns darauf konzentrieren, Lauritz Koch ausfindig zu machen.«

»Das tue ich ja auch«, antwortete Mads und griff nach seiner Tasche. »Erika Truelsen war Angestellte der Wohneinrichtung Vråskovgård außerhalb von Birkelev, wo Lauritz Koch ein paar Jahre seiner Jugend verbracht hat.« Er zögerte einen Augenblick und fing Sarahs Blick ein. »Dort wurde er auch verhaftet, bevor man ihn später wegen des Mordes am Leiter der Einrichtung, Hans Peter Jessen, verurteilte.«

11. Juli

Birkelev

Mads bremste und sah zum Vråskovgård hinüber. Weiße Gauben ragten aus dem grauen Dach, und in den Fenstern des sandfarbenen Gebäudes spiegelte sich messerscharf der klare Himmel. Er blinkte und bog ab. Ein großer Findling, auf dem in kunstvoll gearbeiteten schmiedeeisernen Buchstaben der Name des Hofes stand, hieß ihn willkommen. Dahinter säumten schlanke Bäume den Weg zum Haus. Mads schaltete den Motor ab, stieg aus und ließ den Blick vom Hof bis zu dem Waldstück dahinter schweifen.

»Entschuldigung, kann ich Ihnen helfen?«

Als er sich umdrehte, sah er eine Frau in der geöffneten Tür stehen. Sie strich sich die Haare aus dem Gesicht und sah ihn neugierig an.

»Kommissar Mads Lindstrøm«, stellte er sich vor und hielt ihr seinen Ausweis hin, während er die Umgebung weiter betrachtete. »Ist Jan Jessen zu Hause?«

»Das weiß ich nicht«, antwortete die Frau und steckte die Hände in die Taschen. Sie trat einen Schritt zur Seite und reckte sich, während sie über die Felder zum Nachbarhaus blickte. »Das da drüben ist sein Haus. Ich sehe seinen Wagen nicht, aber das heißt nicht, dass er nicht da ist. Manchmal stellt er den Wagen in die Garage.«

»Ich dachte, er würde hier auf dem Hof wohnen?«, sagte Mads und sah hinüber zum Haus, das einige Hundert Meter vom Vråskovgård entfernt lag.

»Das Haus drüben am Waldrand war ursprünglich eine Unterkunft für Dienstboten. Das gesamte Anwesen wurde ja verkauft, aber wenn ich richtig informiert bin, hat Jan das ehemalige Dienstbotenhaus ein paar Jahre nach dem Unglück zurückgekauft.«

»Unglück?«, fragte Mads. »Sie meinen den Mord an Hans Peter Jessen?«

Sie nickte. »Ich habe damals noch nicht hier gearbeitet und weiß davon nur aus Erzählungen. Die Anlage hat sich im Lauf der Jahre ziemlich verändert, wir haben drinnen aber noch Fotos aus der Zeit, als die Einrichtung gegründet wurde.«

»Dann kann ich Jan Jessen hier also nicht antreffen?«

»Nein, es ist schon lange her, dass Grete Jessen Vråskovgård verkauft hat«, erzählte sie, während Mads die Autotür öffnete. »Nehmen Sie die nächste Einfahrt. An der Straße ist keine Hausnummer, Sie können es aber nicht verfehlen.« Sie ging wieder zur Tür und schirmte mit der Hand über den Augen die Sonne ab, als er wendete und davonfuhr.

*

Staub wirbelte auf, als Mads auf die kleine Stichstraße abbog. Weiter vorne standen die Bäume etwas dichter, sodass er das kleine Haus nur hin und wieder durch das dunkle Grün hervorblitzen sah. Er bremste noch weiter ab und warf einen schnellen Blick auf die Papiere, die neben ihm auf dem Beifahrersitz lagen, ehe er seine Aufmerksamkeit wieder auf das Haus richtete. An der Giebelwand zog sich ein breiter Rasenstreifen entlang, in dem sich einige Beete mit kleinen weißen Blumen befanden.

Er hielt den Wagen an, stieg aus und sah sich um. Hohe Nadelbäume spendeten kühlen Schatten. Er blieb noch einen Moment stehen, dann ging er zur Tür und klopfte an.

»Ja?«

Mads musterte den Mann, der ihm die Tür öffnete. Er hatte die Ärmel seines weißen Hemdes hochgekrempelt, sodass seine sonnengebräunten Arme zu sehen waren.

»Kommissar Mads Lindstrøm«, stellte Mads sich wieder vor und zeigte ihm seinen Ausweis. »Jan Jessen?«

Für den Bruchteil einer Sekunde glitt etwas Wachsames über die Miene des Mannes, dann hob er den Blick. »Ja, was verschafft mir das Vergnügen?«

»Tut mir leid, dass ich unangemeldet komme«, sagte Mads und warf einen Blick in den Flur. »Es geht um den Mord an Hans Peter Jessen.«

»Warum das?«, fragte Jan Jessen und verschränkte die Arme vor der Brust. »Der Fall ist doch längst abgeschlossen.«

»Ja, das weiß ich«, antwortete Mads und verlagerte sein Gewicht auf das andere Bein. »Ich weiß nicht, ob Sie mitbekommen haben, dass in der letzten Woche eine Tote gefunden worden ist?«

»In Ottersbøl?« Jan Jessen schien sich ein wenig zu entspannen.

»Ja. Wir konnten die Tote als Erika Truelsen identifizieren, und nach den Informationen, die ich erhalten habe, war sie früher einmal am Vråskovgård angestellt.«

Jan Jessen schloss für einen Moment die Augen und legte den Kopf in den Nacken, als müsste er sich sammeln. Dann sah er Mads voller Trauer an. »Sie sagen, dass Erika ermordet worden ist?«

»Ja«, antwortete Mads und sah kurz weg, als Jan Jessen ein paarmal blinzelte. »Wenn ich es richtig verstanden habe, war Erika etwa zu der Zeit hier angestellt, als Ihr Vater ermordet wurde.«

»Ja, das ist richtig«, antwortete Jessen und atmete tief ein. Ein paar Sekunden stand er still da. Sein Kehlkopf bewegte sich auf und ab, als kämpfte er gegen die Trauer an. »Tut mir leid, das Ganze geht mir sehr nahe.« Er fuhr sich durch die dünnen Haare, ehe er die Hand auf den Kopf legte und an Mads vorbeistarrte.

»Tut mir leid, dass ich Ihnen derart schlechte Nachrichten übermitteln muss«, sagte Mads.

»Machen Sie sich darüber keine Gedanken«, antwortete Jessen und trat einen Schritt nach hinten, wobei er die Hand sinken ließ. »Das Ganze ist nur so komplett unverständlich.« Er schwieg eine ganze Weile und starrte vor sich hin. »Meine Mutter und ich haben lange gebraucht, um die Geschehnisse hinter uns zu lassen, und jetzt ... jetzt kommt es mir so vor, als würde alles zurückkehren.«

»Das verstehe ich«, antwortete Mads. Hinter ihm flatterten einige Tauben in eine hohe Fichte. Er warf den Vögeln einen Blick zu, ehe er fortfuhr: »Im Zuge der Ermittlungen ist der Name Lauritz Koch aufgetaucht.«

Jan Jessen erstarrte, und in seinen Augen war plötzlich wieder diese Wachsamkeit. Er ballte die Hände zu Fäusten. »Lauritz Koch?«

Mads nickte. »Deshalb bin ich hier.« Er beobachtete Jessen, der unbewusst die Schultern nach hinten zog und das Kinn hob, als wappnete er sich für das, was vor ihm lag.

»Können wir uns vielleicht einen Moment setzen?«, schlug Mads vor.

Jan Jessen zögerte einen Moment, ehe er mit einem Nicken zur Seite trat und ihn hereinbat.

*

»Lindstrøm war Ihr Name?«, fragte Jessen, während er zum Esstisch ging. »Sind Sie mit dem Kommissar verwandt, der damals beim Mord an meinem Vater die Ermittlungen geleitet hat?«

»Ja«, sagte Mads, der ihm gefolgt war. Auf den glänzenden Oberflächen der schwarzen Küchenmöbel spiegelten sich die schmalen Silhouetten der Nadelbäume. Der ganze Raum war in einem zeitlosen, minimalistischen Design gehalten. »Er war mein Vater.«

»War?« Jan Jessen zog die Stirn in Falten und bat Mads, Platz zu nehmen. »Kaffee?«

»Nein danke«, antwortete Mads und hob abwehrend die Hand. »Er ist leider ein paar Jahre nach dem Fall gestorben.«

»Ich meine, mich zu erinnern, davon gelesen zu haben«, entgegnete Jessen nachdenklich und nahm Mads gegenüber Platz. »Mein Beileid. Auch wenn es lange her ist, weiß ich besser als jeder andere, dass so ein Verlust Spuren hinterlässt. Erst recht, wenn einen ein derart traumatisches Erlebnis in der Jugend trifft. Ich war ja erst siebzehn, als Lauritz Koch meinen Vater ermordet hat.«

»Danke«, antwortete Mads und legte die Unterarme auf den Tisch. Sein Blick blieb an zwei Schwarz-Weiß-Fotos von einigen Mädchen hängen. »Ich verstehe, dass es schwer für Sie sein muss, dass ich jetzt hier auftauche und alles wieder aufreiße.«

»Man glaubt, dass man etwas hinter sich gelassen hat, aber die Erinnerungen kommen trotzdem wieder«, sagte Jessen und lächelte traurig. »Glauben Sie, dass es eine Verbindung zwischen dem Mord an Erika und den damaligen Geschehnissen gibt?«

»Ich kann es nicht ausschließen«, antwortete Mads und beobachtete Jessen, der sich mit den Fingern über den Unterarm strich. Einen Moment lang spielte er an dem schwarzen Lederarmband herum, das er am Handgelenk trug, dann ließ er es wieder in Ruhe. »Die näheren Umstände des Todes sind noch nicht veröffentlicht worden, aber es deutet einiges darauf hin, dass es sich um denselben Täter handelt.«

»Lauritz Koch?«

»Ja. Allerdings sind wir uns noch nicht ganz sicher.«

»Aber Sie glauben, dass Lauritz Koch hinter dem Mord an Erika steckt?«

»Ich kann es zum jetzigen Zeitpunkt nicht ausschließen«, antwortete Mads und faltete die Hände vor sich auf dem Tisch. »Wir haben einen Fingerabdruck an der Leiche gefunden, der zu Lauritz Koch passt. Es gibt aber eine Reihe von Unsicherheiten.«

»Unsicherheiten?«, wiederholte Jessen, lehnte sich zurück und verschränkte die Arme vor der Brust. »Ein Fingerabdruck ist doch ein Beweis?«

»Das ist richtig«, räumte Mads ein. »Und mit hoher Wahrscheinlichkeit handelt es sich auch um Lauritz Koch, wir verfolgen aber noch weitere Ansätze.«

»Gibt es denn andere Spuren?«, fragte Jessen und ließ die Arme sinken.

»Dazu darf ich Ihnen leider nichts sagen«, antwortete Mads mit einem Kopfschütteln. »Zum jetzigen Zeitpunkt ist die Beweislage noch sehr dünn, weshalb wir damit nicht an die Öffentlichkeit gehen dürfen.«

»Aber Ihr Hauptverdächtiger ist Lauritz?«

»Ja«, sagte Mads. »Lauritz Koch wurde vor etwa zwei Jahren aus der Haft entlassen.«

»Danke, das weiß ich«, antwortete Jan Jessen verbissen.

»Woher?«

Ein paar Sekunden blieb Jessen still sitzen, dann räusperte er sich. »Er stand eines Tages hier.« Wieder schwieg er, und ein leichtes Zittern ging durch seinen Körper, als er den Blick auf die Wand hinter Mads richtete. »In all den Jahren habe ich versucht, ihn aus meinem Leben zu verbannen, doch mit einem Mal war er wieder zurück.« Er ballte die Hände zu Fäusten und atmete schwer aus. Dann richtete er seinen Blick wieder auf Mads. »Wie er leibt und lebt.«

»Wie meinen Sie das?«

»Das ist schwer zu erklären«, antwortete Jessen und presste die Lippen zusammen. »Lauritz Koch hat viel Raum eingenommen, als er hier war.«

»Warum redest du über Lauritz?«, fragte eine schneidende Frauenstimme. Mads drehte den Kopf und sah zur angelehnten Wohnzimmertür.

»Das tue ich nicht«, antwortete Jan Jessen und stand auf. »Die Polizei ist hier.«

»Was wollen die?«

»Mach dir keine Gedanken, Mama. Sie haben nur ein paar Fragen«, antwortete Jan Jessen und schloss die Wohnzimmertür.

»Hast du nach Papa gerufen?«, rief die Frau durch die geschlossene Tür, doch Jessen ging nicht auf ihre Frage ein.

»Tut mir leid«, sagte er und setzte sich wieder. »Meine Mutter hatte vor ein paar Jahren ein Blutgerinnsel im Kopf. Leider hat sie nicht nur Lähmungen davongetragen, sondern ist seitdem auch in einem demenzartigen Zustand. Manchmal glaubt sie, dass mein Vater noch am Leben ist.«

»Das muss hart sein.«

»Ist es auch«, entgegnete Jessen mit einem Achselzucken. »Die Trauer über seinen Tod trifft sie immer wieder aufs Neue. Als würde sie in einem Albtraum festhängen.«

»Aber sie wohnt hier bei Ihnen?«

»Ja, auch wenn es schwere Konsequenzen für meine Ehe hatte, konnte ich ihr einfach nicht den Wunsch abschlagen, zu Hause zu wohnen.«

»Ja, das verstehe ich«, erwiderte Mads und zuckte leicht zusammen, als das Handy in seiner Tasche zu vibrieren begann. »Sie sagten, dass Lauritz Koch Sie besucht hat?«

»Ja«, antwortete Jan Jessen. »Es war ein unangenehmes Erlebnis. In all der Zeit, die seit dem Verfahren vergangen ist, habe ich versucht, das Ganze hinter mir zu lassen, und plötzlich war alles wieder da. Ich weiß nicht, was ich mir vorgestellt hatte, aber irgendwie hatte ich wohl geglaubt, dass er den Rest seines Lebens hinter Gittern verbringen würde. Dass die Rechtssicherheit mich – oder wenigstens meine Mutter – davor bewahren würde, ihm eines Tages wieder von Angesicht zu Angesicht gegenüberzustehen.«

»Was wollte er?«

»Das weiß ich eigentlich nicht«, antwortete Jessen verbittert. »Er hat rumgeschimpft, was der Aufenthalt im Gefängnis mit ihm gemacht hat. Und was er dadurch alles verloren hätte und jetzt einfordern wollte.«

»Haben Sie das irgendwo gemeldet?«, fragte Mads und

sah verstohlen in Richtung der Hosentasche, in der sein Handy steckte. Die Vibration erstarb.

»Nein«, antwortete Jessen mit einem Kopfschütteln. »Ich habe ihn rausgeschmissen. Ihn angeschrien, dass er verschwinden soll, und irgendwann ist er gegangen. Aber ich war komplett fertig. Wie konnte er nur so dreist sein, hierherzukommen – nach all dem, was er uns angetan hatte?«

»Sie halten es also für möglich, dass Lauritz Koch Erika Truelsen umgebracht hat?«, fragte Mads, als sein Handy erneut zu vibrieren begann.

»Es würde mich nicht wundern«, antwortete Jessen und faltete die Hände. »Lauritz hat eine Reihe von sozioemotionalen und kognitiven Einschränkungen. Die Unterbringung hier im Vråskovgård war ein Versuch, ihm ein so normales Leben wie nur möglich zu bieten. Rückblickend wissen wir natürlich, dass er besser in eine Einrichtung gehört hätte, in der man stärker auf seine Störungen hätte eingehen können.«

»Störungen?«

»Lauritz hatte die Störungen schon von Geburt an«, sagte Jessen und strich mit den Fingern über das Armband. »Seine Mutter hat auch während der Schwangerschaft Drogen konsumiert, was die kognitive Entwicklung des ungeborenen Kindes beeinträchtigt hat.«

»Sie meinen, er ist … zurückgeblieben?«, fragte Mads und zog die Stirn in Falten.

»In einigen Bereichen, ja«, sagte Jessen. »Ich habe selber einige Jahre mit Drogenabhängigen gearbeitet und kenne die Hirnschäden, die Alkohol- und Drogenmissbrauch bei Kindern im Mutterleib hinterlässt. Ich weiß also, wovon ich rede.«

»Und Lauritz Koch?«

»Lauritz' Verständnis von der Welt ist anders als unseres«, erklärte Jan Jessen. »Er ist sich der Konsequenzen seiner Handlungen nicht bewusst.«

»Wie haben Sie ihn damals erlebt?«

»Schwer zu sagen«, antwortete Jessen nachdenklich. »Er war zwar kognitiv beeinträchtigt, aber alles andere als dumm, was auch aus dem psychiatrischen Gutachten hervorging. Die meiste Zeit war er sehr verschlossen, doch manchmal gingen die Pferde mit ihm durch, und dann war er stark ausagierend.«

»Ich habe in einem Bericht gelesen, dass er nicht auf den Tod Ihres Vaters reagiert hat«, sagte Mads.

»Ja, das stimmt«, antwortete Jessen und lehnte sich auf seinem Stuhl zurück. »Ich glaube, er hat nicht begriffen, was er getan hat. Dass es Konsequenzen hat, ein Messer in einen anderen Menschen zu stechen. Dass die Person nicht einfach wieder aufsteht wie in einem Computerspiel.«

»Was war Erika Truelsens Rolle gegenüber Lauritz Koch?«, wollte Mads wissen.

»Sie war seine Kontaktperson«, antwortete Jessen und seufzte.

»Erinnern Sie sich, wie ihre Beziehung zu Lauritz war?«

»Tja, wie soll ich sagen?« Jessen stand auf, trat ans Fenster und blickte auf die leichten Wolken am Himmel. »Erika war etwas eigen. Sehr kompetent. Sie konnte auch mit seinen Eskapaden zurechtkommen, aber manchmal war ihre Art, mit ihm umzugehen, grenzwertig.«

»Wie meinen Sie das?«

»In sexueller Hinsicht«, erwiderte Jessen. »Auch wenn Lauritz in mancherlei Hinsicht zurückgeblieben war, darf man nicht vergessen, dass auch er sexuelle Triebe hatte. Erika

Truelsen war für viele der jungen Leute hier wie eine Mutter, Lauritz hatte aber manchmal Schwierigkeiten, die Signale, die sie aussandte, richtig zu deuten.«

»Können Sie das genauer erklären?«

Jessen drehte sich zu Mads um. »Ich glaube, er hat ihre Umarmungen nicht als Fürsorge verstanden. Seine Fähigkeit, das Verhalten anderer Menschen richtig zu deuten, war aufgrund seiner Störungen begrenzt. Mal ganz abgesehen von der Vernachlässigung, die er als Kind erfahren hat.«

»Sie meinen, er war in Erika verliebt?«

»Ganz genau«, sagte Jessen. »Sie hat ihn natürlich immer wieder abgewiesen. Er hat die Signale einfach falsch gedeutet.«

»Welche Signale?«

Jan Jessen lachte traurig. »Nun, sie pflegte ihre bunte Unterwäsche für alle sichtbar zum Trocknen aufzuhängen. Und das ist nicht unbemerkt an ihm vorbeigegangen.«

11. Juli

Birkelev

»Wissen Sie, wo Lauritz Koch sich heute aufhält?«

»Nein, und ich will es auch nicht wissen«, antwortete Jan Jessen und nahm wieder gegenüber von Mads am Esstisch Platz. Sein Blick wanderte noch einmal zu den dünnen Wolken am Himmel. Dann konzentrierte er sich wieder auf Mads. »Ich habe Zeit gebraucht, um mich damit abzufinden, dass er auf freiem Fuß ist, während wir noch immer unter dem Verlust leiden.«

»Das verstehe ich«, sagte Mads mit einem Nicken und betrachtete sein Gegenüber. Jessen hatte die Schultern sinken lassen, hinter der Trauer war aber auch Wut zu erahnen.

»Wir – das heißt meine Mutter und ich – haben versucht, den Vråskovgård weiter zu betreiben, aber sie hat es nicht geschafft, und nach ein paar Jahren haben wir dann verkauft.«

»Sie sind aber hier wohnen geblieben?«

Jessen nickte. »Ein Teil von meinem Vater ist noch immer hier. Es ist natürlich hart, jeden Tag mit dem Ort konfrontiert zu werden, an dem er gefunden wurde. Auf der anderen Seite ist das aber auch eine Art, ihn in Erinnerung zu behalten.«

»Dann wurde er hier und nicht auf dem Vråskovgård gefunden?«, fragte Mads.

»Ja.« Jessen presste die Lippen zusammen. »Meine Mutter hat ihn entdeckt.«

»Ich habe die Fotos vom Fundort gesehen«, sagte Mads. »Der Fund muss ihr zugesetzt haben.«

Jessen gab ein Schnauben von sich. »Zugesetzt? Das ist ja wohl die Untertreibung des Jahres. Stellen Sie sich doch mal vor, wie es sein muss, seinen Partner aufs Widerlichste gefoltert und erstochen vorzufinden! So einen Anblick vergisst man nie. Ich glaube nicht, dass Sie nachvollziehen können, was für Albträume man danach hat. Allein schon der Gedanke, ganz in der Nähe eines Mörders gelebt zu haben. Oder die Tatsache, dass mein Vater schon Minuten vor seinem Tod gewusst haben muss, dass er keine Chance hatte.« Jessen schwieg. Die Knöchel seiner geballten Fäuste traten weiß hervor, und es dauerte eine ganze Weile, bis die Hände sich wieder entspannten. »Rückblickend hatte man das vielleicht vorhersehen können, aber damals haben wir das leider nicht gemerkt.«

»Wie meinen Sie das?«, fragte Mads und warf einen kurzen Blick über die Schulter, als durch die geschlossene Tür erneut Grete Jessens Stimme zu hören war.

»Nein, er ist noch nicht gegangen!«, rief Jan Jessen und atmete schwer aus. Für einen Moment erweckte er den Eindruck, als würde er den Faden gleich wieder aufnehmen, doch dann griff er nach einem Seilstück, das auf dem Tisch lag, und sah zu Mads.

»Man kann die Urinstinkte nicht zurückhalten«, sagte Jessen und drehte das Seil zwischen den Fingern.

»Urinstinkte?« Mads runzelte die Stirn.

»Triebe«, präzisierte Jessen. »Beim Kampf der Alphamännchen geht es immer um das Recht, seine Gene zu verbreiten.«

»Sie meinen also, es gab eine Art Kampf zwischen Ihrem Vater und Lauritz, der außer Kontrolle geraten ist?«

»Ja«, erwiderte Jan Jessen. »Wie Sie vielleicht wissen, sind bei der Durchsuchung von Lauritz Kochs Zimmer mehrere Zeichnungen mit eindeutig sexuellen Inhalten gefunden worden. Die Bilder zeigen, was in seinem Kopf vorgegangen ist. Außerdem hatte mein Vater ihn mehrmals wegen seines unpassenden Verhaltens gegenüber Erika Truelsen zurechtgewiesen«, fuhr er fort und straffte den Knoten, den er in das Seil gemacht hatte. »Lauritz konnte nicht verstehen, warum er seine Triebe nicht einfach befriedigen durfte.«

Jan Jessen stand wieder auf und öffnete den kleinen Glasschrank hinter sich. Dann verharrte er einen Moment, als wäre er plötzlich in die Vergangenheit zurückkatapultiert worden, bis er schließlich eine Stecknadel aus einer kleinen Schachtel nahm und den Knoten, den er gerade gebunden hatte, neben ein paar anderen wie Henkersknoten, Affenfaust oder Kreuzknoten befestigte. Einige wirkten recht avanciert, andere sahen wie reine Gebrauchsknoten aus. Jessen wischte sich die Hände ab, schloss die Vitrine und drehte sich zu Mads um, ehe er weiterredete.

»Lauritz Kochs introvertierte Art hat seine innere Frustration weitgehend kaschiert.«

»Weitgehend?«

»Wie schon gesagt, hat er manchmal die Kontrolle verloren und ist aggressiv geworden. So etwas war ihm im Vorfeld nie anzusehen, und anschließend schien der Vorfall komplett aus seinem Gedächtnis gelöscht zu sein.«

»Sie glauben also nicht, dass er Ihren Vater ganz bewusst ermordet hat?«

»Das weiß ich nicht«, antwortete Jessen und setzte sich

wieder. »An manche Dinge erinnerte er sich, als hätte er ein fotografisches Gedächtnis, obwohl er sie nur bruchstückhaft mitbekommen hatte. Andere Dinge schien er gleich wieder zu vergessen. Es hat mich immer verwundert, dass er bei den damaligen Ermittlern nie auch nur den Anschein erweckt hat, als wüsste er etwas von diesem Mord.«

»Wie meinen Sie das?«, fragte Mads.

»Erst nach dem Fund des Messers geriet Lauritz Koch in den Fokus der Ermittlungen«, erklärte Jessen. »Vorher hat sich niemand dafür interessiert, was er an diesem Tag gemacht hat, obwohl wir die zahlreichen Konflikte mit ihm angesprochen haben.«

»Soweit ich weiß, hat bei den Befragungen nichts darauf hingedeutet, dass er Kenntnis von dem Mord hatte«, sagte Mads.

»Was das angeht, ist Lauritz Koch nicht dumm. Er wusste sicher, was er verschweigen musste«, antwortete Jan Jessen. »Seine Unwissenheit war ein perfektes Schauspiel.«

»Inwiefern?«

»Wie Sie wissen dürften, wurden Zeichnungen gefunden, die den Mord darstellten«, antwortete Jessen und beugte sich zu Mads vor. »Detaillierte Skizzen, die nur von jemandem stammen konnten, der den Mord mitbekommen hatte. Dass er entlassen wurde und jetzt wieder einen Mord begangen hat, zeigt doch nur, wie gerissen und berechnend er ist.« Er stand auf und reichte Mads die Hand, als Grete Jessens Stimme erneut aus dem Wohnzimmer zu hören war. »Ich muss mich um meine Mutter kümmern. Versprechen Sie mir, dass Sie ihn schnappen. Er ist gefährlich.«

11. Juli

Birkelev

Mads fuhr zurück auf die asphaltierte Straße und beschleunigte. Im Rückspiegel verschwand das kleine Wäldchen, das Jan Jessens Haus und die hellen Gebäude von Vråskovgård umgab. Er tippte auf den Touchscreen und wählte Torben Laugesens Nummer.

»Wo, zum Henker, steckst du?«, schimpfte Laugesen, kaum dass er am Telefon war.

»In Birkelev«, erwiderte Mads und umklammerte das Lenkrad etwas fester.

»In Birkelev?« Durch den Hörer waren die Speicheltropfen zu erahnen, die auf Laugesens Lippen traten, und Mads drückte sich unwillkürlich etwas tiefer in den Sitz. »Habe ich dir nicht gesagt, dass du deine privaten Interessen ruhen lassen und dich auf die Ermittlungen konzentrieren sollst?«

»Verdammt noch mal, genau das tue ich doch«, entgegnete Mads. »Erika Truelsen war zur Zeit der Ermordung von Hans Peter Jessen beim Vråskovgård angestellt. Mein Vater meinte …«

»Halt gefälligst deinen Vater aus den aktuellen Ermittlungen heraus«, schnitt Laugesen ihm das Wort ab.

»Aber wir müssen unser Hintergrundwissen über Lauritz

Koch ausweiten«, wandte Mads ein. »Und dafür ist Jan Jessen ein wichtiger Zeuge.«

»Du vergisst, dass wir seinen Hintergrund schon kennen«, fauchte Laugesen. »Lauritz Koch ist geistig behindert. Was wir über ihn wissen, reicht völlig aus. Unsere Aufgabe ist es, ihn zu finden, und das tun wir nicht, indem wir in alten Fällen herumwühlen.«

»Ich glaube, man spricht nicht mehr von geistiger Behinderung«, erwiderte Mads. »Laut Jan Jessen ist Lauritz Koch von seiner Begabung her ziemlich normal. Das geht auch aus dem psychiatrischen Gutachten hervor.«

Laugesen schnaubte. »Du meinst also, dass du auf der Basis einiger alter Akten besser als ich einschätzen kannst, wie dieser Koch tickt? Darf ich dich daran erinnern, dass ich diesem Mann schon einmal gegenübergesessen habe?«

»Das weiß ich«, antwortete Mads.

»Dann solltest du auch wissen, dass ich weiß, wovon ich rede!«, fuhr Laugesen fort. »Vergiss nicht, dass ich ihm damals das Geständnis abgerungen habe. Dein Vater wusste nicht, wie er mit einer Person wie Lauritz Koch umgehen musste.«

»Stopp!« Mads hämmerte wütend auf das Lenkrad.

»Stopp?« Laugesens Hohngelächter drang durch den Lautsprecher. Der eisige Klang seiner Stimme schlang sich um Mads' Hals und drohte, ihn zu ersticken. »Es ist wirklich an der Zeit, dass du deinen Vater so siehst, wie er wirklich war. Und erkennst, dass all das, wogegen du dich auflehnst, nur Illusionen sind. Illusionen über einen Mann, der nicht zugeben konnte, dass er sich geirrt hatte, und sich deshalb einfach aus dem Staub gemacht hat.«

»Rede nicht so über meinen Vater«, fauchte Mads und atmete keuchend.

»Nicht? Die quälende Suche deines Vaters nach einem anderen Täter endete in einer Niederlage. Er war dieser Ermittlung einfach nicht gewachsen. Der Täter hat ihm über Monate ins Gesicht gelacht, während wir zugeschaut haben, aber er wollte nicht hören.«

»Das passt alles nicht zusammen.«

»Doch. Dein Vater hat sich für etwas Besseres gehalten. Er hatte die Weisheit mit Löffeln gefressen. Eine Eigenschaft, die eng mit dem Namen Lindstrøm verknüpft ist.«

»Was willst du denn damit andeuten?«, brummte Mads.

»Dass du deinem Vater verdammt ähnlich bist. Du bist genauso hochnäsig, genauso starrköpfig und unfähig, mit anderen zusammenzuarbeiten. Ihr seid aus demselben Holz geschnitzt – und dieses Holz ist meiner Meinung nach ungeeignet für die Arbeit im Morddezernat.«

11. Juli

Odense

»Mads?« Per Teglgård zog sich mit angestrengter Miene in eine sitzende Haltung hoch. Die Haut seines Gesichts wirkte in dem schwachen Licht, das durch die Jalousien ins Zimmer fiel, beinahe durchsichtig. Als wäre er nur noch der Schatten des Mannes, der er einmal gewesen war. »Was führt dich nach Odense?«

»Ich wollte sehen, wie es dir geht«, sagte Mads und sah sich im Zimmer um. Die Blumen waren seit dem letzten Mal ausgetauscht worden, und der neue Strauß kämpfte mit seinen bunten Farben gegen das triste Weiß der Wände an.

»Das ist nett von dir«, sagte Per und fuhr sich mit dem Handrücken über den Mund, bevor er die rissigen Lippen erneut benetzte.

»Also, wie geht es dir?«

»Können wir nicht über etwas anderes reden?« Per Teglgård nickte in Richtung des Stuhls, der am Fenster stand.

»Klar, wenn du willst«, antwortete Mads und setzte sich. »Sind sie nett zu dir?«

Per lachte heiser. »Sie tun ihr Bestes. Das Essen ist furchtbar, aber was kann man anderes erwarten, wenn man Inges Standard gewöhnt ist? Aber wie geht es dir? Du siehst ein bisschen müde aus.«

»Es ist alles in Ordnung«, erwiderte Mads. Sein Blick fiel auf den Proteindrink, der auf dem Nachtschränkchen stand. Der Deckel war abgeschraubt, und ein künstlicher Erdbeergeruch hing in der Luft. »Es geht mir gut. Ist nur viel los gerade.«

»Ja, das kann ich mir vorstellen«, sagte Per Teglgård und nickte müde. »Komm, erzähl schon, wie läuft der Fall? Kommt ihr voran?«

»Schwer zu sagen.« Mads legte die Hände in den Schoß. »Die einzige Spur, die wir haben, deutet auf Lauritz Koch.«

»Ja, das habe ich schon von Laugesen gehört«, sagte Per und runzelte die Stirn. »Habt ihr ihn gefunden?«

»Nein«, antwortete Mads und starrte auf den schwarzen Fernsehbildschirm, der von einer dünnen Staubschicht überzogen war. »Es ist nicht ganz einfach, Informationen über ihn zu bekommen.«

»Ja, solche Ermittlungen können manchmal ziemlich herausfordernd sein. Laugesen meinte, es sei schwierig, dich zur Mitarbeit zu bewegen.«

»Blödsinn«, erwiderte Mads und richtete seine Aufmerksamkeit wieder auf Per Teglgård. »Im Gegensatz zu ihm versuche ich, auch noch in andere Richtungen zu ermitteln. Nur, dass das verflucht schwer ist, wenn man keinerlei Unterstützung bekommt. Laugesen hat nicht die nötige Kompetenz, um so eine Ermittlung zu leiten. Er verhält sich wie ein Diktator.«

Per verzog die Lippen zu einem angestrengten Lächeln. Dann nickte er langsam. »Ihr habt immer schon diese Probleme miteinander gehabt.«

»Das sind keine Probleme«, fiel Mads ihm ins Wort. »Er weigert sich, auf andere Ideen als seine eigenen zu hören.«

»Ich fürchte, er würde dasselbe über dich sagen«, entgegnete Per Teglgård. »Erklär mir, warum du glaubst, dass er falschliegt.«

»Ich sage nicht, dass er falschliegt.« Mads stand auf. »Ich bin nur der Meinung, dass wir uns den alten Birkelev-Fall anschauen sollten, um zu verstehen, wonach wir wirklich suchen. Ich bin heute früh am Vråskovgård vorbeigefahren.«

»Dann warst du also in Birkelev, während Laugesen die Morgenbesprechung abgehalten hat?«

Mads senkte den Blick. Der Vorwurf in Pers Stimme war nicht zu überhören.

»Ja«, sagte er schließlich. »Dabei hat sich herausgestellt, dass es weitere Verbindungen zu dem alten Fall gibt. Trotzdem kann ich mich nicht von dem Gedanken lösen, dass mein Vater daran gezweifelt hat, dass Lauritz Koch wirklich der Täter war.«

»Dann bist du deshalb dort gewesen?«, fragte Per Teglgård und zog eine Augenbraue hoch. »Um dir die Geschichte von Jan Jessen anzuhören?«

»Kann man so sagen«, antwortete Mads mit einem Achselzucken. »Erika Truelsen hat zu der Zeit im Vråskovgård gearbeitet, als Hans Peter Jessen getötet wurde.«

»Ja, das hat Laugesen erwähnt«, sagte Per. »Aber wie ich das sehe, sind die Beweise gegen Lauritz Koch ziemlich eindeutig.«

»Wir haben nur einen einzigen beschissenen Fingerabdruck«, wandte Mads ein.

»Ihr habt doch auch die Obduktionsergebnisse«, gab Per zu bedenken. »Laut Laugesen sind die Ähnlichkeiten nicht von der Hand zu weisen.«

Mads schloss für einen Moment die Augen. Er ballte die

Hände zu Fäusten und hielt die Luft an, ehe er die Schultern wieder sinken ließ und fast tonlos seufzte. »Ja, das stimmt. Es gibt aber auch Unterschiede.«

»Welche?«

»Mann, Frau«, sagte Mads und breitete die Arme aus. »Der erste Täter hat ein Messer genutzt, der zweite hat sein Opfer stranguliert und einfach irgendwo abgelegt. Ich werde das Gefühl nicht los, dass wir irgendwas übersehen.«

»Ich verstehe, was du meinst, aber ich denke nicht, dass ihr etwas überseht«, meinte Per Teglgård und drückte sich die Hand auf den Bauch, während er hustete. »Die Gemeinsamkeiten überwiegen. Die Gewalt, die sexuelle Erniedrigung und die Verbindung zum Vråskovgård und Lauritz Koch.«

»Aber was, wenn wir doch etwas übersehen?«, beharrte Mads. »Mein Vater hätte sich doch nach der Urteilsverkündung nicht mehr mit dem Fall befasst, wenn er nicht davon überzeugt gewesen wäre, dass da etwas nicht stimmte.«

»Du machst dich selbst kaputt, wenn du nach Verbindungen suchst, die es nicht gibt«, entgegnete Per Teglgård und legte den Kopf auf das Kissen. »Dein Vater hat sich an einer Idee aufgerieben, die nicht der Wirklichkeit entsprach. Du darfst nicht dasselbe tun.«

»Fang nicht wieder damit an«, sagte Mads aufgebracht.

»Ich sage nur, wir kriegen es manchmal selbst nicht mit, wenn wir uns auf eine bestimmte Sache einschießen und deshalb wichtige Hinweise übersehen. Dein Vater war von Lauritz Kochs Unschuld geradezu besessen, und das war der Grund dafür, dass wir die Beweise gegen Koch erst viel später gefunden haben, als wir es sonst getan hätten.«

»Du warst bei Kochs Vernehmung selbst anwesend, oder?«

»Ja, und ich habe sogar dazu tendiert, deinem Vater recht zu geben. Was Lauritz Koch uns bei den ersten Befragungen gezeigt hat, war nicht das Gesicht eines Mörders. Ich war aber auch bei der Vernehmung dabei, in der Torben Laugesen ihm die Beweise präsentiert hat.«

»Das Messer?«

»Ja, das Messer und die Zeichnungen«, sagte Per Teglgård. »Außerdem ist es Laugesen gelungen, Koch ein vollständiges Geständnis zu entlocken.«

»Und trotzdem hatte mein Vater noch Zweifel?«

Per nickte und verzog bedauernd den Mund. »Ich selbst war mir bei der Schuldfrage in diesem Fall eigentlich immer sicher. Die Beweise haben eine zu deutliche Sprache gesprochen.« Er schwieg. Sein Blick ging zum Fenster, wo man durch die Lamellen der Jalousie den blauen Nachmittagshimmel sehen konnte. »Letzten Endes glaube ich, dass er das Gefühl hatte, durch das Festhalten an Lauritz Kochs Unschuld irgendwie das Gesicht verloren zu haben«, sagte er schließlich.

11. Juli

Toftlund

»Verdammt! Nein!«, brüllte Mads und hämmerte auf den Boxsack ein. Eine weitere Serie von Schlägen folgte. Das T-Shirt klebte verschwitzt an seinem Körper, und auf der bloßen Haut seiner Arme bildeten sich kleine Schweißtropfen. Das Adrenalin pulsierte durch seine Adern – angetrieben von der Wut, die in ihm brodelte und die Gedanken auseinanderriss, sodass bei jedem Schlag neue Bruchstücke durch seinen Kopf wirbelten.

»Ich. Bin. Nicht. Er.«

Als er eine letzte Serie von Schlägen in den Sack boxte, rasselte die Kette in der Aufhängung. Schließlich legte er die Arme um den Sack und atmete tief durch. Der Geruch von Leder stieg ihm in die Nase. Langsam lockerte er den Griff und ließ die Arme sinken. Dann stand er einen Moment da, während er die verschmierten Blutspuren am Boxsack fixierte. Sein Blick wanderte zu seinen aufgeplatzten Fingerknöcheln, an denen sich das Blut mit dem Schweiß mischte. Er drehte sich um und schaltete die Musik aus. Stille senkte sich über den Raum, und für einen Moment erwog er, die Musik wieder einzuschalten, um das Pochen des Blutes zu übertönen, das durch seinen Körper pulsierte, und die vielen Gedanken, die unter der Oberfläche lauerten.

»Die können mich mal.« Er griff nach dem Handtuch und wischte sich Gesicht und Nacken ab, dann warf er es auf die Trainingsbank. In einem langen, tiefen Atemzug füllte er die Lungen mit Luft und ließ die Schultern beim Ausatmen sinken.

»Du solltest es besser wissen, Per Teglgård!«, zischte er, als er nach der Wasserflasche griff und sie mit gierigen Schlucken leerte.

Mit einem letzten Blick auf den Boxsack öffnete er die Tür und trat in den schmalen, dunklen Flur. Er streifte sich das T-Shirt über den Kopf und ging ins Badezimmer. Eine Weile blieb er vor dem Spiegel stehen und betrachtete seinen nackten Körper. Rippen und Muskeln waren unter der Haut deutlich zu erkennen, als er die Dusche andrehte. Das kühle Wasser liebkoste seinen brennenden Körper, und er legte den Kopf in den Nacken, schloss die Augen und lauschte dem Plätschern.

12. Juli

Toftlund

»Lindstrøm«, meldete sich Mads und fuhr in den Kreisverkehr bei Gabøl ein. Die Sonne war gerade erst aufgegangen. Er kniff die Augen zusammen und klappte die Sonnenblende herunter, als er die zweite Ausfahrt nahm und über den Ribevej weiterfuhr.

»Thomas Beckmann hier«, kam es durch den Lautsprecher. »Wie ich sehe, haben Sie gestern angerufen?«

»Ja.« Mads beschleunigte ein bisschen. Niedrige Büsche säumten die beinahe gerade Strecke. »Ich war gestern am Vråskovgård.«

»Ach, und Sie sind nicht auf die Idee gekommen, dass meine Anwesenheit dabei vielleicht wichtig gewesen wäre?«

»Doch«, antwortete Mads, dem die Schärfe in Beckmanns Stimme nicht entgangen war. »Deshalb habe ich ja versucht, Sie zu erreichen. Als das nicht geklappt hat, bin ich halt alleine gefahren.«

»Sie hätten warten sollen«, erwiderte Beckmann brüsk. »Die Ermittlungen sind in diesem Fall grenzüberschreitend.«

Einen Moment blieb es still, und nur das Rauschen der Reifen auf dem Asphalt war zu hören. Mads sah aus dem Seitenfenster, wo jetzt hohe Bäume den Blick auf Vojens versperrten.

»Tut mir leid«, sagte Mads und warf einen Blick zum Himmel, wo eine Schar Wildgänse in Keilformation vorbeiflog. »Ich konnte das leider nicht aufschieben. Torben Laugesen fordert Resultate.«

»Ja, das verstehe ich«, brummte Thomas Beckmann noch immer unzufrieden. »Der Fall ist schon eine Woche alt.«

»Ich weiß.« Mads ging kurz vom Gas, warf einen Blick über die Schulter und überholte das vorausfahrende Auto.

»Was haben Sie herausgefunden?«

»Leider nicht viel«, antwortete Mads. Vor ihm wurde die Straße schmaler, und er bremste auf die angezeigten siebzig Stundenkilometer ab. »Auf den ersten Blick hat der Besuch den Verdacht gegen Koch erhärtet.«

»Auf den ersten Blick?«

»Es hat sich herausgestellt, dass Lauritz Koch eine Art Beziehung zu Erika Truelsen hatte, von der wir vorher noch nichts wussten«, fuhr Mads fort und beschleunigte erneut. Die lange, gerade Strecke kam ihm endlos vor. Er sank tiefer in den Sitz und unterdrückte ein Gähnen.

»Lauritz Koch soll ein Verhältnis mit Erika Truelsen gehabt haben?«

»Nein, das nicht.« Mads warf einen raschen Blick auf die Uhr. Wenn der Verkehr jetzt nicht noch dichter wurde, schaffte er es gerade noch zu Laugesens verdammter Morgenbesprechung.

»Das müssen Sie mir erklären«, sagte Beckmann.

»Lauritz Kochs Fähigkeit, das Verhalten und die Motive anderer Menschen zu entschlüsseln, ist durch Traumatisierungen in der Kindheit stark beeinträchtigt«, sagte Mads. Er richtete sich auf und fluchte, als ein Traktor mit einem Anhänger voller Heuballen vor ihm auf die Straße einbog, sodass er auf die Bremse treten musste. »Angeblich hat er ihre Fürsorge falsch gedeutet.« Er fuhr etwas zur Seite, um an dem Traktor vorbeizuschauen, und trommelte mit den Fingern aufs Lenkrad, während er ungeduldig darauf wartete, dass die lange Reihe entgegenkommender Autos an ihm vorbeigefahren war.

»Inwiefern?«, fragte Thomas Beckmann, als Mads zu überholen begann. Das Rumpeln des Traktors übertönte für einen Augenblick Thomas Beckmanns Stimme.

»Er soll mehrfach versucht haben, ihr nahezukommen«, antwortete Mads und sah in den Rückspiegel, als er vor dem Traktor wieder einscherte. »Die Einrichtung konnte das natürlich nicht einfach so geschehen lassen«, fuhr er fort und richtete seine Aufmerksamkeit wieder auf die Straße vor sich.

»Nein, natürlich nicht. Wie haben sie darauf reagiert?«

»Jetzt kommen wir zum eigentlichen Kern der Sache«, antwortete Mads. »In dem psychiatrischen Gutachten, das 1998 im Rahmen des Gerichtsverfahrens in Auftrag gegeben wurde, wird Lauritz Koch als ein Mensch mit extrem gegensätzlichen Charakterzügen beschrieben. Seine Konfliktfähigkeit ist gering, und bei Frustration reagiert er geradezu explosiv. Die Kombination von Erika Truelsens Zurückweisung und Hans Peter Jessens Verurteilung seines Verhaltens könnte den Mord ausgelöst haben.«

»Könnte?«

»Ja.« Mads warf erneut einen Blick auf die Uhr. Der Traktor hatte ihn einige Minuten gekostet, und er sah schon Laugesens missbilligenden Blick vor sich. »Es gibt nämlich auch noch ein anderes Bild von Koch.«

»Und das wäre?«

»Das eines stillen, introvertierten Menschen«, antwortete Mads. »Jemand, der nicht wirklich mit seiner Umwelt in Kontakt tritt.«

»Und worauf stützen Sie sich dabei?«

»Nicht nur auf das psychiatrische Gutachten, sondern auch auf die Befragungen zu Beginn der Ermittlungen 1998. Da wird das aufbrausende Temperament nämlich zu keinem Zeitpunkt erwähnt. Lauritz Koch scheint eher ängstlich gewirkt zu haben.«

»Ängstlich?«, brummte Thomas Beckmann. Ein Knacken drang durch den Lautsprecher, dann räusperte Thomas Beckmann sich und fuhr fort. »Und wie sieht es mit der Zeugenaussage von gestern aus? Hat sie dieses Bild von ihm untermauert?«

»Schwer zu sagen. Für Jan Jessen ist der Name Lauritz Koch verständlicherweise noch immer mit viel Wut und Trauer verbunden.«

»Haben Sie auch mit anderen gesprochen?«

»Nein, leider nicht«, antwortete Mads. »Seine Mutter ist dement. Aus ihr werden wir kaum etwas Vernünftiges herausbekommen, und von den jetzigen Angestellten der Einrichtung kennt niemand Lauritz Koch.« Er warf einen Blick auf den Tachometer, der eine etwas zu hohe Geschwindigkeit anzeigte.

»Ich habe mir übrigens die Fotos etwas genauer angeschaut, die Sie mir geschickt haben«, sagte Thomas Beckmann, als Mads nicht weiterredete.

»Ja?«

»Es gibt zwischen den zwei Morden zweifellos Ähnlichkeiten. Eine Sache würde ich Ihnen gerne zeigen. Hätten Sie die Möglichkeit, nach Flensburg zu kommen?«

»Jetzt?«

»Ja. Werner Still ist auch auf dem Weg.«

»Na gut.« Mads setzte den Blinker und bog auf die E45 ab, statt weiter in Richtung Haderslev zu fahren. Als er auf der Autobahnbrücke war, sah er unter sich den Morgenverkehr wie ein Farbenspiel auf grauem Grund. »Ich bin unterwegs.«

12. Juli

Flensburg

Mads zog die Handbremse an und sah zum Flensburger Polizeirevier hinüber. Die weißen Fenster strahlten durch die dünnen Zweige der Laubbäume, die vor dem Gebäude wuchsen. Er öffnete die Tür und stieg aus. Mit einem raschen Blick nach links und rechts lief er über die Straße und öffnete die Eingangstür.

*

»Das ging aber schnell«, sagte Thomas Beckmann und nickte in Richtung des Sitzungstisches. Der salzige Geruch von der Förde strich durch das geöffnete Fenster, und die heiseren Möwenschreie mischten sich mit dem Lärm der Stadt. »Wie ich schon am Telefon sagte, kommt Werner Still auch noch. Er hat die Obduktion von Wiebke Hoffmann geleitet.«

»Wiebke Hoffmann?« Mads setzte sich. Für einen Moment ruhte sein Blick auf der Thermoskanne und den drei Kaffeebechern, die auf dem Tisch standen, dann richtete er seine Aufmerksamkeit wieder auf Thomas Beckmann.

»Ja.« Thomas Beckmann griff nach einem Ordner, der auf dem Tisch lag. »Der Fall liegt ein gutes Jahr zurück, er ist mit Blick auf den aktuellen Fall aber höchst interessant«, fuhr er fort und reichte Mads den Ordner. »Witwe. Zum Zeitpunkt des Todes siebenundsiebzig Jahre alt. Fundort außerhalb von Breklum.«

»Das müssen Sie mir erklären«, sagte Mads und nahm den Ordner entgegen. »Ich hatte Sie doch gebeten, den Mord an Erika Truelsen mit dem alten Fall aus Birkelev zu vergleichen.«

»Ja, das habe ich auch«, antwortete Thomas Beckmann. »Werner Still war wegen einer anderen Sache hier und hat dabei auch einen Blick auf die Fälle geworfen.«

»Und?«, fragte Mads und legte den Ordner zurück auf den Tisch.

»Wie Sie selbst gesagt haben, deutet einiges darauf hin, dass es derselbe Täter sein könnte. Der Fingerabdruck, den Ihre Kriminaltechniker gefunden und Lauritz Koch zugeordnet haben, würde ja auch dazu passen. Es gibt aber auch Punkte, die sich unterscheiden. Die Brutalität der beiden Morde scheint ähnlich zu sein, der Modus Operandi ist allerdings verschieden.«

»Ja, daran habe ich auch schon gedacht«, sagte Mads. »Aber was hat dieser andere Fall damit zu tun?«

»Werner Still hat auf die Parallelen zwischen dem Mord an Wiebke Hoffmann und dem an Erika Truelsen hingewiesen«, antwortete Thomas Beckmann und kratzte sich den kurzen Bart. »Die beiden Morde sind in vielen Punkten geradezu identisch.«

»Sie meinen also, es könnte derselbe Täter dahinterstecken?«, fragte Mads.

»Ich würde das zumindest nicht ausschließen«, antwortete Thomas Beckmann.

Mads schlug den Ordner auf und betrachtete die Luftaufnahme des Fundorts. Rote Blumen, mit großer Wahrscheinlichkeit Rosen, wuchsen in Grüppchen auf dem Rasen des etwas abseits stehenden Hauses, von dem ein langer, gepflasterter Weg zur Straße führte.

»Wenn Sie weiterblättern, finden Sie noch mehr Fotos vom Fundort«, sagte Beckmann.

Mads überflog den Bericht der Spurensicherung, ehe sein Blick an dem Foto eines kleinen Zimmers hängen blieb. Ein paar Sekunden lang starrte er auf die Szenerie. Dünne Blutspritzer färbten die helle Tapete braunrot, und Urin war in die gestreifte Matratze unter der Leiche gesickert.

»Wer hat sie gefunden?«, fragte er, während er die unbekleidete Tote auf dem Bett betrachtete.

»Ihre Tochter«, antwortete Thomas Beckmann und griff nach einem Becher. »Anita Hoffmann. Sie haben in der Regel einmal pro Woche telefoniert, weshalb sie zu dem alten Hof gefahren ist, als sie ihre Mutter nicht erreichen konnte.« Er machte eine Pause und sah Mads fragend an. »Kaffee?«

»Nein danke«, sagte Mads und hob abwehrend die Hand, ohne von den Unterlagen aufzublicken. »Wie lange war sie da schon tot?«

»Vermutlich ein paar Tage.« Beckmann schenkte sich Kaffee ein. »Stranguliert auf eine beinahe identische Weise wie im Mordfall Erika Truelsen.«

»Beinahe?« Mads nahm die Leiche genauer in Augenschein. Der Kopf der alten Frau war zur Seite gekippt. Eine lange Wunde klaffte an der Schläfe, und das austretende Blut hatte die grauen Haare verklebt.

»Ihre Bluse war zerrissen«, fuhr Thomas Beckmann fort. »Der Täter hat einen Teil des Stoffes benutzt, um ihre Hände zu fesseln, den Rest hat er ihr um den Hals gewickelt. Anders als Erika Truelsen wurde sie von hinten stranguliert.« Er stellte die Thermoskanne ab, führte den Kaffeebecher an die Lippen und sah eine ganze Weile zu, wie Mads die Bilder studierte.

»Wurde sie sexuell missbraucht?«, fragte Mads.

Thomas Beckmann nickte. »Es gibt keinen Zweifel, dass sie Opfer massiver Misshandlungen geworden ist. Das geht aus dem Obduktionsbericht klar hervor.«

»Vaginal?«

»Anal, vaginal und oral. Exakt so steht es auch im Obduktionsbericht von Erika Truelsen.« Thomas Beckmann stellte den Becher wieder auf den Tisch, behielt ihn aber in der Hand.

»Und der Täter?«, fragte Mads und riss sich von der brutalen Szenerie auf dem Foto los.

»Noch immer auf freiem Fuß«, antwortete Thomas Beckmann mit einem Seufzen. »Es gibt unglaublich wenige Spuren, denen wir folgen könnten. Natürlich haben wir das Beweismaterial vom Fundort gesichert, aber das hat uns bis jetzt nicht weitergebracht.«

»Ich kann mich nicht daran erinnern, dass Sie die dänischen Behörden um Unterstützung gebeten haben«, sagte Mads und schob den Ordner zurück in die Mitte des Tisches.

»Die Tote war Deutsche«, erwiderte Beckmann mit einem Achselzucken. »Nichts an dem Fall hat auf Verbindungen nach Dänemark hingedeutet, aber in Anbetracht des aktuellen Falls sollten wir diese Möglichkeit vielleicht doch noch einmal in Betracht ziehen. Die Ähnlichkeit zu dem Mord an Erika Truelsen ist zu markant, um dem nicht nachzugehen.«

»Und Sie haben alles untersucht?«

»Es wurde wirklich jeder Stein umgedreht«, versicherte Thomas Beckmann. In diesem Moment öffnete sich die Tür, und Werner Still betrat den Raum.

12. Juli

Flensburg

»Ihr habt schon ohne mich mit dem Kaffee angefangen?«, fragte Werner Still und fuhr sich mit einem kleinen Kamm durch die lichten Haare, ehe er nach der Kanne griff.

»Nur der Kollege Beckmann«, antwortete Mads und deutete auf Beckmanns halb leeren Kaffeebecher.

»Und Sie sind noch immer standhaft?«, fragte Werner Still, während er sich am Kaffee bediente, und warf einen Blick auf die Wasserflasche, die Mads aus seiner Tasche geholt hatte.

»Ja, es geht mir besser damit«, erklärte Mads und drehte den Deckel ab, während er zusah, wie der Rechtsmediziner sich über den Tisch beugte und Thomas Beckmann nachschenkte.

»Jaja, jedem sein Laster«, bemerkte Werner Still und nahm Platz. »Wie ich sehe, habt ihr die Akte von Wiebke Hoffmann schon studiert.«

»Ja.« Thomas Beckmann legte die Unterarme auf den Tisch. »Ich habe gerade von den auffälligen Ähnlichkeiten berichtet, was Alter, Geschlecht und Wohnort betrifft.«

»Wohnort?« Mads legte die Stirn in Falten. »Haben Sie nicht gesagt, dass Wiebke Hoffmann in Breklum gewohnt hat?«

»Doch«, entgegnete Beckmann und schob seinen Becher etwas zur Seite. »Ich dachte eher an die abgelegene Gegend des Hauses und die Tatsache, dass beide Opfer alleinstehend waren.«

»Aha.« Mads blätterte noch einmal zu den Fotos vom Fundort. Das Grundstück lag gut dreihundert Meter vom nächsten Haus entfernt.

»Ich kenne den dänischen Fall kaum, weshalb ich nichts dazu sagen kann, ob Modus Operandi und Täter identisch sein könnten«, sagte Werner Still. »Aber die Ähnlichkeit zum Fall Hoffmann ist mir ins Auge gesprungen, als ich die Fotos von Erika Truelsen gesehen habe.«

»Was konkret hat Sie an den Fall in Breklum erinnert?«, fragte Mads und musterte Still, der nach einem ausgedruckten Foto griff, das Erika Truelsens nackten Körper auf dem Sektionstisch zeigte.

»Vor allem diese Hämatome«, sagte Werner Still und zeigte auf die länglichen rotvioletten Striche, die sich von der rechten Pobacke nach links oben zogen. »Ich hatte noch nicht die Zeit, mich gründlicher mit dem Obduktionsbericht aus Dänemark zu beschäftigen, auf den ersten Blick entspricht das aber ziemlich genau den Läsionen, die ich am Leichnam von Wiebke Hoffmann gefunden habe.«

»Und Sie halten das nicht für einen Zufall?«

»Ausschließen kann ich das nicht«, antwortete Werner Still und schob sich das silberfarbene Brillengestell etwas höher auf die Nase, bevor er zu dem Obduktionsbericht griff, der seine Unterschrift trug. »Ich habe aber schon zu Thomas Beckmann gesagt, dass es da einige Dinge gibt, die sich auffällig ähneln.« Schweigend befeuchtete er den Zeigefinger und blätterte durch den Bericht. »Fangen wir ganz hinten an.

Es besteht kein Zweifel, dass der Leichnam von Erika Truelsen bewegt wurde«, sagte er und zeigte auf die blauschwarzen Flecken an der Vorderseite von Erika Truelsens Körper. »Und das muss mehr als sechs Stunden nach dem Todeszeitpunkt passiert sein.«

»Ja, das ist mir bewusst«, antwortete Mads und betrachtete die Bilder der Toten, während er sich in Erinnerung rief, wie sie auf dem Waldboden gelegen hatte. Der entblößte Unterleib und die Fliegen, die von dem blassen Fleisch aufflogen, während die Augen der Toten starr nach oben schauten. »Haben Sie eine Idee, wie viel Zeit vom Todeszeitpunkt bis zur Entdeckung der Leiche vergangen sein könnte?«

»Das ist anhand der Bilder schwer einzuschätzen«, sagte Werner Still und zuckte mit den Achseln. »Hat Berit Langer keine Vermutung dazu?«

»Doch«, erwiderte Mads und trank einen Schluck Wasser. »Knapp eine Woche.«

»Das wäre auch meine Annahme gewesen, ausgehend vom Grad der Verwesung und den Entwicklungsstadien der gefundenen Maden«, antwortete Werner Still und betrachtete den grünlich verfärbten, etwas aufgedunsenen Bauch. »Aber da spielen natürlich viele verschiedene Parameter eine Rolle.«

»Ja, das weiß ich«, sagte Mads und stellte die Wasserflasche ab. »Sonst noch was?«

»Ich selbst war ja für die Obduktion von Wiebke Hoffmann zuständig«, sagte Werner Still. »Die sexuelle Misshandlung war äußerst brutal. Wie Sie hier sehen können, hat der Täter die Frau mit einer solchen Härte penetriert, dass an Vagina und After schwere Verletzungen zu erkennen sind.«

Er hielt inne und ließ Mads die Fotos des Unterleibs der alten Dame studieren, ehe er fortfuhr. »Wie Thomas Beckmann sicher schon gesagt hat, wurde das Opfer gefesselt vorgefunden.«

»Ja, das hat er erwähnt«, sagte Mads und warf einen kurzen Blick zu Beckmann. »Gibt es auch Läsionen an den Knöcheln?«

»Nein«, antwortete Werner Still und schüttelte den Kopf. »Der Täter war der alten Frau physisch überlegen. Allem Anschein nach war es aus seiner Sicht nicht nötig, ihre Bewegungsmöglichkeiten noch weiter einzuschränken. Sie ist anal, vaginal und oral vergewaltigt worden.«

»Genau wie Erika Truelsen«, sagte Mads. »Sind Spuren vom Täter gefunden worden?«

»Nein, weder Sperma noch andere DNA-Spuren, wenn Sie das meinen«, antwortete Werner Still und griff nach seinem Kaffeebecher. »Ich bin nicht auf dem neuesten Stand, ob am Fundort irgendetwas gefunden worden ist.«

»Natürlich haben wir alle potenziellen Spuren des Täters gesichert, aber das hat leider zu nichts geführt. Wir konnten mehrere DNA-Profile sicherstellen, es gibt dazu aber keinen Match in unserer Datenbank«, sagte Thomas Beckmann und verzog bedauernd den Mund. »Ich weiß nicht, ob es möglich ist, unsere Spuren mit den dänischen Datenbanken abzugleichen.«

»Natürlich.« Mads griff nach dem deutschen Obduktionsbericht und überflog die Liste der gesicherten Beweisstücke, während er sich die Orte notierte, an denen sie gefunden worden waren. »Wenn Sie uns schicken, was Sie haben, wird Sarah Jonsen sich das gern ansehen, im Moment haben wir aber noch nicht sonderlich viel.«

»Abgesehen von diesen Ähnlichkeiten«, sagte Werner Still und blätterte in Wiebke Hoffmanns Obduktionsbericht zu einem Foto, das er neben das ausgedruckte Bild von Erika Truelsens Leiche legte. »Anhand der Bilder ist es natürlich schwer zu sagen, aber wenn wir diesen Schlag hier nehmen …«, er zeigte auf die verfärbten Kiefer der beiden Toten, »… scheint es eine ganz bewusste Handlung gewesen zu sein, um seine Opfer außer Gefecht zu setzen.«

»Können Sie etwas über den Winkel sagen, aus dem der Schlag erfolgt ist?«, fragte Mads.

»Leider nein. Es wäre die reinste Spekulation, anhand der Bilder etwas über die Größe des Täters sagen zu wollen. Wir wissen ja nicht einmal, ob die Frauen gestanden, gesessen oder gelegen haben, als sie dem Täter zum Opfer fielen.«

»Du glaubst aber, dass er die Opfer mit diesem Schlag kampfunfähig gemacht hat?«, fragte Thomas Beckmann.

»Ja, das wäre gut möglich«, antwortete Werner Still. Sein hellwacher Blick glitt noch einmal über die Fotografien, eher er ihn auf Mads richtete. »Und dann ist da die Strangulation. Auch wenn sie mit unterschiedlichen Hilfsmitteln durchgeführt wurde, und einmal von vorne, das andere Mal von hinten, ist der Täter dabei auf exakt gleiche Weise vorgegangen.«

»Ja, das sehe ich auch so.« Mads trommelte nachdenklich mit den Fingern auf die Armlehne des Stuhls. Er ließ seinen Blick noch einmal über den Bericht der Spurensicherung schweifen, ehe er mit dem Zeigefinger auf eine Stelle tippte. »Vaseline?« Er überflog noch einmal die Liste der am Tatort gesicherten Spuren. »Sie haben am Opfer Vaseline gefunden, oder?«

»Ja, die chemische Analyse hat erwiesen, dass es sich um Vaseline handelt«, antwortete Thomas Beckmann und zog die dunklen Augenbrauen zusammen. Dann beugte er sich vor. »Diese Substanz wurde aber nicht direkt am Opfer, sondern an mehreren Stellen im Zimmer gefunden. Warum?«

»An mehreren Stellen?«

»Ja, an der Matratze, am Bettrahmen und an einem Türrahmen«, präzisierte Thomas Beckmann und zeigte auf die Nummern, die die exakten Fundorte angaben.

»Also nicht an der Leiche?«, wiederholte Mads und sah zu Werner Still.

»Nein, am Leichnam befanden sich keinerlei chemische Substanzen«, antwortete Werner Still. »Der Täter war klug genug, keine Vaseline als Gleitmittel zu benutzen. Hätte er das getan, wäre das Kondom, das er genutzt hat, vermutlich gerissen, und dann hätten wir sein Sperma.«

»Außer die Vergewaltigung hat zum Beispiel mit einem Dildo stattgefunden«, wandte Mads ein.

Werner Still schwieg einen Moment. Dann schob er die silberfarbene Brille mit dem Handrücken nach oben, als trüge er noch die OP-Handschuhe. »Das wäre natürlich eine Möglichkeit«, räumte er ein und nickte nachdenklich. »Auch wenn wir das nicht mit Sicherheit sagen können, deutet die Abwesenheit jeglicher DNA-Spuren möglicherweise darauf hin.«

»Wie sieht es mit Fingerabdrücken aus?«, fragte Mads und wandte sich an Thomas Beckmann.

»An der Leiche?«

»Nein, in der Vaseline«, antwortete Mads und tippte mit dem Finger auf das Dokument vor sich. »Der Fingerabdruck, den wir auf Erika Truelsens BH gefunden haben, befand sich in einer Art Creme. Sarah Jonsen meint, dass es sich dabei um Vaseline handelt.«

»Wie war das damals bei dem Mord an dem Leiter dieser Einrichtung?«, fragte Thomas Beckmann. »Sind irgendwelche Fingerabdrücke gefunden worden?«

»Nein«, antwortete Mads, verschränkte die Arme vor der Brust und lehnte sich zurück. »Zumindest nicht gleich nach der Tat.«

12. Juli

E45 Richtung Norden

Mads lehnte sich zurück und starrte auf den grauen Asphalt, der kein Ende zu nehmen schien. Er lehnte sich mit dem Ellenbogen ans Fenster. Der Kontrast zwischen der brennenden Nachmittagssonne und der kühlen Luft aus der Klimaanlage brachte seine Haut zum Prickeln.

Er warf einen Blick in den Seitenspiegel, als das Handy klingelte. Von hinten näherte sich in hohem Tempo ein schwarzer Sportwagen. Mads ließ ihn vorbeifahren und sah ihm hinterher, ehe er den Anruf entgegennahm.

»Lindstrøm«, meldete er sich. Ein Stück vor ihm fuhr ein Wohnmobil auf die linke Spur, sodass der Sportwagen scharf abbremsen musste.

»Verdammt noch mal, wo hast du gesteckt?«, donnerte Laugesens Stimme durch den Lautsprecher.

»Ich war wieder in Deutschland«, antwortete Mads und ging vom Gas.

»Jetzt reicht es aber wirklich!«, brüllte Laugesen so laut, dass der Lautsprecher schepperte. »Wie soll ich den Laden hier leiten, wenn jeder tut, was er für richtig hält?«

»Thomas Beckmann hat angerufen«, erklärte Mads.

»Es ist mir so was von egal, ob Thomas Beckmann oder sonst wer angerufen hat. Du hast meinen Anweisungen Folge zu leisten. Ich habe dich gebeten, zu den Morgenbesprechungen zu kommen, und dann erwarte ich, dass du kommst! In unserem Dezernat sind wir ein Team, verdammt noch mal!«

»Ein Team?« Die Worte flogen nur so aus Mads' Mund. Seine Stimme zitterte vor Hohn, und er gab unwillkürlich Gas.

»Ja, ein Team«, wiederholte Laugesen. »Falls du weißt, was das ist.«

»Vielleicht solltest du und dein Team mal anfangen, einander zuzuhören«, antwortete Mads spitz. »Ich habe dir eben schon zu erklären versucht, dass Thomas Beckmann einen Fall gefunden hat, der mit größter Wahrscheinlichkeit eine Verbindung zum Fall in Ottersbøl aufweist.«

»Eine Verbindung?« Laugesens Stimme bebte vor Wut.

»Ja, eine Verbindung«, wiederholte Mads. »Und es gibt einen Punkt bei dem alten Birkelev-Fall, dem wir noch nachgehen müssen.«

»Es gibt keinen Grund, für diesen uralten Fall weitere Zeit zu vergeuden«, fauchte Laugesen. »Wir haben Beweise genug, um Lauritz Koch hinter Gitter zu bringen.«

»Beweise?« Mads schnaubte. »Redest du etwa von dem Fingerabdruck?« Er schwieg und wartete auf Torben Laugesens Antwort, die aber nicht kam. »Dieser Fingerabdruck ist nicht mehr als ein Indiz. Es ist definitiv zu früh, um sich auf einen einzigen Ermittlungsansatz festzulegen, aber das ist ja ganz typisch für dich.«

»Typisch für mich? Und was tust du?« Für einen Moment war nur das Rauschen der Reifen auf dem Asphalt zu hören. Die eisige Kälte in Laugesens Stimme fühlte sich an wie die Sekunden nach dem Abgang einer Lawine, die alles verzehrt und erstickt.

»Im Gegensatz zu dir stürze ich mich nicht gleich auf die erstbeste Lösung«, antwortete Mads und vergrößerte den Abstand zu dem hinter ihm fahrenden Wagen.

»Die erstbeste Lösung? Von wegen!«, sagte Laugesen. »Im Gegensatz zu deinen Behauptungen fußen meine Ermittlungen auf Beweisen.«

»Kapierst du das denn nicht? Dieser Fingerabdruck ist lediglich ein Indiz«, erwiderte Mads. »Auch wenn viel darauf hindeutet, dass Lauritz Koch unser Täter ist, können wir noch nicht ausschließen, dass jemand ganz anderes die Tat begangen hat.«

»Glaubst du etwa, ich weiß nicht, um was es dir hierbei in Wirklichkeit geht?«, fiel Torben Laugesen ihm ins Wort. »Dein Vater war genauso wie du. Ein aufgeblasener Idiot, der immer alles besser wusste als die anderen. Nur, dass ich im Gegensatz zu Teglgård bei deinem Namen nicht gleich schwach werde und in die Knie sinke.«

»Lass meinen Namen da raus«, zischte Mads.

»Warum? Dein Name ist doch der einzige Grund, weshalb du hier im Morddezernat bist.«

»Jetzt reicht es aber!«

»Nein, es reicht erst, wenn ich das für richtig erachte!«, rief Laugesen. »Wenn du dich jetzt nicht fügst, nehme ich dir nicht nur den Fall weg – dann fliegst du! Teglgård hätte dich niemals ins Ermittlerteam lassen dürfen, aber er hatte ja immer diese Schwäche für dich.«

»Was, zum Henker, meinst du denn damit?«

»Genau das, was ich sage! Ich kann niemanden im Team gebrauchen, der gegen die anderen spielt. Nilsson und Vesterlund gehen Klinken putzen und befragen die Nachbarschaft, während Kjær ganz allein die elektronischen Spuren bearbeiten muss, die Lauritz Koch hinterlassen hat. Und wo bist du? Wir müssen hier einen Mord aufklären, da kannst du deine Zeit nicht einfach für irgendwelche privaten Theorien und deutsche Freunde vergeuden. Kapiert? Entweder du fügst dich, oder du kannst gehen.«

Sobald Laugesen aufgelegt hatte, schlug Mads voller Wut aufs Armaturenbrett. Mit einer heftigen Lenkbewegung riss er den Wagen herum und fuhr auf die Ausfahrt nach Aabenraa.

*

Er fuhr in eine Haltebucht am Straßenrand und lehnte sich an die Kopfstütze. Eine Weile blieb er still sitzen, doch alles in ihm schrie nach Flucht. Er ballte die Hände zu Fäusten und presste die Nägel in die Handflächen. Doch der Schmerz konnte gegen die Unmenge an Gefühlen in seinem Inneren nichts ausrichten.

Mit einem tiefen Atemzug öffnete er den Gurt und stieg aus. Der warme Sommerwind brachte den Geruch von Abgasen und Gras mit sich, als Mads die Heckklappe öffnete und die Laufschuhe herausnahm.

12. Juli

Toftlund

Mads bremste, als er am Ortsschild vorbeifuhr. Hinter der niedrigen Hecke lagen die Häuser von Toftlund. Der Abend wirkte entspannt und friedlich. Leere Weingläser, geöffnete Fenster und Terrassentüren und in der Luft der Geruch nach Grillfeuer. Er sah an den Himmel, wo der zunehmende Mond als schmale Sichel zu erkennen war. Dunkle Silhouetten flatterten in der Abenddämmerung über den Gärten.

Er rieb sich mit den Fingerspitzen die Stirn. Die hohe Luftfeuchtigkeit lag wie ein Film auf seiner Haut, an der die Kleidung klebte. Er holte tief Luft und versuchte, die Gedanken von sich zu schieben, aber sein Ärger wollte nicht weichen. Wieder und wieder hörte er in Gedanken Laugesens Drohungen, und wieder überkam ihn der Drang, aus dem Auto zu steigen und Kilometer um Kilometer über die Landstraße zu rennen, obwohl seine Muskeln bereits alles gegeben hatten.

Er blinkte und fuhr in den Bevtoftvej. Auf der linken Seite der Straße lagen Felder, während sich rechter Hand der Ort erstreckte. Er lehnte den Kopf nach hinten. Mit der rechten Hand umklammerte er den Schaltknüppel, während er mit der Linken den Blinker setzte und in den Ørderup Kirkevej einbog.

Er ließ den Wagen die letzten Meter ausrollen, ehe er den Motor ausschaltete. Sein Blick ging zu dem gelben Haus mit dem hell erleuchteten Wohnzimmerfenster, als sein Handy klingelte.

»Lindstrøm«, antwortete er und drückte sich das Telefon ans Ohr.

»Jonsen hier.«

»Du arbeitest aber noch lange«, antwortete Mads und betrachtete Berit Langers schlanken Körper, der in den Spalten zwischen den schräg gestellten Lamellenvorhängen zu sehen war.

»Ich habe Material aus Deutschland bekommen, aber erst jetzt Zeit gefunden, es mir anzuschauen«, fuhr Sarah fort. »Du wirst als Referenz genannt, weshalb ich dich anrufe, obwohl Laugesen ja eigentlich will, dass alles über ihn läuft.«

»Was hast du bekommen?«, fragte Mads.

»So einiges. Eine Reihe von Fingerabdrücken, DNA-Profile und chemische Analysen.«

»Lass die Fingerabdrücke und die DNA-Profile durch die Datenbank laufen«, sagte Mads und lehnte sich zurück.

»Okay, morgen bekommst du die Ergebnisse.«

»Danke.« Mads drückte sich tiefer in den Sitz, als Berit Langer in Richtung Terrassentür ging. Das Kleid umspielte ihren Körper, und die schmalen Träger zogen sich wie weiße Striche über ihre nackten Schultern, als sie sich die Haare zur Seite schob.

Ihre gebräunten Wangen hatte eine frische rosa Farbe, und er spürte fast die zärtliche Berührung, mit der sie vor ein paar Tagen seine Hand genommen und ihn an sich gezogen hatte.

»Bist du noch da, Mads?«

»Ja, entschuldige.« Er riss sich von dem Anblick los und legte den Gang ein. »Was hast du gesagt?«

»Ich habe gesagt, dass die Substanz identisch ist.« Sarahs Stimme kam jetzt durch den Lautsprecher des Autos, und er legte das Handy weg.

»Welche Substanz?«

»Die Substanz, die Helmut Vogel am Tatort in Breklum gefunden hat, ist dieselbe wie die auf dem BH in Ottersbøl«, sagte Sarah. »Das gaschromatografische Profil stimmt überein.«

»Du hast das schon getestet?«

»Nein, ich habe es mit unseren Resultaten verglichen«, antwortete Sarah. »Ich dachte, Laugesen hätte dir gesagt, dass meine Vermutung gestimmt hat, dass es sich um Vaseline handeln könnte.«

»Nein, das wusste ich noch nicht«, sagte Mads und wendete den Wagen in einer Einfahrt.

»Merkwürdig. Dann hat er es sicher vergessen. Aber was die Fingerabdrücke angeht, lasse ich sie heute Nacht vom Computer abgleichen. Du kannst morgen früh bei mir im Büro vorbeikommen, oder soll ich die Resultate an Laugesen schicken?«

»Lieber an mich«, antwortete Mads. »Sagen wir acht Uhr?«

»Ja, das passt«, sagte Sarah. »Ich werde morgen ziemlich früh im Büro sein. Komm einfach vorbei.«

Er beendete das Gespräch. Vor ihm legte sich die Dunkelheit über die Felder. Insekten flatterten durchs Scheinwerferlicht, als er den Bevtoftvej überquerte und nach Hause fuhr.

13. Juli

Haderslev

Mads öffnete die Tür zur kriminaltechnischen Abteilung. Dank Klimaanlage herrschte hier eine angenehme Temperatur. Er ließ den Blick über den langen Flur schweifen. Das blasse Licht der Deckenspots wurde von den glatten grauen Türen reflektiert. Am Ende des Gangs schirmte eine Glastür das Labor vom Rest der Abteilung ab. Dahinter liefen weiß gekleidete Gestalten wie stumme Gespenster vorbei. Mads ging durch den leeren Flur und warf einen Blick zur Seite, als er an Sarah Jonsens Büro vorbeikam. Ein Streifen Sonnenlicht fiel auf den nach hinten geschobenen Bürostuhl. Mit einer Handbewegung aktivierte er den Sensor der Labortür, die gleich darauf zur Seite glitt. Der charakteristische Geruch nach verschiedenen Reagenzien und Apparaturen schlug ihm entgegen, während er sich im Raum umsah, bis er Sarah entdeckt hatte.

»Hallo.«

»Hallo, Mads.« Sarah Jonsen legte den Kugelschreiber weg und hob den Blick. Dann fasste sie ihre roten Locken zu einem Pferdeschwanz zusammen, ehe sie wieder zum Kugelschreiber griff. »Was gibt's?«

»Wie meinst du das?«

»Ich dachte, du kommst nicht«, antwortete Sarah.

»Wir hatten das doch abgemacht.«

»Ja, ich weiß«, sagte Sarah und zog verwundert eine Augenbraue hoch. »Aber Laugesen hat gesagt, der Fall sei dir entzogen worden. Er war vor einer halben Stunde hier.«

»Entzogen?«, fragte Mads ungläubig. »Das muss ein Missverständnis sein.«

»Das glaube ich nicht«, antwortete Sarah. Ihr Blick huschte kurz über das Display der Maschine vor ihr, und sie notierte sich schnell etwas auf einem Blatt Papier. »Er war stinksauer, als ihm klar wurde, dass ich Zeit für Material aus Deutschland aufgewendet habe.«

»Aber das ist doch relevant für den Fall«, wandte Mads ein, während er zusah, wie Sarahs Finger routiniert über die Knöpfe des Geräts flogen.

»Das sieht er ganz offensichtlich anders«, antwortete Sarah und öffnete eine Klappe an der Vorderseite der Apparatur. »Um ehrlich zu sein, dachte ich, dass du das mit ihm abgeklärt hattest.«

»Das tut mir leid«, sagte Mads seufzend. »Das war nicht meine Absicht.«

»Dass er davon erfährt?«, fragte Sarah mit skeptischem Blick.

»Nein, dass du in Schwierigkeiten kommst. Ich bin nicht mehr dazu gekommen, ihn zu informieren.«

»Das habe ich dann wohl getan«, sagte Sarah bedauernd.

»Mist.«

»Ja, kannst du laut sagen«, antwortete Sarah und nahm ein kleines Röhrchen aus der Maschine. Sie stand einen Moment still da und betrachtete den Inhalt, als überlegte sie, ob das Resultat brauchbar war, dann stellte sie es zurück und drückte noch einmal auf einen Knopf. »Ich habe selten so viele Flüche und Schimpftiraden auf einmal gehört.«

»Kannst du mir sagen, was du herausgefunden hast?«

»Das kann ich schon, aber solltest du nicht lieber Laugesen danach fragen?«

13. Juli

Haderslev

Mads betrat das Dezernat für Gewaltverbrechen, während hinter ihm die Tür ins Schloss fiel. Er holte tief Luft. Der scharfe Geruch des Kopierers stieg ihm in die Nase, als er am Personalraum vorbeiging.

»Sag mal, was, zum Teufel, läuft hier eigentlich?«, rief Mads, als er Laugesens Bürotür aufriss.

Der Dezernatsleiter ließ die Unterlagen sinken, die er in der Hand hielt. »Ach nein? Mads Lindstrøm höchstpersönlich?« Seine Stimme troff vor Sarkasmus, während er Mads mit dem Blick durchbohrte. Die lange Narbe an der Stirn leuchtete in einem gefährlichen Rot, wie bei einem Beutetier, das etwaige Jäger abschrecken wollte.

»Du hast mir den Fall entzogen?«

»Ja«, antwortete Laugesen und legte die Papiere auf den Tisch, ohne den Blickkontakt zu unterbrechen. Ein dicker brauner Ring zog sich wie ein Stempel über den Text und ließ die Tinte verschwimmen. »Du hast mir keine andere Wahl gelassen.«

»Keine andere Wahl?« Mads spuckte die Worte förmlich aus. Die Hände ballten sich zu Fäusten, als könnte er so die Wut kontrollieren, die in seinen Adern zu explodieren drohte.

»Ja«, sagte Laugesen ruhig und fixierte Mads noch einen Moment mit den Augen, dann lehnte er sich zurück und verschränkte die Arme vor der Brust. »Ich kann keinen Ermittler gebrauchen, der nicht im Team mitspielt. Ich habe dir wiederholt eingeschärft, dass du an den Morgenbesprechungen teilzunehmen hast und die Ermittlungsaufgaben übernehmen sollst, die dir zugedacht sind. Das scheint dich aber nicht zu interessieren. Deshalb habe ich dir den Fall entzogen.«

»Das interessiert mich nicht?« Mads' Stimme zitterte, und seine Nägel bohrten sich in die Handflächen, als er die Hände noch fester zusammenballte. »Wie, zum Teufel, meinst du das?«

»Genau so, wie ich es sage«, antwortete Laugesen und schob den Stuhl nach hinten. »Während wir anderen versuchen, den Fall aufzuklären, gehst du irgendwelchen privaten Anliegen nach.« Er stemmte die Hände auf den Tisch und beugte sich vor.

»Das hat doch nichts mit privaten Anliegen zu tun«, argumentierte Mads. »Unser Fall weist auffällige Parallelen mit einem älteren Fall in Deutschland auf. Wir können einen möglichen Zusammenhang doch nicht ausschließen, ohne es näher zu untersuchen.«

»Und in der letzten Woche gab es Ähnlichkeiten mit einem alten, bereits aufgeklärten Fall«, antwortete Laugesen und zeigte auf Mads. »Du lässt dich von irgendwelchen zufälligen Sachen ablenken, statt den Fokus auf das zu richten, was wir de facto haben!«

»Aber siehst du das denn nicht?«

»Ehrlich gesagt, nein«, antwortete Torben Laugesen. »Während du rumrennst und nach irgendwelchen Verbindungen suchst, die es nicht gibt, haben wir die Jagd auf den

Mann eröffnet, der Erika Truelsen umgebracht hat. Ist dir eigentlich klar, dass du das Leben deiner Kollegen aufs Spiel setzt, wenn wir nicht darauf vertrauen können, dass du ein Teil des Teams bist?«

»Und was ist mit Sarah Jonsen?«, wandte Mads ein.

»Mir ist durchaus klar, was Sarah Jonsen getan hat«, fauchte Laugesen. »Das ist wieder so ein Beispiel für dein mangelndes Urteilsvermögen. Du nimmst nicht nur ihre Zeit und Ressourcen in Anspruch, sondern tust das auch noch hinter meinem Rücken. Und das für irgendwelche irrelevanten Analysen!«

»Und wenn sie doch relevant sind?«

»Das sind sie nicht!«, antwortete Laugesen und schlug mit der Hand auf den Tisch. »Der Fall ist aufgeklärt. Alle Beweise deuten auf Lauritz Koch.«

»Und was ist mit den Beweisen aus Breklum?«

Mit einem langen Atemzug legte Torben Laugesen den Kopf in den Nacken und sah an die Decke. »Es gibt keine Verbindung zu dem Fall in Breklum«, antwortete er schließlich und betonte jedes Wort. »Wenn du deine Zeit genutzt hättest, um an unseren Ermittlungen teilzunehmen, wüsstest du, dass Lauritz Koch zum Zeitpunkt des Mordes in Breklum in einem Hostel in Kopenhagen gewohnt hat.«

»Und für dich reicht das als Beweis dafür, dass die Fälle nicht zusammenhängen?« Mads platzte fast vor Wut.

»Im Gegensatz zu dir habe ich mir Kochs Bewegungsprofil angeschaut«, antwortete Laugesen spöttisch.

»Aber das wäre doch auch ein möglicher Hinweis darauf, dass Lauritz Koch den Mord an Erika Truelsen nicht begangen hat«, wandte Mads ein. »Wir können die Ähnlichkeiten der beiden Frauenmorde doch nicht ignorieren.«

»Ähnlichkeiten?« Laugesen schüttelte schnaubend den Kopf. »Die Ähnlichkeiten, die du gefunden hast, hat man bei fast allen Fällen. Das ist reiner Zufall.«

»Du hältst es wirklich für einen Zufall, dass in beiden Fällen Spuren von Vaseline gefunden wurden?«

»Das Zeug befindet sich in unzähligen Haushalten«, antwortete Laugesen und starrte auf sein Handy, das auf dem Schreibtisch zu vibrieren begonnen hatte. »Wenn alle, die Vaseline im Haus haben, verdächtig sind, hätten wir ein echtes Problem.« Er griff nach dem Telefon und betrachtete kurz die Nummer auf dem Display, dann sah er zu Mads. Sein Blick war von unerbittlicher Härte, und die Kiefermuskeln zitterten unter den kurzen Bartstoppeln. »Du hast den Überblick verloren, Mads«, sagte er leise. »Du verbringst deine Zeit im Trainingsraum oder irgendwo in Deutschland. Der einzige Ort, an dem du nicht bist, ist hier. Das geht nicht.«

»Aber ...«

»Vergiss es. Ich habe die Sache bereits mit der Leitung diskutiert. Ich sehe keine andere Möglichkeit, als dich von dem Fall abzuziehen.«

Mads biss die Zähne zusammen, während Laugesen mit dem Finger über das Display strich und die Stirn runzelte. Dann scheuchte er Mads mit einer Handbewegung aus dem Büro und hielt sich das Handy ans Ohr.

13. Juli

Vojens

Mads hielt am Straßenrand und sah zu Troels Hallands Haus hinüber. Die hohe, dichte Hecke verbarg einen Großteil des graubraunen Gebäudes. Eine Weile blieb Mads im Auto sitzen, dann schnallte er sich ab und schaltete den Motor aus. Er stieg aus und ließ den Blick über die offene Landschaft schweifen, die an das Wohngebiet grenzte. Der hellblaue Sommerhimmel spiegelte sich in einem nahe gelegenen See, der etwas Leben in die Landschaft brachte.

Schließlich riss Mads sich von dem Anblick los und sah wieder zum Haus. Kleine Stiefmütterchen in schwarzen Töpfen flankierten die grauen Platten der Einfahrt. Er vergrub die Hände in den Hosentaschen und trat einen Schritt zurück.

»Mads Lindstrøm?«, erklang die Stimme von Troels Halland, der in der offenen Haustür stand.

Mads' Ellenbogen streifte den Außenspiegel, als er sich in dem vergeblichen Versuch, nicht gesehen zu werden, etwas zu schnell umdrehte.

»Was machen Sie hier?« Troels Halland trat auf die Treppe hinaus. Die hochgekrempelten Ärmel seines Hemdes gaben den Blick auf die dunkel behaarten Arme frei.

»Nichts«, antwortete Mads. »Es war ein Fehler hierherzukommen.« Er tastete nach dem Griff der Autotür, aber seine Finger wollten nicht gehorchen.

»Ein Fehler?« Halland blieb ein paar Meter vor ihm stehen. Er strich sich mit den Fingerkuppen über den dunklen Vollbart und musterte Mads. »Wollen Sie nicht mit reinkommen?«

»Eigentlich habe ich keine Zeit. Ich war auf dem Heimweg. Eigentlich weiß ich gar nicht, warum ich hergefahren bin.«

»Vielleicht war das Ihr Unterbewusstsein?«, schlug Halland mit einem Blitzen in den Augen vor und trat einen Schritt näher. Er reichte Mads die Hand und ließ seinen Blick dann über die offene Landschaft schweifen. »Ehrlich gesagt, war ich mir nie ganz sicher, ob wir Ihre Sitzungen bei mir offiziell beendet haben oder ob Sie einfach nicht mehr gekommen sind.«

»Es gab so viel zu tun«, entgegnete Mads mit einem Achselzucken.

»Ich habe an Sie gedacht«, fuhr Halland fort und wies mit dem Arm in Richtung Haus. »Ich kenne natürlich keine Details, aber nach allem, was ich gehört habe, war der Fall in Bylderup ziemlich kompliziert.«

»Ja, das stimmt«, antwortete Mads, während Halland sich umdrehte und in Richtung Haus ging.

»Sie kennen den Weg«, sagte Halland und betrat das Haus. »Setzen Sie sich schon mal rein, ich bin gleich bei Ihnen.«

*

»Wie geht es Ihnen?«, fragte Halland und schob die Tür mit dem Fuß zu, ehe er das Tablett mit der Wasserkaraffe und zwei Gläsern auf den Tisch stellte. »Wie es aussieht, achten Sie auf Ihren Körper.«

»Ich gehe laufen«, antwortete Mads mit einem Achselzucken und musterte den Psychologen, der ihnen beiden Wasser eingoss und Mads ein Glas reichte.

»Na dann.« Halland nickte und setzte sich. Auf seinen Lippen lag der Anflug eines Lächelns. Er schlug ein Bein über das andere und betrachtete seinen Gast eingehend. »Erzählen Sie mir, warum Sie gekommen sind.«

»Keine Ahnung.« Mads sah aus dem Fenster. Die Kanten des gepflegten Rasens waren exakt geschnitten, und entlang der Hecke befanden sich kleine, leuchtend bunte Blumenbeete. »Vielleicht, weil ich nicht weiß, mit wem ich sonst reden soll?«

»Aha«, brummte Halland. Er beugte sich vor und nahm seine Lesebrille aus dem Etui. Die dicken Gläser betonten seine Augen, als er die Brille auf die Nase setzte und Mads ansah. Sein Blick war beinahe hypnotisierend. »Über was würden Sie gerne sprechen?«

»Man hat mich von dem Fall abgezogen«, antwortete Mads, ohne den Blick vom Garten zu nehmen. Ein leeres Meisenknödelnetz hing schlaff vom Rand des Vogelhäuschens und wirkte irgendwie deplatziert.

»Von welchem Fall?«, fragte Troels Halland und griff nach dem Notizblock. Sein Blick ruhte auf Mads, als er sich wieder zurücklehnte und erneut die Beine übereinanderschlug.

»Ottersbøl«, antwortete Mads. Ein paar Sekunden starrte er auf die Hände in seinem Schoß, dann sah er den Psychologen an.

»Warum?«

»Das ist doch egal.«

»Nichts ist egal«, antwortete Halland. »Erzählen Sie mir, was geschehen ist.«

»Das ist schwer zu erklären«, sagte Mads. »Ich versuche, bei meiner Arbeit Resultate zu erzielen, aber irgendwie werde ich immer missverstanden.«

»Missverstanden?« Halland notierte sich das Wort auf seinem Block. »Inwiefern?«

»Ich weiß auch nicht«, antwortete Mads und seufzte resigniert. Die Tintenkleckse auf dem gerahmten Plakat hinter dem Therapeuten verzerrten sich zu absurden Figuren, und er ertappte sich dabei, irgendetwas in ihnen erkennen zu wollen. »Ich gebe mir wirklich Mühe, aber was ich auch tue, ich verstricke mich immer wieder in blöde Konflikte.«

»Konflikte, sagen Sie? Mit wem?«

»Mit Torben Laugesen zum Beispiel. Er ist komplett inkompetent. Dass er Dezernatsleiter geworden ist, kann ich einfach nicht nachvollziehen.«

»Zum Beispiel? Dann ist Laugesen nicht der Einzige, mit dem Sie in Konflikt geraten?«

»Nein. Ich hatte auch Auseinandersetzungen mit Per Teglgård.«

»Aha.« Halland sah Mads abwartend an.

»Ja, aber die waren anders. Das waren eher Meinungsverschiedenheiten, die eskaliert sind.«

»Ihretwegen?«

»Vielleicht.« Mads sah auf seine Hände.

»Hatten Sie jemals Konflikte mit Ihrem Vater?«, fragte Halland.

Mads hielt den Blick noch eine Weile gesenkt, dann musterte er Hallands freundliches Gesicht ein paar Sekunden.

»Gibt es denn Jugendliche, die sich nicht mit ihrem Vater streiten?«

»Wie waren die Streitereien mit Ihrem Vater?«

»Weiß ich nicht mehr«, antwortete Mads und zuckte mit den Achseln. »Mein Vater war eine Autorität – nicht streng, aber er hatte den Überblick und konnte jede Situation analysieren und entsprechend angemessen handeln. Als Dezernatsleiter war er es gewohnt, Entscheidungen zu treffen. Da war nicht immer Raum für das, was Lisa und ich wollten.«

»Wie haben Sie darauf reagiert?«

»Ich habe den Kampf aufgenommen.« Mads senkte den Blick wieder und griff zum Wasserglas. »Ich wollte, dass auch meine Meinung Gehör findet, selbst wenn mein Vater seine Entscheidung längst getroffen hatte.« Schweigend trank er einen Schluck und sah zu Halland, der ihn ermutigend anlächelte. Für einen Moment spürte Mads, wie Wut in ihm aufstieg, dann stellte er das Glas ab.

»Ich sehe eine körperliche Reaktion bei Ihnen«, sagte Halland und beugte sich etwas vor. Er musterte Mads über die Brillengläser hinweg. »Was denken oder fühlen Sie gerade?«

»Dasselbe, wie wenn ich in Konflikt mit Teglgård oder Laugesen gerate«, räumte Mads ein und schüttelte entmutigt den Kopf.

»Also dasselbe Gefühl wie bei Konflikten mit Ihrem Vater?«

»Ich glaube schon«, antwortete Mads und starrte wieder auf seine geballten Fäuste. »Dabei ist das lange her. Sehr lange.« Er schloss die Augen und schluckte, während sich die Sekunden unerträglich in die Länge zogen. Die Stille erstickte ihn beinahe. »Ich kann nicht an ihn denken, ohne ihn da hängen zu sehen.«

»Hängen zu sehen?«, fragte Halland und legte die Finger fester um den Kugelschreiber.

»Ich habe ihn damals gefunden«, antwortete Mads und schüttelte kaum merkbar den Kopf. »Er hing im Wintergarten. Ich bin zu spät gekommen. Ich konnte ihn nicht mehr retten. Er war tot.«

»Wie alt waren Sie da?«

»Siebzehn«, antwortete Mads.

»Und wie, glauben Sie, hätten Sie ihn retten können?«

»Ich hätte ihn anheben können«, antwortete Mads und presste die Lippen zu einem schmalen Strich zusammen. »Ihn halten, damit es ihm nicht die Luft abschnürt.«

»Aber hätte er sich nicht dagegen gewehrt?«, fragte Halland und musterte Mads. »Es klingt danach, als hätte er sich das Leben nehmen wollen, und dann will man doch nicht gerettet werden. Er hat das ganz bewusst zu einem Zeitpunkt getan, an dem niemand da war. Er wollte bei seinem Tod allein sein.«

»Mein Vater hat nicht Selbstmord begangen!« Mads hob den Blick und funkelte den Psychologen an. Seine Hand schlug so hart auf den Tisch, dass Wasser aus dem Glas schwappte. Er hatte seine Wut nicht mehr unter Kontrolle. Seine Brust hob und senkte sich schnell, während er Halland anstarrte. »Ich kriege immer wieder zu hören, dass mein Vater Selbstmord begangen hat und dass ich das akzeptieren soll, aber es war kein Selbstmord! Das hätte er niemals getan!«

»Sie glauben, dass er ermordet wurde?«

»Ja.«

»Aber wurde der Fall denn nicht untersucht?«, fragte Halland.

»Teglgård und Laugesen haben den Fall für abgeschlossen erklärt und nichts weiter unternommen.«

»Aber Sie wollten der Sache nachgehen?«, fragte Halland. »Sie wollten den Mörder Ihres Vaters finden?«

»Ja.«

»Aber wie?« Halland nahm die Brille ab. Für einen Moment saß er still da, dann ließ er die Hand auf sein Knie sinken. »Das Ganze liegt sehr lange zurück. Wenn es damals nicht möglich war, den Fall zu lösen, wie wollen Sie das dann jetzt schaffen?«

»Ich habe die Fallakten meines Vaters. Er arbeitete an einem eigentlich abgeschlossenen Fall, denn er war überzeugt davon, dass es ein Justizirrtum gewesen war. Der Fall in Ottersbøl hängt mit diesem Fall zusammen, den mein Vater untersucht hat, als er starb.«

»Und der Fall in Ottersbøl ist der, den man Ihnen jetzt entzogen hat?«, fragte Halland und setzte wieder seine Brille auf.

»Ja. Laugesen weigert sich, einen Zusammenhang zu sehen.«

»Aber Sie sehen den?«

Wieder nickte Mads. »Sollte sich zeigen, dass der Täter damals wie heute derselbe ist, würde das ein ganz anderes Licht auf den Tod meines Vaters werfen. Erst recht, wenn Lauritz Koch, der damals verurteilt wurde, gar nicht der Täter ist.«

»Sie hoffen also darauf, einen anderen Schuldigen zu finden? Warum?«

»Das würde meinen Vater reinwaschen«, sagte Mads. Die schwarzen Kleckse hinter der wilden Mähne des Psychologen drehten und wendeten sich erneut, und Mads tat alles, um nichts darin zu erkennen.

»Reinwaschen?«

»Verstehen Sie nicht? Dann wäre der Tod meines Vaters kein Selbstmord gewesen.«

»Und was würde das mit Ihnen machen? Was für Konsequenzen hätte das für Sie?«

Mads schwieg. Das Herz hämmerte in seiner Brust, und die Worte hallten in seinem Inneren wider, während sein Blick erneut zum Vogelhäuschen ging. Die Sonne brannte auf das ausgetrocknete Holzdach mit den tiefen Rissen. »Ich hätte meine Ruhe«, antwortete er schließlich.

»Ihre Ruhe?«

»Ja. Meine Ruhe vor den Gedanken, die mich ständig bedrängen und stören.«

»Und bis jetzt lassen diese Gedanken Sie nicht in Ruhe?«

»Nicht immer. Nur, wenn ich dafür sorge, sie unter Kontrolle zu haben.« Er ballte seine Hände erneut zu Fäusten und sah flüchtig auf seine Uhr.

»Was tun Sie, um Ihre Gedanken zu kontrollieren?«

»Ich trainiere«, antwortete Mads und hob den Blick. »Solange mein Körper arbeitet, kommen diese Gedanken nicht.«

»Und wenn Sie nicht trainieren?«

»Dann sind sie wieder da«, antwortete Mads und schüttelte leicht den Kopf.

»Und was machen Sie dann?«

»Keine Ahnung.« Mads zuckte mit den Achseln. »Die Gedanken aushalten. Noch mehr trainieren oder mich in irgendeiner Ermittlung vergraben. Ich weiß nicht, was ich sonst tun könnte. Schließlich sind die Gedanken da und sagen mir, wer ich bin.«

»Und wer sollten Sie demnach sein?«

»Der Sohn meines Vaters«, antwortete Mads und breitete die Arme aus. »Dabei will ich eigentlich nur ich selbst sein. Und meinen inneren Frieden finden. Endlich damit abschließen, dass mein Vater tot ist.«

13. Juli

Toftlund

Mads öffnete den Kühlschrank und sah hinein. Das Fach mit den Proteindrinks war fast leer, und er ärgerte sich, dass er nicht für Nachschub gesorgt hatte. Zögernd fuhr er mit der Hand über die letzte Plastikflasche, nahm dann aber eine Packung Falafel aus dem Kühlschrank.

Draußen hatte sich die Sommernacht über die Felder gesenkt. Die endlosen Kilometer auf Asphaltwegen brannten in seinen Muskeln, das Gespräch mit Truels Halland ging ihm aber trotz alledem nicht aus dem Kopf. Wieder und wieder hörte er seine eigene Stimme. Verzweifelt und voller Angst. Er holte tief Luft und griff nach der Falafelpackung, als sein Handy zu vibrieren begann. Es war seine Schwester.

»Hallo, Lisa«, meldete er sich und ließ ein paar Falafel auf einen Teller gleiten.

»Hallo, Mads, wie geht's?«

»Nicht so gut.« Er starrte auf eines der hellbraunen Bällchen, das über den Rand des Tellers rollte und auf den Boden fiel.

»Ich wollte dich schon früher zurückrufen, aber ein Kollege von Chris ist vorbeigekommen. Er war mit seiner Familie gerade in Kopenhagen. Du bist doch noch nicht im Bett, oder?«

»Nein«, murmelte Mads, während er wie in Trance das Falafelbällchen vom Boden aufsammelte. Ein paar Sekunden blieb er still stehen, dann klemmte er sich das Handy zwischen Ohr und Schulter und öffnete den Schrank, in dem die Müllbehälter standen.

»Sag mal, hörst du mir überhaupt zu?«

»Ja, natürlich«, antwortete Mads und warf das Bällchen in den Kompostbehälter. »Was war mit Chris?«

»Mit Chris ist gar nichts«, sagte Lisa und lachte leise. »Sag mal, was machst du gerade?«

»Ich esse«, antwortete Mads und schloss die Schranktür. Für einen Moment glitt sein Blick über die Felder auf der anderen Seite des Fensters, dann griff er nach dem Roggenbrot, das noch auf dem Tisch lag.

»Jetzt? Nach zehn?«

Er sah auf seine Uhr und versuchte, ihre verwunderte Stimme abzuschütteln. »Vorher hatte ich keine Zeit«, erklärte er und nahm eine Brotscheibe aus der Packung. »Es war ein langer Tag.«

»Aha.«

Er hörte, wie im Hintergrund eine Tür geöffnet wurde. Kurz darauf ertönte das bekannte Klicken und der gleich darauf folgende tiefe Atemzug.

»Was gibt es bei dir?«

»Falafel«, antwortete er und nahm den Teller mit ins Wohnzimmer.

»Schon wieder? Solltest du nicht lieber was Richtiges essen?«

»Falafel sind doch was Richtiges.« Mads stellte den Teller auf den Couchtisch. Sein Blick blieb eine Weile an den dunklen Fenstern des Wintergartens hängen.

»Du könntest beim Essen ein bisschen Abwechslung gebrauchen«, sagte Lisa und atmete tief aus. Er sah vor sich, wie sie sich auf der Terrasse in dem kleinen englischen Vorort auf einen Gartenstuhl sinken ließ. »Du wirst noch krank.«

»Und du solltest mit dem Rauchen aufhören, wenn du noch mitbekommen willst, wie Elliot Abi macht.«

»Okay.« Sie lachte so laut, dass der Lautsprecher knackte. »Seid ihr in eurem Fall weitergekommen?«

»Das weiß ich nicht«, antwortete Mads. Er setzte sich aufs Sofa und legte die Beine auf die Armlehne. Die Müdigkeit zerrte an seinen Muskeln, und er erwog, einfach die Augen zu schließen, griff dann aber trotzdem nach dem Teller. »Man hat mich von dem Fall abgezogen.«

»Was?«

»Du hast ganz richtig gehört«, antwortete er und nahm einen Bissen. Die Falafel waren trocken, und mit gerümpfter Nase legte er den Rest des Bällchens zurück auf den Teller. »Torben Laugesen ist zu dem Schluss gekommen, dass ich nicht qualifiziert genug bin, um an der Ermittlung teilzunehmen.«

»Aber das kann er doch nicht«, wandte Lisa ein. »Du bist einer der erfahrensten Ermittler des Dezernats. Was sagt Teglgård dazu?«

»Nicht viel. Er ist krankgeschrieben. Krebs«, antwortete Mads und stellte den Teller zurück auf den Tisch. »Laugesen hält mich für zu engagiert.«

»Zu engagiert?«, fragte Lisa ungläubig. Er hörte, wie sie sich eine weitere Zigarette anzündete. »Ich dachte, engagierte Mitarbeiter wären erwünscht?«

»Es gibt Spuren, die wieder auf Lauritz Koch hindeuten«, antwortete Mads und würgte die letzten trockenen Krümel herunter.

»Der aus dem Fall, an dem Papa gearbeitet hat?«

»Ja«, antwortete Mads und atmete schwer, dann stand er auf. »Er ist vor etwa zwei Jahren entlassen worden.«

»Und du glaubst, dass er auch hinter eurem aktuellen Mord stecken könnte?«

»Nein, das meint Laugesen«, antwortete Mads und ging in die Küche. »Da passt aber einiges nicht zusammen.«

»Zum Beispiel?«

»Schwer zu erklären.« Mads öffnete die Kühlschranktür und nahm sich den letzten Proteindrink. »Irgendwie sieht es nur so aus, als würde es passen.«

»Ich verstehe nicht, wie du das meinst«, sagte Lisa.

»Das wirkt alles irgendwie konstruiert«, erwiderte Mads und schluckte gierig den zähflüssigen Inhalt. »Ich kann es mir noch nicht richtig erklären, aber da passt was nicht zusammen.«

»Hast du Laugesen davon erzählt?«

»Das bringt nichts«, sagte Mads und ließ sich wieder in die weichen Kissen des Sofas fallen. »Ich habe ihm mehrmals zu sagen versucht, dass Papa irgendeiner Sache auf der Spur war, aber das prallt vollständig an ihm ab.«

»Aber wenn es Beweise gibt, die in eine andere Richtung deuten, muss er sich das doch ansehen«, wandte Lisa ein.

»Er muss gar nichts.« Mads drückte die leere Plastikflasche zusammen. »Für ihn ist der Fall abgeschlossen.«

»Aber …«

»Da gibt es kein Aber«, fiel Mads ihr ins Wort. Der harte Klang seiner eigenen Stimme hallte in seinen Ohren wider. »Sorry, war nicht so gemeint.«

»Das weiß ich doch. Ich wünschte nur, ich könnte dir irgendwie helfen.«

»Danke, das bedeutet mir viel.«

»Du weißt, dass du immer auf mich zählen kannst. Und was hältst du von der ganzen Sache?«

»Wenn ich das nur wüsste«, antwortete Mads und seufzte. »Ich habe das Gefühl, als müsste ich irgendetwas sehen, was sich mir einfach nicht erschließen will.« Für einen Moment ruhte sein Blick auf dem leeren Plastikfläschchen, dann ging er zum Esstisch hinüber. *»Zeichnungen überprüfen!«*

»Von was redest du?«

»Diese beiden Wörter hat Papa am Rand eines Berichts notiert«, erklärte Mads und griff nach dem Ausdruck, der ganz oben auf einem Papierstapel lag.

»Okay, und bist du dem nachgegangen?«

»Ich bin dabei.«

»Und?«

»Noch habe ich nichts.« Mads legte den Zettel wieder weg. »Es geht um eine Handvoll Zeichnungen mit eindeutig sexuellem Charakter. In erster Linie Skizzen von Frauen mit großen Brüsten und von erigierten Penissen. Sie untermauern die Aussagen von Jan Jessen, dem Sohn des damaligen Opfers. Demnach soll Lauritz Koch in Erika Truelsen verliebt gewesen sein.«

»Aber die erotischen Fantasien eines Teenagers reichen doch wohl nicht aus, um ihn wegen Mordes zu verurteilen, oder?«, meinte Lisa.

»Nein, aber seine Fingerabdrücke wurden auf der Tatwaffe gefunden.«

»Und warum hat Papa dann diese Notiz gemacht?«

»Das weiß ich nicht. Ich weiß nicht mal, ob er wirklich etwas gefunden hatte oder ob er das bloß noch einmal überprüfen wollte.«

»Und was hast du jetzt vor?«

»Das weiß ich nicht«, antwortete Mads und ging zurück zum Sofa. Sein Blick ruhte für einen Moment auf den traurigen Falafelbällchen, die wenig einladend auf dem Teller neben der Brotscheibe lagen. Dann setzte er sich. »Es ist verdammt schwer, etwas zu finden, womit ich Laugesen überzeugen kann.«

»Ja, das kann ich mir vorstellen«, sagte Lisa.

Er hörte, wie im Hintergrund die Terrassentür geöffnet wurde. Dann ertönte Chris' Stimme.

»Du, ich muss auflegen«, sagte Lisa. »War nett, mit dir zu reden.«

Mads verabschiedete sich und legte das Handy weg. Dann stand er auf, nahm den Teller mit in die Küche und warf die Reste seines Abendessens in den Müll.

14. Juli

Birkelev

Das Knirschen des Kieses unter den Rädern war im Wageninneren zu hören, als Mads in Richtung von Jan Jessens Haus abbog. Er sah zum Vråskovgård hinüber. Oben im Dach standen ein paar Fenster offen, und die Sonnenstrahlen wurden vom Glas reflektiert. Er riss den Blick los und fuhr auf den Hofplatz. Aus den Lüftungsschlitzen kam kühle Luft, und er atmete noch einmal tief durch, bevor er die Tür öffnete und in die Hitze hinausstieg.

Einen Moment blieb er stehen und sah sich um, dann warf er die Autotür hinter sich zu und ging zum Haus. Die schattigen Umrisse der Fichten fielen wie graue Pfeile auf die Steinplatten.

»Hallo?« Er hob die Hand und klopfte mit den Fingerknöcheln an die offen stehende Tür. Von irgendwo im Haus war eine Stimme zu hören. Er schärfte seine Sinne, konnte aber nicht verstehen, was gesagt worden war. »Jan Jessen?« Er beugte sich vor und wollte gerade noch einmal rufen, als hinter ihm ein metallisches Geräusch zu hören war. Er schwang herum und sah zu den Nebengebäuden. Ein Garagentor stand halb offen.

»Hallo?«

Ein kühler Geruch nach Metall und Öl schlug ihm entgegen, als er das Tor weiter öffnete und in die Garage trat. Durch ein Dachfenster fiel ein schwacher Lichtschein auf ein Auto. Große, auffällige Lampen ragten aus der Kühlerhaube. Blauer, glänzender Lack. Eine abgerundete Heckpartie und hellbraune Ledersitze im Innenraum. Er sah nach unten, wo Jan Jessen auf einem Rollbrett unter dem Wagen zum Vorschein kam. Das Kreischen der kleinen Räder auf dem Beton jagte Mads einen Schauer über den Rücken, und er trat einen Schritt zur Seite.

»Dachte ich mir doch, dass ich was gehört hatte«, sagte Jessen und wischte sich die Hände an einem Lappen ab, bevor er aufstand. Seine Hand glitt über das Dach des Wagens, und die Lippen verzogen sich zu einem Lächeln, als er sich umdrehte und den Lappen auf eine Werkbank legte. »Ein Porsche 911«, fuhr er fort, als wäre das die Erklärung auf Mads' unausgesprochene Frage. »Ist schon eine ganze Weile her, dass der zuletzt gefahren wurde.«

»Ein schöner Wagen«, bemerkte Mads und sah zu, wie Jan Jessen sich an die Werkbank lehnte. In der schmutzigen Arbeitskleidung wirkte er viel entspannter als beim letzten Mal.

»Danke«, antwortete Jessen und wischte sich die Hände noch einmal an der Hose ab. Ein Streifen Öl glänzte an seiner Wange, als er den Kopf drehte und voller Stolz das Auto musterte.

»Haben Sie den schon lange?«

»Das war der Wagen meines Vaters«, antwortete Jessen. Er stieß sich von der Werkbank ab und hob eine dünne Plane vom Boden auf. Die Clogs schleiften über den rauen Betonboden, und die Plane begleitete seine Schritte mit einem leisen Knistern, als er sie über den Wagen zog. »Für meine Mutter ist der Wagen eine der klarsten Erinnerungen an meinen Vater.« Er nickte zufrieden, ehe er den Blick wieder auf Mads richtete. »Wie kann ich Ihnen helfen?«

»Ich habe noch eine Frage zu Lauritz Koch«, sagte Mads und registrierte, wie das Lächeln seines Gegenübers verblasste.

»Ich habe im Radio gehört, dass Sie nach ihm fahnden.« Jan Jessen hob das Rollbrett an und stellte es an die Wand. »Aber ich kann leider nur wiederholen, dass ich ihn nicht mehr gesehen habe, seit er nach seiner Entlassung kurz hier war.«

»Erinnern Sie sich noch daran, wann genau das war?«

»Nein, nicht genau.« Jessen zuckte mit den Achseln, bevor er sich nach unten beugte und eine Mutter vom Boden aufhob. »Es muss ziemlich kurz nach seiner Entlassung gewesen sein. April oder Mai. Vielleicht. Warum ist das wichtig?«

»Ich habe ein paar Fragen zu dem alten Fall«, sagte Mads und beobachtete, wie Jessen die Mutter auf die Werkbank legte.

»Und inwiefern hilft Ihnen das dabei, Lauritz zu finden?«, fragte Jessen und runzelte die Stirn.

»Ich weiß nicht, ob es uns weiterhilft«, sagte Mads. »Ich versuche nur, die Fälle mal aus einem anderen Blickwinkel zu betrachten.«

»Aus einem anderen Blickwinkel?« Jessen sah ihn fragend an und schüttelte den Kopf. »Es gibt nur einen Blickwinkel: Lauritz Koch hat meinen Vater getötet.«

»Dann hatten Sie nie Zweifel an seiner Täterschaft?«

»Nein«, antwortete Jan Jessen und sah nach oben. Das Sonnenlicht bohrte sich durch winzige Ritzen und glänzte wie Sterne auf dem grauen Betonboden. »Sie anscheinend auch nicht, sonst hätten Sie ihn doch wohl nicht zur Fahndung ausgeschrieben«, fuhr er mit harter Stimme fort und legte die Hand an das Tor.

Mads zögerte und ließ seinen Blick über ein Stahlregal mit verstaubten Plastikflaschen und Werkzeug schweifen, ehe er seine Aufmerksamkeit wieder auf Jessen richtete. »Haben Sie Ihren Vater hier gefunden?«

»Nein«, antwortete Jan Jessen und rieb sich mit der freien Hand über die Stirn. Er atmete tief durch. »Das war hinten im kleinen Schuppen.« Er lächelte traurig. »Manchmal frage ich mich, ob die Menschen überhaupt verstehen, was wir hier durchgemacht haben. Unser ganzes Leben, unsere ganze Welt ist eingestürzt. Um ehrlich zu sein, verstehe ich nicht, wie Sie einen Mann wie Lauritz entlassen konnten. Er ist eine Gefahr für seine Umwelt.« Jessen vergrub die Hände in seinen Taschen und sah zu den Bäumen hinüber, hinter denen ein alter Holzschuppen zu erkennen war.

»Ich verstehe Ihre Gefühle sehr gut«, antwortete Mads. »Gerechtigkeit ist nicht immer einfach.«

»Gerechtigkeit?«, schnaubte Jessen und ging langsam in Richtung des Schuppens. »Wenn die Haftstrafe einmal abgesessen ist, spielt das Rechtsempfinden der Opfer für die Justiz gar keine Rolle mehr. Der Täter kann sein Leben fortsetzen, aber für uns Hinterbliebene ist der Verlust noch immer präsent. Die abgeleistete Strafe bringt uns die Toten nicht zurück.« Er schwieg. Über ihnen flatterten ein paar Tauben zwischen den Baumwipfeln hindurch. Die Luft roch nach Harz. »Es gibt so viele Geschichten über Lauritz«, fuhr Jessen fort, als er an dem Holzschuppen stehen geblieben war. Dünne, grüne Triebe rankten an dem rauen Holz nach oben, und in die Metallscharniere hatte sich Rost gefressen.

»Geschichten, die den Mord an meinem Vater noch unverständlicher machen.« Er schob den Riegel zur Seite und öffnete die Tür.

»An was denken Sie?«, fragte Mads, als Jan Jessen in den Schuppen trat.

»Eine Sache habe ich erst als Erwachsener erfahren«, fuhr Jessen fort und trat einen Schritt zur Seite, damit Mads ihm folgen konnte. Drinnen roch es nach altem Holz und Erde, Staub tanzte im schwachen Licht, das durch das verdreckte Fenster fiel. »Sie wissen sicher, dass Lauritz in Deutschland aufgewachsen ist?«

»Ja.« Mads sah sich in dem kleinen Raum um. Noch immer waren Blutspuren als rostrote Flecken auf den Brettern an Wand und Decke zu erkennen und auch auf dem Betonboden. Mads bildete sich sogar ein, etwas Metallisches riechen zu können.

»Ich war zwei Jahre alt, als Hans Peter mein Vater wurde«, sagte Jan Jessen. Dann ließ er den Blick sinken und schüttelte kaum merkbar den Kopf. Die Trauer lag wie ein Schleier auf seiner Stimme, und er räusperte sich, ehe er den Kopf wieder hob. »Meinen richtigen Vater habe ich nie kennengelernt, aber Hans Peter hat mich adoptiert, nachdem er meine Mutter geheiratet hatte.«

»Ja?« Mads heftete den Blick auf den Metallring in der Wand. Die kleinen Rostflecken, an die er sich aus dem Bericht der Spurensicherung erinnerte, waren inzwischen größer geworden. An manchen Stellen standen Metallspäne ab und drohten jedem, der sich mit der Vergangenheit beschäftigte, die Haut aufzureißen.

»Hans Peter hatte selbst keine Kinder«, fuhr Jessen fort und hob ein Stück Seil vom Boden auf. »Das hat er zumindest gedacht.« Schweigend fuhr er mit dem Blick über das glatte Seil, dann legte er es zusammen, schob die Enden durch die entstandenen Schlaufen und zog den Knoten zu. »Ich war mir damals nicht darüber bewusst, aber vor ein paar Jahren, als wir seine Sachen ausräumten, habe ich den Brief gefunden.«

»Was für einen Brief?«

»Es war ja schon etwas erstaunlich, dass ein deutscher Junge in einer dänischen Einrichtung landete, dabei war die Erklärung ganz einfach. Lauritz war Hans Peters Sohn«, antwortete Jan Jessen. Er legte den Seilknoten auf die schmale Fensterbank und fuhr mit der Hand durch den Staub, ehe er sie an seiner Hose abwischte.

»Dann ist Lauritz Koch deshalb auf den Vråskovgård gekommen?«

»Davon gehe ich aus«, sagte Jessen.

»Wusste er, dass Hans Peter sein Vater war?«

»Vielleicht. Ich glaube es, wissen tue ich es aber nicht«, antwortete Jessen mit einem Achselzucken. »Wie gesagt, ich habe es selbst erst Jahre nach dem Mord herausgefunden.«

»Glauben Sie, dass das der Grund für die Konflikte zwischen den beiden war?«

»Mag sein, ich bin mir aber nicht sicher«, antwortete Jessen und starrte leer zu Boden. »In erster Linie glaube ich, dass Lauritz ganz generell Schwierigkeiten hatte, sich irgendwo einzuordnen. Rückblickend würde ich sagen, dass Vråskovgård nicht der richtige Ort für ihn war.«

»Warum nicht?«

»Lauritz war gefährlich«, sagte Jessen und richtete seine Aufmerksamkeit wieder auf Mads. »Wir wussten nie, wie sein mentaler Zustand gerade war. Die kleinsten Dinge konnten ihn vor Wut explodieren lassen oder dazu führen, dass er sich in sich selbst zurückzog und für niemanden mehr erreichbar war.«

»Und die Zeichnungen, die bei der Durchsuchung seines Zimmers gefunden wurden?«, fragte Mads und folgte Jan Jessen wieder nach draußen.

»Ja?«

»Denken Sie, die Motive seiner Zeichnungen waren reine Fantasie oder real?«

»Wenn Sie mir die Zeichnungen vor seiner Verhaftung gezeigt hätten, hätte ich darauf geschworen, dass es bloße Fantasien sind«, antwortete Jan Jessen und schloss die Tür hinter ihnen. Er blieb einen Moment stehen und sah an den blauen Himmel. »Lauritz kann unglaublich gut zeichnen.« Er steckte die Hände in die Taschen und ließ den Kopf sinken. Ein paar Sekunden starrte er vor sich hin, dann nickte er Mads zu und begann, zum Wohnhaus zu gehen. »In Anbetracht seines fotografischen Gedächtnisses und der detaillierten Zeichnungen – vor allem bei der Skizze vom Mord an meinem Vater – glaube ich aber nicht, dass es sich nur um Fantasien gehandelt hat.«

»Und Sie sind sich sicher, dass diese Skizzen wirklich von Lauritz Koch stammen?«, fragte Mads und beobachtete Jessen, der auf dem Hofplatz stehen geblieben war und zur geöffneten Haustür blickte.

»Ja«, sagte er und wandte sich zu Mads. »Lauritz hatte jede Menge Zeichnungen in seinem Zimmer liegen, die waren aber alle von deutlich harmloserem Charakter. Im Grunde glaube ich, dass das seine Art war, der Welt zu zeigen, wie er die Dinge sah und wie es ihm ging.«

»Dann waren diese Zeichnungen bekannt?«

»Ja, die Einrichtungsleitung kannte die Zeichnungen, nur

eben nicht die, die für Sie von Bedeutung sind. Lauritz war allem Anschein nach klug genug, seine dunklen Seiten versteckt zu halten«, meinte Jessen und hielt sich die Hand über die Augen, um die Sonne abzuschirmen. »Und jetzt müssen Sie mich leider entschuldigen. Es ist schon spät, und meine Mutter wartet auf ihr Essen.«

14. Juli

Birkelev

Mads öffnete die Autotür, blieb dann aber noch einen Moment stehen und sah zum Haus hinüber. Die Stimmen, die ihm schon bei seiner Ankunft aufgefallen waren und vermutlich vom Radio oder vom Fernseher kamen, drangen noch immer leise nach draußen. Er setzte sich und zog die Autotür zu. Die Wärme brannte auf seiner Haut, und er drehte die Klimaanlage auf, als er vom Hofplatz fuhr. Im Rückspiegel sah er das gelbe Haus im Staub verschwinden, dann suchte er Thomas Beckmanns Nummer heraus und rief ihn an.

»Hier Lindstrøm«, sagte Mads, als Thomas Beckmann sich meldete. »Ich habe Neuigkeiten.«

»Aha. Womöglich etwas, das Sie mit mir teilen wollen?«

»Wie meinen Sie das?«

»Ich dachte, wir würden gemeinsam an dem Fall arbeiten.«

Für einen Moment schloss Mads die Augen. Er umklammerte das Lenkrad. Das Rauschen der Klimaanlage war viel zu laut. »Das tun wir auch«, sagte er schließlich.

»Dann wäre es vielleicht angemessen gewesen, mir mitzuteilen, dass ihr eine Fahndungsmeldung nach Lauritz Koch herausgegeben habt«, fuhr Thomas Beckmann fort.

»Das tut mir leid«, antwortete Mads.

»Es tut Ihnen leid? Wenn ich Sie richtig verstanden habe, sind wir noch meilenweit von einem Durchbruch entfernt, aber jetzt sieht es doch wohl so aus, als reichten die Beweise für seine Schuld aus. Warum haben Sie mich nicht informiert?«

»Ich habe mit diesem Fahndungsaufruf nichts zu tun.«

»Das spielt doch wohl keine Rolle«, fegte Thomas Beckmann seine Entschuldigung vom Tisch. »Fakt ist, dass Sie mich nicht informiert haben. Der Fall betrifft nicht nur Dänemark, sondern auch Deutschland.«

»Das weiß ich«, antwortete Mads verbissen. »Das Problem ist, dass unser Dezernatsleiter sich auf diesen einen Blickwinkel eingeschossen hat.«

»Ich gehe davon aus, dass Sie Beweise haben, die vor Gericht standhalten?« Thomas Beckmanns Stimme klang mit einem Mal etwas wachsamer.

»Wir haben nur das, was ich Ihnen gezeigt habe«, antwortete Mads. »Er weigert sich aber, andere Möglichkeiten auch nur in Betracht zu ziehen.«

»Andere Möglichkeiten?«

»Ja«, antwortete Mads. »Mein Vater hat sich den Birkelev-Fall noch einmal vorgenommen, nachdem Lauritz Koch verurteilt worden war.« Er hielt inne. Die Reifen summten über den warmen Asphalt, und das Gebläse rauschte leise, als Torben Laugesens Nummer auf dem Touchscreen aufleuchtete. »Entschuldigen Sie, ich muss auflegen, der Dezernatsleiter versucht, mich zu erreichen. Ich melde mich nachher wieder«, sagte er, beendete das Gespräch und holte tief Luft, bevor er den Anruf entgegennahm.

14. Juli

Haderslev

»Was genau daran verstehst du nicht?«, donnerte Laugesen und knallte die Bürotür hinter sich zu. »Ich habe dich gebeten, dich aus den Ermittlungen zum Todesfall Erika Truelsen herauszuhalten, und trotzdem tauchst du wieder bei der Familie Jessen auf.«

»Es gab da noch ein paar Dinge, die ich klären musste«, antwortete Mads, während Laugesen um den Schreibtisch herumging.

»Du hast überhaupt nichts mehr zu klären«, zischte Laugesen. Sein Augenlid zuckte nervös. »Kapierst du nicht, was es für eine Familie wie die Jessens bedeutet, wenn du da immer wieder auftauchst, egal, ob es gerade passt oder nicht? Grete Jessen hat angerufen und sich beschwert, dass sie über unseren Besuch nicht informiert war. Der Fall ist abgeschlossen, und die Familie versucht, die schrecklichen Geschehnisse von damals hinter sich zu lassen.«

»Grete Jessen ist dement«, wandte Mads ein. »Laut Jan Jessen versteht sie gar nicht, dass es jetzt um einen neuen Fall geht.«

»Und das soll die Sache besser machen?«, geiferte Laugesen. »Ich habe dich gebeten, dich da rauszuhalten!«

»Wir sollten die Augen nicht davor verschließen, dass es

bei diesem Fall weitere Ansatzpunkte geben könnte«, wandte Mads ruhig ein.

»Glaubst du etwa, ich weiß nicht, worum es hier in Wirklichkeit geht? Wie oft soll ich dir noch sagen, dass es mir vollkommen egal ist, was du glaubst oder was dein Vater geglaubt haben mag! Er ist tot!« Laugesen klatschte mit der flachen Hand auf den Tisch und funkelte Mads wütend an. »Ich war kurz davor, dich wieder ins Team aufzunehmen, aber bei den irrwitzigen Entscheidungen, die du zurzeit triffst, kann ich das wohl vergessen. Verstanden?«

»Du kannst mich nicht feuern«, konterte Mads.

»Das entscheide ich!«, antwortete Laugesen. »Du bist gerade dabei, karrieremäßig Selbstmord zu begehen, und wenn ich auch nur ein kleines bisschen theatralisch veranlagt wäre, würde ich dir wie früher der Sultan für die Umsetzung eine seidene Schnur überreichen, aber so musst du dich mit dem hier begnügen.« Er nahm ein Papier aus einer Mappe und schob es über den Tisch. »Im Gegensatz zu Teglgård halte ich nicht die Hand über jemanden, der nicht Teil des Teams ist.«

»Des Teams!« Die Worte flogen aus Mads' Mund. »Was weißt du denn schon von Teamarbeit?«

»Deutlich mehr als du! Wenn du zu den Besprechungen gekommen wärst, wüsstest du, dass die Ermittlungen abgeschlossen sind.«

»Abgeschlossen? Aber du hast Lauritz Koch doch noch nicht mal festgenommen.«

»Das ist eine Formalität«, antwortete Laugesen und setzte sich. Ein schlecht kaschiertes Lächeln zeigte sich auf seinen Lippen, als er die Füße auf den Rand des Schreibtischs legte. »Im Team ist man stärker, Mads. Hättest du deine Zeit nicht ständig mit anderen Dingen vergeudet, dann hättest du mit uns den Sieg feiern können.«

»Aber du kannst doch nicht feiern, wenn du den Täter noch nicht mal festgenommen hast.«

»Das kommt schon noch«, antwortete Laugesen. »Es ist nur eine Frage der Zeit, bis wir den entscheidenden Tipp bekommen.«

»Hast du Thomas Beckmann informiert?«

»Das ist ein dänischer Fall, was schert mich Beckmann?«

»Ja, der Fall ist dänisch – sieht man mal davon ab, dass das Opfer eine Deutsche war, die noch dazu in Deutschland als vermisst gemeldet wurde«, gab Mads zu bedenken. »Wir können doch wohl nicht leugnen, dass dieser Fall Relevanz für beide Länder hat.«

»Thomas Beckmann wird natürlich informiert, sobald der Fall endgültig abgeschlossen ist«, sagte Laugesen und breitete die Arme aus. »Solange der Mord aufgeklärt wird, finde ich es unnötig, mehr Instanzen als notwendig einzubinden. Außerdem dürfte Beckmann selbst genug zu tun haben, schließlich ist der Fall in Breklum noch nicht gelöst.«

»Du kannst ihn doch nicht aus einer Ermittlung ausschließen, bei der es um eine deutsche Staatsbürgerin geht«, wiederholte Mads und beugte sich über den Schreibtisch.

»Niemand wird hier ausgeschlossen«, antwortete Laugesen schnaubend. »Der Mord ist aufgeklärt und der Fall damit abgeschlossen. Der Rest ist eine Formalität, aber das habe ich alles schon gesagt.«

»Und du bist dir sicher, dass Lauritz Koch der Täter ist?«

»Du denkst wohl, ich bin ein totaler Anfänger!«, rief Laugesen und nahm die Füße vom Tisch. »Ich weiß, dass du das nicht wahrhaben willst, aber es gibt in diesem Dezernat auch noch andere als dich, die selbstständig denken können.«

»Aber du hast doch bloß diesen beschissenen Fingerabdruck«, sagte Mads und kniff die Augen zusammen.

»Mehr brauche ich nicht«, erwiderte Laugesen und stand auf. »Lauritz Koch konnte mit dem Fundort in Verbindung gebracht werden, und er hat ein Motiv.«

»Und das reicht?«

»Das ist mehr als genug«, zischte Laugesen und baute sich vor Mads auf. Die Wut färbte sein Gesicht tiefrot. »Hättest du an den Ermittlungen teilgenommen, müsstest du all diese Fragen nicht stellen, aber jetzt ist es zu spät.« Er zog die Stirn in Falten und sah Mads gespielt mitfühlend an. »Drei Monate, dann ist Schluss«, sagte er mit einem Kopfschütteln. »Die alten Fälle im Archiv müssen noch digitalisiert werden. Fang doch am besten mit dem Birkeley-Fall an. Vielleicht lernst du dabei ja, wie gute Polizeiarbeit aussieht.«

14. Juli

Haderslev

Mads lief im Rhythmus der Musik in den Ohrhörern, die den nachmittäglichen Verkehrslärm in Haderslev übertönte und ihn in hohem Tempo weitertrieb. Er legte noch einen Zahn zu, als er den Fjord überquerte. Schlanke Bäume warfen ihren Schatten auf die vertäuten Boote unten im Wasser. Er bog nach rechts auf den Sydhavnsvej ein. Die wochenlange Hitze hatte das Gras verbrannt, sodass aus den trockenen Randstreifen nur noch das widerstandsfähigste Unkraut in die Höhe ragte.

Als es am Oberschenkel vibrierte, warf er einen Blick auf seine Sportuhr, auf der Sarah Jonsens Name auftauchte. Einen Augenblick erwog er, ihren Anruf zu ignorieren, doch dann strich er trotzdem mit dem Finger über das kleine Display.

»Hallo, Sarah.«

»Er hat dich gefeuert?« Sie spuckte die Worte nur so aus, und ihre Stimme klang durch die kleinen Lautsprecher in seinen Ohrhörern überraschend schrill.

»Sieht so aus«, antwortete Mads und regelte die Lautstärke runter. »Ich werde im Morddezernat allem Anschein nach nicht mehr gebraucht.«

»Aber das kann er doch nicht machen«, wandte Sarah ein. »Was sagt Teglgård dazu?«

»Keine Ahnung«, antwortete Mads und sah schräg über die Straße zur Herzog-Hans-Kirche mit dem roten Ziegeldach, aus dem der spitze Turm herausragte. »Eigentlich ist es auch egal, was er denkt.«

»Aber du kannst deinen Rausschmiss doch nicht akzeptieren. Wie hat er das denn begründet?«

Mads fuhr sich mit dem Handrücken über die Stirn. Die Sonne brannte auf seiner Haut, und er zog die Wasserflasche aus dem Gürtel und legte sie an die Lippen, ohne langsamer zu werden. »Ich glaube nicht, dass Laugesen das irgendwie begründen muss«, antwortete er und spuckte ins trockene Gras.

»Aber du bist einer der besten Ermittler des Morddezernats. Wir brauchen dich.«

»Erzähl das mal Laugesen«, erwiderte Mads, als die Ampel vor ihm auf Grün schaltete. Er warf einen Blick zur Seite und überquerte die Straße. »Dieser Arsch konnte mich noch nie leiden.«

»Das weiß ich«, sagte Sarah. »Ich verstehe das nur nicht. Du musst doch irgendetwas getan haben.«

»Das sind alte Geschichten.« Mads schob die Wasserflasche wieder in den Gürtel und betrachtete den Møllestrømmen. Die weißen Fassaden der Fachwerkhäuser spiegelten sich im Wasser, auf dem eine Schar Enten herumpaddelte.

»Aber ...«

»Kannst du das nicht einfach auf sich beruhen lassen?«, fragte Mads und biss die Zähne zusammen.

»Klar, kann ich schon.« Sarah Jonsens Stimme klang mit einem Mal deutlich tiefer. »Ich verstehe es nur nicht. Wenn du nichts getan hast.«

»Vielleicht gibt es da nichts zu verstehen.« Mads warf

einen Blick auf seine Uhr. Der Puls war höher als normal, und die irritierenden Verspannungen in seinem Körper wollten einfach nicht nachlassen.

»Und was ist mit deiner Kündigungsfrist?«

»Der kann mich mal«, zischte Mads durch die Zähne.

»Wie meinst du das?«

»Genau so, wie ich es gesagt habe. Der soll bloß nicht meinen, er könnte mich so einfach aus dem Morddezernat schmeißen.«

14. Juli

Toftlund

Mads hob den Kopf. Draußen hatte sich die Dunkelheit auf die Felder gesenkt, und nur ganz hinten am Horizont war noch ein schwacher Streifen Licht zu erkennen. Er schob den Stuhl nach hinten und streckte sich. Die Müdigkeit zog und zerrte nach den vielen Stunden, die er über den Birkelev-Akten verbracht hatte, an Schultern und Rücken. Er stand auf und griff auf dem Weg zur Küche nach der Fernbedienung. Die Stimme des Nachrichtensprechers von TV2 News erfüllte das Wohnzimmer, während er den Kühlschrank öffnete und wie auf Autopilot nach einem Proteindrink griff.

»*Die Polizei sucht noch immer nach dem wegen Mordes vorbestraften Lauritz Koch. Dieser ist dringend tatverdächtig, die 74-jährige Erika Truelsen ermordet zu haben, die am 4. Juli in der Nähe von Ottersbøl tot aufgefunden wurde.*«

Mit einer heftigen Bewegung warf Mads den Kühlschrank zu und lehnte sich an den Küchentisch. Die Fenster reflektierten das bläuliche Licht des Fernsehers, wodurch die Tür zum Wohnzimmer wie das Portal in eine andere Welt wirkte. Er drehte den Deckel des Proteindrinks ab. Ein synthetischer Geschmack nach tropischen Früchten klebte sich mit bitteren Untertönen von Geschmacksverstärkern auf seine Zunge. Eine Grimasse schneidend, trank er den letzten Schluck und warf das leere Fläschchen ins Spülbecken. Er drehte sich um. Für einen Moment ruhte sein Blick auf dem Fernsehbildschirm, der sich in den Fenstern des Wintergartens spiegelte. Das Foto von Lauritz Koch musste ein paar Jahre alt sein, aber die Ähnlichkeit mit dem in den Berichten war auffallend. Der breite Körper mit der leicht gebeugten Haltung. Das runde Gesicht mit den durch die Brille unnatürlich großen Augen. Mads blinzelte ungläubig, als das Bild wechselte und mit einem Mal das Polizeirevier in Haderslev zu sehen war.

»Bei mir ist der Leiter des Morddezernats Torben Laugesen«, sagte der Reporter, während die Kamera auf Laugesen gerichtet wurde. Schweißperlen glänzten auf seiner Stirn, und er wirkte etwas angestrengt. *»Es ist inzwischen zehn Tage her, dass die Leiche von Erika Truelsen gefunden wurde. Können Sie uns verraten, wie weit die Ermittlungen fortgeschritten sind?«*

Torben Laugesen nickte mit ernster Miene. *»Die Fahndung nach Lauritz Koch, die wir gestern rausgegeben haben, hat bereits zu einigen vielversprechenden Hinweisen geführt«*, erklärte er und sah direkt in die Kamera. *»Der Mord an Erika Truelsen ist, wie inzwischen ja weithin bekannt sein dürfte, durch äußerste Brutalität gekennzeichnet. Zum jetzigen Zeitpunkt folgen wir noch den konkreten Spuren, die wir in diesem Fall haben.«*

»Ist es nicht verwunderlich, dass eine Person wie Lauritz Koch aus der Sicherungsverwahrung entlassen wurde, zu der er eigentlich verurteilt gewesen war, wenn er doch so gefährlich ist, wie es aussieht?«, fragte der Reporter und drehte sich etwas zur Seite, sodass die Kamera ihn in einem anderen Winkel einfing. *»Halten Sie seine Entlassung für einen Fehler?«*

»Rückblickend ist die Entscheidung des Gerichts ganz sicher ein Fehler«, antwortete Laugesen und streckte den Rücken durch. *»Mit seinen manipulativen Fähigkeiten hat er wieder einmal die Menschen getäuscht, die ihn einschätzen sollten.«*

»Wieder einmal?« Der Reporter zog die Stirn in Falten.

»Ja, schon 1998 wäre er beinahe freigekommen, die Tatsache, dass er dann doch verurteilt wurde, war einzig und allein auf die kompetente Polizeiarbeit zurückzuführen«, erklärte Laugesen und fuhr sich mit der Hand über den Ärmel seines Hemdes, als wollte er irgendwelche unsichtbaren Schmutzpartikel wegwischen.

»Können Sie näher auf die Spuren eingehen, denen Sie folgen?«

»Ich kann nicht ins Detail gehen, es gibt aber konkrete Hinweise darauf, dass Lauritz Koch sich aktuell in der Nähe von Kruså befindet. Unsere Einsatztruppe war schon dort, und im Moment untersucht die Kriminaltechnik den Ort«, antwortete Laugesen und sah wieder direkt in die Kamera.

Mads schaltete aus, glaubte aber noch eine ganze Weile, Laugesens Augen auf der schwarzen Mattscheibe zu sehen. Die Wut brodelte in ihm. Er biss die Zähne zusammen, warf die Fernbedienung weg und sackte langsam in sich zusammen. Die Kälte des harten Holzbodens kroch ihm in die Glieder, und er zog die Beine unter sich. Sein Blick wanderte zum Wintergarten. Dünne graue Schatten verdeckten immer wieder den Mond, der wie eine blasse Scheibe über Toftlund hing. Mads schloss die Augen und lehnte den Kopf an die Wand. Vor seinem Inneren erschienen immer neue verwirrende Bilder. Laugesen. Der Schuppen in Birkelev. Thomas Beckmann. Mit einem langen Atemzug öffnete er wieder die Augen. Die

Konturen des Wintergartens verschwammen, und die Äste des alten Apfelbaums zeichneten sich vor den Wolken ab, die wie ein leichter Schleier über den Nachthimmel zogen.

Er drückte sich ein wenig hoch und griff in seine Hosentasche. Kurz darauf leuchtete das Handy auf. Er scrollte durch eine Liste mit Namen und hielt inne, ohne auf den grünen Hörer zu tippen. Einige lange Minuten starrte er auf Berit Langers Namen, ehe er das Handy zurück in die Tasche steckte.

15. Juli

Haderslev

Mads warf einen letzten Blick auf Laugesens Schrottkarre, die wieder einmal auf Teglgårds Parkplatz stand. Dann öffnete er die Tür zum Polizeirevier. Er zögerte einen Moment, bevor er die Hand auf das Geländer legte und nach oben ins Dezernat für Gewaltverbrechen ging.

»Wieder ein Schuss in den Ofen?« Torben Laugesens Stimme durchschnitt die abgestandene Wärme, die im Flur hing.

»Ganz genau«, hörte er Sarah Jonsens Stimme. »Wir sind alles durchgegangen.«

»Das ist nicht gut genug, verdammt!«, donnerte Laugesen irgendwo am Ende des Flurs. »Wir müssen uns mehr ins Zeug legen.«

»Ja, aber wir können doch nichts finden, was nicht da ist«, wandte Sarah ein. »Was willst du eigentlich?«

»Ich will Resultate!«, rief Laugesen.

Mads öffnete die Tür zu seinem eigenen Büro. Einen Augenblick blieb er wie angewurzelt stehen und starrte die Frau an, die an seinem Schreibtisch stand. Dann räusperte er sich. »Entschuldigen Sie, aber Sie haben sich bestimmt in der Tür geirrt.«

Die junge Frau wollte gerade seinen Notizblock in einen

Pappkarton legen, der auf dem Tisch stand. Er nahm ihr den Block ab und warf ihn zurück auf den Tisch.

»Das ist mein Büro«, erklärte er.

»Jetzt nicht mehr«, hörte er Laugesens Stimme hinter sich. »Ich habe Nina gebeten, deinen Platz zu räumen, damit sie ihn übernehmen kann. Aber wo du jetzt schon da bist, kannst du den Karton ja auch selber in den Keller tragen.«

»Keller?« Mads traute seinen Ohren nicht. Er schwang herum und starrte Laugesen an.

»Ja, in den Keller«, antwortete der Dezernatsleiter mit arroganter Miene und hob das Kinn. »Ich habe dafür gesorgt, dass du da unten arbeiten kannst, bis deine Zeit rum ist.« Er lehnte sich etwas zur Seite und warf der jungen Frau ein Lächeln zu. »Nina Beyer hat deinen Platz im Team übernommen.«

»Nina Beyer?« Mads drehte sich zu der Frau um. Die langen braunen Haare waren in einem Pferdeschwanz zusammengefasst, und sie erwiderte Laugesens Lächeln, während sie Mads' Notizblock erneut in den Karton legte.

»Ich habe viel von Ihnen gehört«, sagte Nina und reichte ihm den Karton. Einen Augenblick stand sie verlegen da, als wartete sie darauf, dass er ihr den Karton abnahm. »Und von Ihrem Vater.«

»Danke«, fiel ihr Laugesen ins Wort, während er ihr den Karton abnahm und Mads an die Brust drückte. »Die Besprechung beginnt in wenigen Minuten.«

Laugesen trat etwas zur Seite, als sie an ihm vorbeiging. Zufrieden lächelnd sah er ihrem weichen Gang und dem tanzenden Pferdeschwanz hinterher. »Hab ich für die Abteilung angeworben.« Sein Blick verharrte an der offenen Tür des Personalraums, als Nina Beyer um die Ecke verschwunden war. »Aus ihr werden wir eine gute Ermittlerin machen.« Er sah kurz zu Mads, ehe auch er in Richtung Personalraum ging. »Die Tür unten im Keller ist offen, und mit etwas Glück funktioniert auch der Scanner. Sonst musst du jedes Mal zum Einscannen hochkommen.«

*

»Arschloch.« Mads starrte auf die Tür, die aus den Angeln gehoben und an die Heizungsrohre gelehnt worden war, die sich durch den langen Kellerflur zogen. Laugesen hatte Mads' Namen auf einen gelben Post-it-Zettel gekritzelt und an die Tür geklebt. »Jetzt reicht's!«

Er stellte den Karton ab und schaltete in dem kleinen Raum das Licht ein. Acht halb volle Farbeimer dünsteten an der Wand vor sich hin, während unter der Decke ein paar Leuchtstoffröhren unbarmherzig zu blinken begannen. Schon jetzt wusste er, dass er in ein paar Stunden dröhnende Kopfschmerzen haben würde. Er sah sich in dem kleinen Raum um. Die Wände waren in Ordnung – sah man einmal von der Farbe ab, die einen unwillkürlich an irgendein osteuropäisches Krankenhaus denken ließ.

»Es lebe Torben Laugesen«, brummte er sarkastisch und versuchte, sich einen Überblick zu verschaffen. Die Luft roch trotz der fehlenden Tür staubig und abgestanden, und das leicht sirrende Geräusch der Heizungsrohre in dem schmalen Flur war ziemlich bedrückend. Er öffnete den obersten Knopf seines Hemdes, um mehr Luft zu bekommen, und sah über den endlos langen Flur, an dessen Ende sich nicht die Spur eines Lichtscheins befand. An diesem Ende des Kellers gab es weder Menschen noch Tageslicht, Luft oder etwas anderes, das einen daran zweifeln lassen könnte, in einer Art

Gulag gelandet zu sein. Er presste sich den Oberarm auf die Nase, um nicht zu niesen, als er sich umdrehte und zurück in sein neues Büro ging. Wütend biss er die Zähne zusammen, wobei ihm die Worte, die Laugesen über die neue Kollegin verloren hatte, nicht aus dem Kopf gingen. Das hier war also die Strafe dafür, eigenständig zu denken. Eine Deportation ans Tabellenende der vierten Liga.

»Wofür soll das alles gut sein?«, flüsterte er vor sich hin und schaltete den alten grauen PC ein, der auf dem Tisch stand. Dann zog er den ramponierten Bürostuhl zu sich, der an der Wand stand. Für eine ganze Weile sah es so aus, als wäre der Computer tot, doch dann war ein klackerndes Rauschen zu hören, und der Schirm erwachte zum Leben. Mads stand auf und nahm seine Sachen aus dem Karton, während auf dem Bildschirm immer neue Symbole auftauchten, bis endlich das Log-in-Feld zum Vorschein kam. Er stellte den Karton auf den Boden und zog die Tastatur zu sich. Die hellgrauen Tasten waren vergilbt, und eine dicke Schicht Staub haftete sich an seine Finger, als er seinen Usernamen und das Passwort eintippte.

»Hier bist du jetzt also.« Sarah Jonsens sommersprossiges Gesicht kam in der Türöffnung zum Vorschein. Sie sah sich in dem ungastlichen Raum um. »Warum bist du hier unten?«

»Das ist offenbar mein neues Büro«, antwortete Mads verbittert. Er griff nach der Maus und klickte das Programm an, in dem die Akten der aktuellen Fälle abgespeichert waren.

»Vesterlund hat so was gesagt«, murmelte Sarah und kam näher. »Aber warum im Keller?«

»Das war Laugesens Idee«, erklärte Mads, während er das Icon ein weiteres Mal anklickte. Der kleine Kreis drehte und drehte sich, ohne dass das Programm sich öffnete. »Verdammt!« Er biss innerlich zitternd die Zähne zusammen, um sich unter Kontrolle zu halten.

»Was ist denn?«, fragte Sarah und warf einen Blick auf die Farbeimer, während sie zu ihm ging.

»Sieht so aus, als hätte Laugesen meinen Zugang gesperrt.« Mads stieß eine Reihe leiser Flüche aus.

»Wie meinst du das?«

»Genau so, wie ich es sage.« Mads schnaubte, als sie sich über die Tastatur beugte. »Alle meine Zugänge sind weg.«

»Hast du mit dem Vertrauensmann gesprochen?«

»Was soll das bringen? Siehst du nicht, wie sie alle Laugesen in den Arsch kriechen? Und Nilsson als Erster. Viel Vertrauen ist da nicht geblieben.«

»Aber bist du dir wirklich sicher, dass er deinen Zugang gesperrt hat?« Sie zog die Augenbrauen zusammen. Ihre Locken kitzelten seinen Arm, als sie nach der Maus griff und das Icon anklickte. »Vielleicht liegt es ja auch daran, dass der Computer so lange nicht genutzt wurde.«

»Ganz sicher«, antwortete Mads und kniff die Lippen zu einem schmalen Strich zusammen, als der kleine Kreis sich erneut zu drehen begann. »Ich komm nicht rein.«

»Hat Laugesen überhaupt die Befugnis dazu?«

»Welche Befugnis soll ich haben?«

Mads und Sarah drehten gleichzeitig die Köpfe und sahen zur Tür. Das scharfe Licht teilte Laugesens Gesicht in zwei Hälften. Die Schatten kaschierten die rote Narbe, als er sich zufrieden an den Türrahmen lehnte und die Arme vor der Brust verschränkte. »Wie ich sehe, findest du dich hier zurecht?«

»Du hast mein Nutzerprofil entfernt«, zischte Mads und ignorierte Laugesens spitze Bemerkung.

»Korrekt«, antwortete Laugesen. »Da du jetzt ja nicht mehr Teil des Ermittlungsteams bist, habe ich deinen Zugang gelöscht.«

»Und wie soll ich dann arbeiten?«

»Die Tätigkeit, um die ich dich gebeten habe, erfordert keinen Zugang zum System. Jedenfalls nicht zu aktuellen Fällen«, antwortete Laugesen und hob das Kinn etwas an. »Fang einfach ganz hinten an.«

»Ich brauche aber noch ein paar Sachen.«

»Was du brauchst, findest du im Archiv«, erklärte Laugesen und kam höhnisch lächelnd näher. »Kapiert? Du bist raus. Kein Teil des Teams mehr.« Er blieb dicht vor Mads stehen und tippte ihm mit dem Zeigefinger auf die Brust. Sein saurer Atem schlug Mads entgegen, als er fortfuhr: »Glaubst du, ich weiß das nicht?«

»Was?«, fragte Mads und starrte auf den Finger, der wieder fest auf sein Hemd tippte.

»Dass du ihn gewarnt hast«, antwortete Laugesen und ließ den Finger auf seiner Brust liegen.

»Wen gewarnt?«

»Lauritz Koch!« Laugesen nahm den Finger weg, durchbohrte Mads jedoch weiterhin mit dem Blick. »Aber das war wohl nicht anders zu erwarten.«

»Was behauptest du da?«

»Lass es, Mads«, antwortete Laugesen und kniff die Lippen zusammen. »Du machst es nur noch schlimmer für dich. Sei froh, dass ich dir nicht fristlos kündigen kann, denn sonst hätte ich das getan.« Nach einem letzten Blick auf Mads machte er auf dem Absatz kehrt und verschwand über den dunklen Kellerflur.

Mads starrte ihm ein paar Sekunden hinterher, ehe er aufstand. Die Wut ließ jeden seiner Muskeln zittern, und der Drang, laut aufzuschreien, zerriss ihn förmlich.

»Was geht hier eigentlich vor?«, fragte Sarah. »Warum hast du ihn gewarnt?«

»Ihn gewarnt?« Die Worte kamen etwas zu schrill. Mads ballte die Hände zu Fäusten und sah Sarah ebenso verletzt wie irritiert an. »Verdammt noch mal, ich habe Lauritz Koch nicht gewarnt.«

»Aber er war nicht da«, fuhr Sarah fort.

»Wie? Ich kann dir nicht ganz folgen.«

»Wir sind gestern hingefahren, um ihn festzunehmen«, sagte Sarah. »Mein Team war kurz nach dem Einsatzkommando da. Wir haben das ganze Grundstück abgesucht, während Laugesen seinen Auftritt im Fernsehen hatte.«

»Ich habe erst aus dem Fernsehen erfahren, dass die Fahndung erfolgreich war und ihr einen konkreten Hinweis hattet.«

Sarah sah sich nach einem Ort um, wo sie sich anlehnen konnte, was bei all dem Zeug, das sich an den Wänden stapelte, allerdings nicht möglich war. »Wir haben den Hinweis bekommen, kurz nachdem ich mit dir telefoniert hatte«, sagte sie.

»Und was habt ihr gefunden?«, fragte Mads und ließ sich wieder auf seinen wackeligen Stuhl fallen.

»Ein verlassenes Haus«, erwiderte Sarah. »Es herrscht aber kein Zweifel, dass Lauritz Koch da gewohnt hat.«

»Erzähl.«

»Viel gibt es da nicht zu erzählen«, antwortete Sarah und zuckte mit den Achseln. Sie ließ den Blick über die Sachen schweifen, die im Raum standen. Elektroschrott, der längst hätte entsorgt werden sollen, ragte aus offenen Kartons, und die Spinnweben zeugten davon, dass dieser Raum lange nur noch als Abstellkammer genutzt worden war. »Wir haben nichts gefunden, was uns einen Hinweis auf seinen aktuellen Aufenthaltsort hätte geben können.«

»Aber ihr seid euch sicher, dass er da war?«

»Ja.« Sie nickte. »Wir haben mehrere Beweisstücke gefunden, die bestätigen, dass Lauritz Koch dort war, von Erika Truelsen gab es aber keinerlei Spuren.«

»Hat er sie denn überhaupt dorthin mitgenommen?«

»Keine Ahnung«, antwortete Sarah. »Es ist nicht gerade ein Haus, wo die Leute viel miteinander im Kontakt sind.«

»Wie meinst du das?«

»Primär wohnen da osteuropäische Arbeitskräfte«, sagte Sarah. »Unfassbar, dass Leute so etwas als Wohnraum vermieten dürfen.«

»Aber ihr seid euch wirklich sicher, dass er da war?«

»Ja«, wiederholte Sarah mit Nachdruck. »Wir haben seine Fingerabdrücke gefunden. Das sind eindeutig seine.«

»Und wann ist er da zuletzt gesehen worden?«

»Schwer zu sagen. Es ist eine echte Herausforderung, Leute zu finden, die eigentlich obdachlos sind.«

»Aber Laugesen hat im Fernsehen doch gesagt, dass Koch sich da aufhält«, sagte Mads.

»Du weißt doch, wie Laugesen ist«, antwortete Sarah. »Gib ihm eine halbe Spur, und schon hat er den Täter festgenommen. Ein Sozialarbeiter in der Unterkunft, wo Koch nach seiner Entlassung aus der Strafanstalt Herstedvest gewohnt hat, meinte, er sei nach Südjütland gezogen. Er selbst hatte ihm die Adresse gegeben.«

»Aha«, sagte Mads. »Dann lautet die eigentliche Frage, wo Lauritz Koch im Moment steckt.«

»Ach was«, antwortete sie und trat von einem Bein aufs andere. Einen Augenblick blieb sie still stehen, dann legte sie ihm die Hand auf die Schulter und lächelte ihn an. »Ich muss jetzt leider zurück. Laugesen hat entschieden, unsere Ermittlungsfortschritte und die neue Kollegin mit Kaffee und Kuchen zu feiern.«

15. Juli

Haderslev

Mads schob den Stuhl nach hinten und stand auf. Die alten Rollen kratzten kreischend über den unebenen Boden, die abgestandene Luft kitzelte in der Nase, und das scharfe Licht brannte in den Augen. Mit einer beiläufigen Bewegung schob er die Hand in den Karton, den er aus seinem Büro mitgebracht hatte, und wühlte darin herum. Die Schachtel mit den Nahrungsergänzungsmitteln lag platt gedrückt unter einer Mappe, und während er die silberne Blisterpackung herausnahm, ärgerte er sich darüber, dass die neue Mitarbeiterin sich an seinen privaten Sachen zu schaffen gemacht hatte. Er zögerte kurz, dann drückte er ein paar Pillen heraus und schluckte sie mit etwas Wasser. Der trockene Geschmack klebte an seiner Zunge, und er leerte die Wasserflasche in wenigen langen Zügen, ehe er den Raum verließ.

*

Mads ließ den Blick über die langen Regalreihen des Archivs gleiten. Weiße Aufkleber mit schwarzer Beschriftung gaben die Jahreszahlen der Akten in den einzelnen Regalen an. Seufzend betrachtete er das Dokument, das Laugesen ihm gegeben hatte. Die Liste der ungeklärten, noch nicht digitalisierten Fälle war endlos lang. Leise fluchend knüllte er das Papier zusammen und trat an das Regal mit der Jahreszahl 1998. Sein Blick blieb eine Weile an den Kartons mit der Nummer des Birkelev-Falls hängen, bevor er sie aus dem Regal zog und mitnahm.

Er stellte die Kartons auf den Tisch und warf einen Blick auf die Türöffnung. Entmutigt blickte er in den Flur und stellte fest, dass das Rauschen der teils unisolierten Rohre lauter geworden war. Er schwitzte, und das Gefühl, hier unten gefangen zu sein, schnürte ihn ein. Einen Augenblick zögerte er, dann öffnete er den ersten Karton. Ganz oben in einer Sichthülle lagen die Originalfotos. Er nahm sie heraus. Das kleine Grundstück am Vråskovgård, wo Jan Jessen wohnte, sah anders aus als heute, den Schuppen erkannte er aber wieder, wenngleich das Holz damals auch noch neu gewesen war. Die Farbe glänzte matt im Sonnenlicht, das durch die Fichten fiel und die kleinen gelben Markierungen der Spurensicherung im Bereich rund um den Schuppen erkennen ließ. Er blätterte die Fotografien durch und sah sich eine Nahaufnahme des Waldbodens an. Blutig verfärbte Nadeln lagen wie eine weiche Unterlage auf dem sonnengetrockneten Boden. Er legte die Fotos weg und griff nach der Asservatenliste, die gleich darunter lag. Die Nummern auf der Liste entsprachen denen auf den kleinen Schildchen, die an den Fundstellen am Tatort aufgestellt worden waren.

Er betrachtete noch einmal die Fotos. Eines davon zeigte den Teilabdruck einer Schuhsohle im Blut dicht an der Leiche, doch es war angeblich unmöglich gewesen, aus dem Profil auf die Marke des Schuhs zu schließen. In der Rückwand des Schuppens war ein Projektil gefunden worden, das aber vermutlich nichts mit dem Verbrechen zu tun hatte.

Schwer ausatmend stellte Mads den Karton auf den Boden

und setzte sich auf den ramponierten Bürostuhl. Ein paar Sekunden starrte er in den Karton, ehe ein verkohlter Messergriff seine Aufmerksamkeit weckte. Er zog die durchsichtige Plastiktüte heraus. Eine dünne hellgraue Schicht Asche lag auf dem verbrannten Holz. Zwei Metallnieten zeigten Anzeichen der Hitze, der das Messer ausgesetzt gewesen sein musste, und auch auf der Klinge befand sich ein regenbogenfarbenes Muster. Mads drehte den Beutel um. Die technischen Analysen hatten Lauritz Kochs Fingerabdrücke auf dem Holz nachgewiesen, und die Form der Verletzungen auf Hans Peter Jessens Leiche hatte bestätigt, dass es sich bei dem Messer um die Tatwaffe handelte, auch wenn alle DNA-Spuren, die daran geklebt haben mussten, entfernt worden waren. Er atmete tief aus und griff nach dem Obduktionsbericht.

Männlicher Leichnam, identifiziert als Hans Peter Jessen. 61 Jahre. Größe: 174 Zentimeter. Gewicht: 92 Kilo. Ernährungszustand: überdurchschnittlich. Tot aufgefunden.

Mads ließ den Blick über den weiteren Bericht schweifen. Die Auflistung der Messerstiche und der brutalen Verletzungen durch den Holzpflock nahm keine Ende.

An der vorderen rechten Seite des Gesichts ist eine längliche Läsion zu erkennen, sie ist 72 Millimeter lang und 3 Millimeter tief.

Er legte den Bericht weg und griff noch einmal nach den Fotos vom Tatort. Ein Stück vom Schuppen entfernt war ein Spaten gefunden worden, an dessen einer Seite eine längliche Blutspur zu erkennen war. Alles deutete darauf hin, dass Hans Peter Jessen etwa fünfzehn Meter vom Schuppen entfernt niedergeschlagen worden war.

Mads öffnete den Scanner und legte mehrere Fotos nebeneinander. Dann sah er den Lichtstreifen unter der Glasplatte, und einen Augenblick später tauchte der Scan auf dem PC-Bildschirm auf. Er schob sie in den passenden Ordner.

Als Letztes griff er nach den Zeichnungen, die unter den Dielen in Lauritz Kochs Wohnung gefunden worden waren. Die Darstellung des Mordes an Hans Peter Jessen wirkte unangenehm realitätsnah.

»Was, zum Henker, hast du hier gesehen, Papa?«, murmelte er und legte die Bleistiftskizze auf die Glasplatte. Wieder zog der Lichtstreifen unter dem Papier hindurch, ehe der Scan auf dem Bildschirm zu sehen war. Er beugte sich vor. Sein Blick glitt aufmerksam über das etwas vergrößerte Beweismaterial, das dazu beigetragen hatte, Lauritz Koch zu überführen. Pure Angst sprach aus dem Blick des Opfers. Der Mund war geöffnet, und das Blut auf seinem Körper wirkte beinahe flüssig. Mads schloss die Bilddatei und verschob sie in den entsprechenden Ordner. Einen Augenblick zögerte er, dann öffnete er das Mailprogramm und schickte sich selbst eine Kopie.

15. Juli

Toftlund

Die Musik dröhnte, und er spürte den Rhythmus des Basses im Bauch, während er die Zähne zusammenbiss und die Hantelstange noch einmal nach oben drückte. Schweiß glänzte auf seiner Haut, und er blinzelte ein paarmal, bevor er sie wieder nach unten auf die Brust herabließ.

»Acht, neun, zehn.« Er straffte den Griff um die Metallstange, stemmte die Füße auf den Boden und drückte die Gewichte noch einmal nach oben. Mit zitternden Muskeln hielt er die Stange ein paar Sekunden fest, ehe er sie in die Halterung schob und keuchend die Arme sinken ließ. Als plötzlich auch die Musik verstummte, hörte er das Blut in den Adern pochen. Mads schloss die Augen, doch noch immer schien sich die Umgebung zu drehen. Er atmete tief ein, zählte in Gedanken bis vier und atmete wieder aus. Dann schlug er die Augen auf, und als die Musik wieder einsetzte, griff er nach der Fernbedienung und regelte mit zitternden Fingern die Lautstärke herunter. Er atmete tief ein und richtete sich auf. Seine Haut löste sich nur widerwillig vom Kunstleder der Trainingsbank. Er griff nach dem Handtuch, das auf dem Stuhl lag, trocknete sich das Gesicht ab, legte es beiseite und stand auf. Draußen hatte sich die Dunkelheit über die Landschaft gelegt, und nur die Lichter von Toftlund leuchteten wie die Augen eines Raubtiers durch die Nacht und bohrten Löcher ins Vakuum.

Er drehte sich um, griff nach der Wasserflasche und trank gierig, bevor er die Musik wieder lauter stellte. Der dröhnende Bass sperrte seine Gedanken aus, als er das Klettband der Boxhandschuhe schloss und die erste Reihe von Schlägen in den Sandsack hämmerte.

Eine neue Schlagabfolge klatschte auf das Leder, als kämpfte er gegen Gespenster, die sich in der Nacht versteckten und durch seinen brüchigen Panzer zu dringen versuchten, um ihn zu ersticken. Er biss die Zähne zusammen, als die Schlagkombination seine Muskeln erzittern ließ. Die Knöchel schmerzten, und der Schweiß rann ihm über das Gesicht, während er zu einer neuen Serie ansetzte.

»Mads?«

Er zuckte zusammen, als etwas seine Schulter streifte. Die Muskeln spannten sich an, und er schnellte herum, bereit, sich zu verteidigen.

»Verdammt, Mads.« Berit Langer schaffte es nur knapp, der Hand auszuweichen, die durch die Luft flog, und sie sprang einen Schritt nach hinten. »Ich bin's.« Sie hielt die Hände vor sich. Ein unsicheres Lächeln zeichnete sich auf ihrem Gesicht ab, als er mitten in der Bewegung innehielt und die Arme sinken ließ.

»Hast du mich erschreckt!«, rief er durch die Musik. »Ich habe dich gar nicht kommen hören.« Er zog sich die Handschuhe aus und griff nach der Fernbedienung. Die heftigen Vibrationen, die den Raum beben ließen, verklangen und machten einer ungewohnten Stille Platz.

»Kein Wunder bei dem Lärm«, antwortete Berit und

nickte in Richtung Anlage. »Ich habe mehrmals versucht, dich anzurufen.«

»Tut mir leid, ich habe trainiert«, antwortete Mads. Er ging zur Trainingsbank, legte die Handschuhe ab und bückte sich nach dem Handtuch.

»Alles in Ordnung?«, fragte sie. »Ich habe mir Sorgen gemacht.«

»Warum?«

»Weil du einfach verschwunden bist, ohne etwas zu sagen«, antwortete Berit achselzuckend.

»Verschwunden?«

»Hast du vergessen, dass du bei mir warst?«

»Nein, natürlich nicht. Sarah Jonsen hat angerufen«, sagte er, als wäre das eine Entschuldigung für sein fehlendes Einfühlungsvermögen. Er drückte sich die Finger auf die Nasenwurzel. Aus dem Augenwinkel sah er ihren verletzten Gesichtsausdruck, und irgendwie schmerzte ihn das Gefühl, sie verraten zu haben. »Ich wollte dich nicht wecken.«

»Du hättest mir schreiben oder wenigstens auf meine Nachricht antworten können.« Trauer und Vorwürfe schwangen in ihrer Stimme mit, und am liebsten hätte er die Flucht ergriffen.

»Tut mir leid. Das hatte ich auch vor, aber dann ist alles anders gekommen.« Er schüttelte leicht den Kopf und drehte sich um. Die Lichter von Toftlund umschwirrten wie Glühwürmchen ihr Spiegelbild im Fenster. Ihre Augen schienen ihn nicht nur anzusehen, ihn völlig zu durchschauen. »Es ist so viel passiert.«

»Ja, das weiß ich.«

Er sah, wie sie auf ihn zukam. Der schlanke Körper, den er noch vor weniger als einer Woche mit seinen Fingern erkundet hatte. Ihre weiche Haut und ihr warmes Wesen, das ihm ein Gefühl geschenkt hatte, das er schon so lange nicht mehr gespürt hatte.

»Bereust du es?« Die kleinen, zitternden Lichtpunkte auf der anderen Seite der Felder verschleierten ihren Ausdruck, als sie den Kopf zur Seite legte.

»Nein.« Er schüttelte den Kopf und kniff die Augen zu, als ihre Hand sanft über seinen Oberarm strich. Kleine elektrische Impulse durchschossen ihn und beeinträchtigten sein Urteilsvermögen.

»Bist du sicher?«, sagte sie leise.

»Ja.«

»Warum bist du dann so abweisend?«

»Es ist nichts, ich musste mich einfach um so viel kümmern«, antwortete er noch immer mit dem Rücken zu ihr.

»Du musst nicht so tun, als wäre nichts passiert. Ich weiß alles, Sarah hat es mir erzählt.«

»Was hat sie erzählt?«, fragte Mads wachsam.

»Dass Laugesen dich gefeuert hat.«

Für einen Moment stand Mads ganz still da. Dann griff die Finsternis von draußen nach ihm, baute sich wie ein massives, undurchdringliches Netz aus dornigen Zweigen vor ihm auf und riss seine Haut auf, bis er so blutete wie das Opfer, als das er sich fühlte.

»Ach, das«, antwortete er und drehte sich um. Er griff nach der Wasserflasche und trank sie in einem Zug aus.

»Und was jetzt?«

»Ich weiß es nicht«, antwortete er mit einem Achselzucken und stellte die Plastikflasche ab.

»Man kann dich doch nicht einfach so rausschmeißen«, wandte Berit ein. »Du hast doch nichts getan, was das rechtfertigen würde.«

Ein Schnauben kam über Mads' Lippen. »Das ist sicher Auslegungssache.«

»Wie meinst du das?«

»Ich kann jetzt nicht darüber reden«, sagte Mads und nickte in Richtung Wohnzimmer. Er hob das Handtuch vom Boden auf und sah ihr nach, als sie hinüber ins Wohnzimmer ging. Dann schloss er die Tür und ging ins Bad.

15. Juli

Toftlund

Mads legte den Kopf in den Nacken. Der warme Wasserstrahl wärmte seinen Körper. Die Muskeln waren nach dem stundenlangen Training müde, und er atmete tief durch, schloss die Augen und fuhr sich mit den Händen über das Gesicht. Durch das Prasseln und den Dampf, der sich im Raum gebildet hatte, vernahm er leichte Schritte.

»Darf ich reinkommen?«

Er öffnete die Augen und sah sie an, als sie den Duschvorhang zur Seite schob. Der Anblick ihres nackten Körpers ließ ihn reagieren, und er streckte einen Arm nach ihr aus.

»Ich habe dich vermisst.« Sie drückte sich an ihn und lehnte den Kopf an seine Brust, und er schlang die Arme um sie. Spürte sie. Ihre Nähe. Das berauschende Gefühl von Glück und Begierde, das durch ihn spülte.

»Psst.« Er streichelte ihren nackten Körper. Den Rücken, der in den runden, festen Po überging.

»Ich meine das im Ernst«, sagte sie, ging auf die Zehenspitzen und küsste ihn, und er erwiderte ihren Kuss. Sanft und forschend wie in der Nacht, die sie geteilt hatten.

»Es war nicht meine Absicht, einfach so zu verschwinden.« Schweigend sah er vor seinem inneren Auge, wie er frühmorgens aus ihrem Haus geflohen war, nachdem Sarah ihm mit ihrem Anruf einen perfekten Vorwand gegeben hatte.

»Tu es einfach nicht wieder«, flüsterte sie in seinen Mund.

Er schloss die Augen und streichelte mit den Händen über ihren Körper. »Versprochen.«

»Da ist er ja, der alte Mads«, sagte sie leise und lächelte ihn an.

»Wie meinst du das?« Seine Hand erstarrte, und er zögerte einen Moment, bevor er sie auf ihre Brust legte.

»So habe ich dich in Erinnerung.« Sie seufzte, legte ihren Kopf auf seine Schulter und ließ sich streicheln. Die Wasserstrahlen trafen auf ihre Wange, und wäre da nicht dieses Lächeln gewesen, wäre er sicher gewesen, dass sie weinte. »Du hast mich nie verlassen.« Sie hob den Blick und sah ihn an. »Was auch immer passiert ist, du warst immer da. Ich hätte dich festhalten sollen.«

»Ich bin jetzt hier.«

»Ja, vielleicht«, antwortete sie und senkte den Blick. »Aber die Arbeit kommt immer zuerst.«

Er schluckte und spürte, wie die Worte in ihm schmerzten. Seine Brust zog sich zusammen, während die Erinnerungen ihn überwältigten. Die Entbehrung. Die sehnsüchtigen Blicke zu dem Wagen, der ihn, Lisa und ihre Mutter allein zurückgelassen hatte.

»Aber das macht nichts«, flüsterte sie, als er tief einatmete und den Kopf wegdrehte. »Ich weiß, wie das ist.«

Er schüttelte schweigend den Kopf. Seine Finger legten sich wieder um ihre Brust, während die warmen Strahlen seine Schultern massierten. »Es ist … jetzt nicht mehr so«, antwortete er, als ihre Hand sich um seinen Hals legte und sie ihn zu sich nach unten zog. Ihre Zunge streifte seine Lippen, während sie ihm direkt in die Augen sah.

»Der Mads, den ich kenne, gibt nicht so leicht auf«, sagte sie und lächelte ihn an, während ihre Hände zärtlich über seinen nackten Körper strichen und immer weiter nach unten glitten.

Mit einem tiefen Atemzug legte Mads den Kopf an die Fliesen. Seine Hände schoben sich in ihre Haare, und als sie auf die Knie sank und ihre Lippen seine Erektion umschlossen, vergaß er für eine Weile alles andere um sich herum.

15. Juli

Toftlund

»Unglaublich, dass du hier wohnen geblieben bist.« Berit hatte ihren Kopf auf seine Brust gelegt und ihm das Gesicht zugewandt. Sie küsste sanft seine Haare, und er spürte, dass ihre Haut nach Sex duftete.

»Frierst du?«

Sie schüttelte den Kopf, trotzdem zog er die Decke über sie. Die weichen Kissen des Ledersofas knirschten leise unter ihnen, während die einsame Lampe über dem Esstisch sie in weiches Licht hüllte.

»Warum bist du nicht von hier weggezogen?«

Er zögerte. Der Gedanke war ihm nie wirklich gekommen. Oder doch? »Meine Mutter«, sagte er, als sie ihn ansah. Ihr warmer Atem liebkoste seine Haut, eine Nähe, die er sein ganzes Leben vermisst hatte. »Sie hat mich gebraucht.«

»Aber dafür musstest du alles aufgeben, was du selbst wolltest?«

Vielleicht hatte sie recht. Er hatte sich keine Gedanken darüber gemacht. Oder machte er sich das nur vor? Lisas Leben war nie so festgefahren gewesen wie seins. Nie so voller Erwartungen.

»Hast du dich nie gefangen gefühlt?«

Er schloss die Augen. Sein Herz zog sich in der Brust

zusammen, und ein plötzlicher Schmerz erfüllte ihn. »Doch, aber das lässt sich jetzt nicht mehr ändern.«

»Vielleicht doch.« Ihre Finger spazierten über seinen Brustkorb, und er spürte das sanfte Kitzeln ihrer Augenwimpern auf seiner Haut, als sie blinzelte.

»Irgendwie stand schon immer fest, was ich mal werden würde.«

»Das weiß ich«, antwortete Berit. »Du warst schon damals sehr zielstrebig.«

»Das meine ich nicht«, antwortete Mads und legte seine Hand auf ihre.

»Wie dann?«

Er zuckte mit den Achseln. »Ich weiß nicht, ob ich mich für die Polizei entschieden habe oder ob das eigentlich umgekehrt war«, sagte er und sah an die Decke. Bei der Wärme ihres Körpers entspannte er sich, und seine Gedanken setzten ihm deutlich weniger zu, als wenn er allein war.

»Du hast das schon mit der Muttermilch eingesogen.«

»Hm«, murmelte er und führte ihre Hand an seinen Mund. Die kleinen Küsse, die er ihr auf die Knöchel drückte, linderten die Sehnsucht, die ihn erfüllte. »Ich sah mich irgendwie dazu gezwungen. Alle haben das von mir erwartet. Ich war der Sohn des Dezernatsleiters.«

»Aber du warst auch du«, wandte Berit ein und streichelte mit den Fingern über seine Wange. »Du warst stark. Du hättest den Weg gehen können, den du wolltest.«

»Ich habe mich nicht stark gefühlt.«

»Aber das warst du.« Sie stützte sich auf die Ellenbogen und betrachtete ihn. »Hörst du, Mads? Du warst nicht nur stark. Du *bist* stark.« Sie beugte sich vor und küsste ihn.

»Und warum fühle ich mich dann nicht so?«

Sie schüttelte den Kopf und verzog die Lippen zu einem Lächeln. »Du denkst zu viel über alles Mögliche nach.«

Er lächelte, als sie ihren Mund auf seine Lippen drückte. Ihre Liebkosungen brachten seinen Körper zum Erschauern, und er zog sie an sich. Seine Finger glitten über ihre Brust nach unten, und er küsste sie sanft, während seine Hand sich zwischen ihre Beine schob.

»Ich kann nicht. Ich muss nach Hause«, flüsterte sie. »Ich habe morgen einen Termin in Kopenhagen und muss ganz früh los.«

»Du kannst von hier aus fahren.«

Sie lachte leise, als er eine Augenbraue hochzog und sie über sich zog. Seine Hände folgten ihren Kurven, bis sie sich auf ihre Hüften legten und ihr den Weg wiesen.

16. Juli

Toftlund

Die Luft war noch kühl, als Mads um die Ecke bog und über den Vesbjergvej lief. Die roten Ziegelhäuser lagen wie kleine Punkte vor ihm, nahmen aber beständig an Größe zu. Er atmete tief durch. Die Luft roch nach Sommer, und er ließ den Blick über die Felder zur Landstraße schweifen, über die Berit Langers schwarzer Renault verschwunden war, noch bevor der Tag wirklich begonnen hatte. Er riss sich von dem Anblick los, als die Uhr an seinem Handgelenk zu vibrieren begann. Es war Thomas Beckmann.

Er griff nach seinem Handy, nahm das Gespräch an und drückte sich das Gerät ans Ohr, während er langsam weiterlief.

Wie meistens klang die Stimme seines deutschen Kollegen hart und unfreundlich. »Es wäre mir wirklich lieber, wir hätten in diesem Fall von Anfang an zusammengearbeitet, aber ich muss Sie trotzdem darüber informieren, dass wir einen Hinweis zum Aufenthaltsort von Lauritz Koch erhalten haben.«

»Haben Sie ihn festgenommen?«

»Festgenommen ist zu viel gesagt«, antwortete Thomas Beckmann und räusperte sich. »Ein Sanitäter hat sich gemeldet. Er glaubt, eine Person namens Lauritz Koch ins Diako-Krankenhaus in Flensburg eingeliefert zu haben.«

»Haben Sie mit Torben Laugesen gesprochen?«

»Nein.«

Ein Moment der Stille erfüllte die Leitung. Im Osten stieg die Sonne über die Hausdächer und warf ihre goldenen Strahlen auf die Felder.

»Sollte ich das tun?« Thomas Beckmanns Stimme holte Mads zurück in die Wirklichkeit.

»Nein, es ist gut, dass Sie mich angerufen haben«, antwortete er und legte die Finger fester um sein Handy. Sein Blick ging zu dem Asphalt mit den kleinen Steinen, die sich in die Sohle seiner Schuhe drückten, als er beschleunigte. »Waren Sie schon da?«

»Das ist leider nicht so einfach«, antwortete Thomas Beckmann. »Wir untersuchen den Fall gerade noch.«

»Inwiefern?« Mads hob den Kopf. Vor ihm war sein Elternhaus aufgetaucht. Das Sonnenlicht wurde von den großen Fenstern des Wintergartens hinter dem knorrigen Apfelbaum reflektiert.

»Ich brauche noch die Bestätigung, dass es sich wirklich um Lauritz Koch handelt«, antwortete Thomas Beckmann. »Ich habe gleich noch einen Termin im Kühlraum des Krankenhauses.«

»Im Kühlraum?«, wiederholte Mads und schloss die Haustür auf.

»Ja«, antwortete Thomas Beckmann. »Der Mann war schon tot, als er ins Krankenhaus gebracht wurde.« Durch das Handy hörte Mads, wie sein Kollege in irgendwelchen Unterlagen blätterte. »Es könnte natürlich auch ein Irrtum sein.«

»Ein Irrtum?« Mads streifte sich die Schuhe ab. »Wie meinen Sie das?«

»Der Sanitäter konnte sich nicht mehr genau erinnern, an welchem Tag er diese Fahrt hatte – nur dass es Anfang des Monats war«, erklärte Thomas Beckmann. »Und auch was den Namen anging, war er sich nicht ganz sicher.«

16. Juli

Toftlund

»Und Sie sind davon überzeugt, dass es sich tatsächlich um Lauritz Koch handelt?«, fragte Mads. Er stand einen Augenblick zögernd da, dann drehte er sich zum Esstisch. Die Nachmittagssonne fiel durch die großen Fenster und ließ die Luft über dem Fußboden flimmern.

»Ja«, antwortete Thomas Beckmann. Im Hintergrund war der Lärm der Autobahn zu hören, dann übertönte das Knistern des Windes im Mikrofon die Stimme des deutschen Kollegen.

»Entschuldigung, was haben Sie gesagt?«

»Er ist von seinem Nachbarn identifiziert worden«, antwortete Thomas Beckmann. »Es gibt keinen Zweifel. Der Tote ist Lauritz Koch.«

»Und das Datum?«

»Auch da sind wir uns jetzt sicher«, antwortete Thomas Beckmann. Mads hörte eine Tür ins Schloss fallen, danach verstummten die Geräusche der Stadt. »Ich kann Ihnen eine Kopie des Totenscheins schicken.«

»Danke, das wäre gut«, sagte Mads und verabschiedete sich. Die Stille des Wohnzimmers erfüllte für eine Weile seinen Kopf, dann griff er wieder nach dem Handy, das er gerade erst auf den Tisch gelegt hatte.

»Dezernatsleitung, Laugesen«, ertönte die wohlbekannte Stimme am anderen Ende.

»Ich bin's, Lindstrøm«, antwortete Mads und schwieg. Thomas Beckmanns Worte gingen ihm nicht aus dem Kopf, als er nach der Mappe mit den alten Ausdrucken der Vernehmungsprotokolle griff. »Wir müssen den Mordfall Truelsen ab sofort aus einem anderen Blickwinkel betrachten.«

»Wir?« Laugesens Stimme troff vor Verachtung.

»Ja, wir! Soweit ich weiß, habe ich noch drei Monate«, konterte Mads und betrachtete die kaum lesbaren Notizen seines Vaters am Rand der Protokolle. »Ich habe neue Informationen, aus denen klar hervorgeht, dass Lauritz Koch Erika Truelsen nicht umgebracht haben kann.«

»Es gibt hier kein Wir«, fauchte Laugesen. »Das Morddezernat kümmert sich um Mordfälle, und du arbeitest im Archiv. Du hast mit diesem Fall nichts mehr zu tun, kapiert?«

»Aber Lauritz Koch kann nicht unser Täter sein«, wandte Mads ein. »Ich habe gerade mit Thomas Beckmann gesprochen. Lauritz Koch ist tot.«

»Tot?« Laugesen lachte höhnisch.

»Ja. Er ist tot.«

»Aber das macht die Sache ja noch einfacher.«

»Nein«, antwortete Mads. »Eben nicht. Lauritz Koch war nämlich schon tot, als Erika Truelsen ermordet wurde.«

»Darf ich dich daran erinnern, dass wir nicht mit Sicherheit sagen können, wann sie ermordet wurde und wie lange sie im Wald gelegen hat?«, fiel Laugesen ihm ins Wort. »Wenn Lauritz Koch tot ist, muss er gestorben sein, nachdem er sie im Waldstück bei Ottersbøl abgelegt hatte.«

»Du machst dir das Leben wirklich leicht«, erwiderte

Mads wütend. »Beckmanns Informationen sind eindeutig. Koch kann nicht unser Täter sein.«

»Und was sind das für Informationen?«

»Das habe ich ja gerade versucht, dir zu erklären. Lauritz Koch wurde am 2. Juli in einer Wohnung außerhalb von Flensburg gefunden«, sagte Mads. »Laut der Leichenschau, die durchgeführt wurde, war er bereits tot, als Erika Truelsen ermordet wurde.« Er schwieg. Sein Körper zitterte vor Wut, und ihn überkam der Drang, sich gleich wieder die Laufschuhe anzuziehen.

»Du hältst dich aus dem Fall raus«, zischte Laugesen und legte auf.

16. Juli

Odense

»Hallo.« Mads ließ die Hand auf der Klinke liegen und betrachtete Per Teglgård, der in seinem Bett lag. Ein Bein ragte unter der Decke hervor, und es entsetzte Mads, wie schlaff die Haut war. »Wie geht es dir?«

Er ging weiter in den Raum hinein, während die Tür hinter ihm langsam ins Schloss fiel und das künstliche Licht der Flurlampen aussperrte, bis der Raum nur vom letzten Rest Abendsonne erhellt wurde.

»Danke, geht schon«, antwortete Per, legte die Hand um den Bettgalgen und wandte Mads langsam den Kopf zu. »Und dir?«

»Könnte besser sein«, sagte Mads und starrte auf den Schlauch, der in Per Teglgårds Nasenloch verschwand.

»Das trifft auf meine Situation wohl auch zu«, sagte Per und hustete angestrengt. »Mit diesem Krebs ist echt nicht zu spaßen.« Er schwieg, während Mads einen Stuhl nahm und sich neben das Bett setzte. »Ich nehme zu stark ab, sagen sie.«

»Schlägt die Behandlung denn nicht an?«

»Kommt ganz drauf an, wie man das sieht«, antwortete Per Teglgård und schob mühsam das Bein unter die Decke. »Die Operation war nicht gerade komplikationsfrei.«

»Aber es wird besser?«

»Das hoffe ich«, antwortete Per. »Kommt Zeit, kommt Rat. Das sagt man doch, oder?« Schweigend änderte er seine Sitzposition ein wenig. »Erzähl mir lieber, wie es dir geht.«

»Das hat Laugesen doch sicher schon erzählt«, sagte Mads. Der gelbe Schimmer der tief stehenden Sonne spiegelte sich in dem großen Fernseher. Wie ein Meteor, der die Atmosphäre durchbrach und als Feuerball auf die Erde zuraste.

»Ja, das hat er«, antwortete Per Teglgård und räusperte sich, als Mads den Blick vom Fernseher losriss. »Du musst dir Hilfe suchen.«

»Ich brauche keine Hilfe«, erwiderte Mads. »Das Einzige, was mich interessiert, ist die Wahrheit. Ich will endlich wissen, was wirklich passiert ist.«

»Die Wahrheit ist, dass dein Vater die Kontrolle über sich und seine Arbeit verloren hat«, sagte Per. »Er war wie besessen von diesem Birkelev-Fall.«

»Nein«, antwortete Mads. »Ich habe Beweise dafür, dass man ihn zu diesem Selbstmord gezwungen hat.«

»Beweise?« Mit einem Mal waren Pers Augen hellwach.

»Ich habe ein Projektil in der Wand unseres Wintergartens gefunden«, antwortete Mads. »Aus einer Waffe, die auch im Birkelev-Fall aufgetaucht ist.«

»In der Wand?«

»Ja.« Mads nickte.

»Ach, dann hatte dein Vater doch recht«, antwortete Per lächelnd. »Er hat immer behauptet, dass es nicht ungewöhnlich sei, in Bauholz Schrot- und Gewehrkugeln zu finden. Die stammen von der Jagd in den Wäldern.«

»Und wie kann es sein, dass Kugeln aus derselben Waffe sowohl am Tatort in Birkelev als auch in meinem Wintergarten auftauchen?«

»Das weiß ich nicht«, antwortete Per und zuckte bedauernd mit den Achseln. »Vielleicht stammt das Holz von beidem aus derselben Partie.«

»Das wäre wirklich ein verdammt großer Zufall«, bemerkte Mads. »Nein, es muss da einen Zusammenhang zwischen den beiden Fällen geben.«

»Ich kann deinen Gedanken nachvollziehen«, sagte Per Teglgård und strich mit der Hand über die Decke. »Und ich verstehe auch deine verzweifelte Hoffnung, dass es diesen Zusammenhang wirklich gibt. Ich halte das aber wirklich für einen Zufall.«

»Einen Zufall?«

»Ja.« Per nickte und ließ den Kopf nach hinten fallen. Das weiße Kissen legte sich um das eingefallene Gesicht, als er mit schmerzverzerrter Miene die Augen schloss. Kalter Schweiß glänzte auf seiner Haut, und er holte tief Luft, während sich die Finger in die Decke krallten. Hinter ihm meldete sich eines der angeschlossenen Geräte, und Mads hob den Blick. »Es tut mir leid, dass ich dir nicht die Antworten geben kann, die du hören willst«, sagte Per Teglgård kurzatmig, als die Tür zum Flur aufging und eine Krankenschwester den Raum betrat. »Ich bin mir aber so sicher, wie man sich nur sein kann. Wäre an dem Morgen, an dem Hans Peter Jessen getötet wurde, ein Schuss gefallen, wäre der von irgendwem gehört worden.«

16. Juli

Vonsbæk

Die alten Bäume reckten sich mit ihren vollen Kronen in den Himmel, während hinter ihm der Haderslev-Fjord lag, in dessen dunklem Wasser sich immer wieder das Rosa des Abendhimmels spiegelte.

Mads legte die Hand um den Schaltknüppel und wechselte den Gang. Vor sich sah er Sarah Jonsens Bauernhaus. Zarte Stockrosen lehnten sich an die weiß gekalkte Außenwand. Kleine Steinchen knirschten unter den Rädern, als er in die von großen Kastanien beschattete Einfahrt fuhr.

»Mads?« Sarah Jonsen strich sich die roten Locken aus dem Gesicht und zog die Stirn in Falten, als sie sich aus der geöffneten Halbtür lehnte. »Was machst du hier?«

»Störe ich?« Er warf die Autotür zu. Der Duft des Sommertages mischte sich mit dem Geruch des Waldes und den salzigen Noten des Fjords.

»Na ja«, murmelte Sarah und warf einen Blick auf ihre Uhr. »Eigentlich wollte ich heute früh ins Bett, aber das kann warten. Komm rein!« Sie öffnete die Tür und trat einen Schritt zur Seite, wobei sie der Katze zusah, die sich auf den schwarzen Bodenfliesen rekelte. »Kann ich dir was anbieten?«

»Nur ein Glas Wasser«, sagte Mads und beobachtete, wie die Katze sich streckte, mit einem Gähnen aufstand und sich dann verspielt an Sarahs Bein rieb, bevor sie durch die Tür nach draußen schlüpfte.

»Ich habe auch Sprudel«, sagte Sarah und verschwand in der Küche.

»Leitungswasser ist gut.« Er legte die Hand an den Türrahmen und sah in die kleine Küche. Die alten Dielen rochen frisch gewachst.

»Sicher?« Sie sah ihn fragend an.

»Ganz sicher.«

Sarah öffnete den Schrank über der Anrichte und nahm eine Kanne und zwei Gläser heraus. »Alles gut bei dir?«

»Ich glaube schon«, antwortete Mads und sah aus dem Fenster. Die Katze war auf die Fensterbank gesprungen und rieb sich an der Scheibe. »Im Moment ist nur alles ein ziemliches Chaos.«

»Wie meinst du das?«, fragte Sarah und ging vor in Richtung Wohnzimmer.

»Lauritz Koch ist gefunden worden.«

»Ja, habe ich gehört.« Sie stellte eine Wasserkaraffe und Gläser auf den Couchtisch. »Laugesen hat für morgen um zehn eine Pressekonferenz einberufen.«

»Das ist zu früh«, sagte Mads und setzte sich.

»Wie meinst du das?«

»Lauritz Koch ist tot.«

»Ja, das weiß ich«, wiederholte Sarah und schenkte die beiden Gläser voll. »Laugesen hat uns informiert.« Sie zögerte kurz und musterte ihn unsicher. »Es tut mir leid, Mads, aber ich weiß nicht, ob ich den Fall mit dir diskutieren darf.«

»Das sollten wir aber tun«, antwortete Mads. »Lauritz Koch war nämlich schon tot, als Erika Truelsen ermordet wurde.«

»Was sagst du da?«

»Lauritz Koch ist am 2. Juli tot aufgefunden worden«, antwortete Mads und beugte sich vor. Sein Blick ruhte auf Sarah, die wie versteinert dasaß, bis sie zu ihrem Glas griff und einen Schluck trank. »Thomas Beckmann meint, Koch sei zum Zeitpunkt seines Auffindens bereits eine halbe Woche tot gewesen.«

»Ein natürlicher Tod?«

»Laut Leichenschau gab es keine Hinweise auf ein Verbrechen«, antwortete Mads.

»Ist er obduziert worden?«

»Nein.«

»Weiß Laugesen schon davon?«

»Ja.« Mads drehte das Glas zwischen seinen Fingern. »Er ist davon überzeugt, dass die Deutschen einen Fehler gemacht haben, was die Bestimmung des Todeszeitpunkts angeht.«

»Das könnte natürlich sein«, meinte Sarah. »Aber das müsste doch untersucht werden, bevor er zu dieser Pressekonferenz geht. Was sagt Berit Langer dazu?«

»Das weiß ich nicht«, sagte Mads und atmete aus. »Ich habe versucht, sie anzurufen, sie ist aber nicht ans Telefon gegangen.« Er sah schweigend in den Garten. Das Rosa auf dem Wasser war verblasst, jetzt erschien der Fjord silbergrau. »Na ja, es ist ja zum Glück nicht mehr meine Sache, wenn Laugesen sich lächerlich macht.« Er stand auf. Für einen Moment ruhte sein Blick auf dem halb leeren Wasserglas, dann sah er zu Sarah. »Ich sollte zusehen, dass ich nach Hause komme.«

»Ja.« Sie stand auf und begleitete ihn zur Tür. »Danke für die Information.«

Die kühle Abendluft strömte ins Haus, als er die Tür öffnete. Für einen Moment genoss er die Frische. Dann ging er nach draußen. »Da ist noch etwas anderes«, sagte er und drehte sich um.

»Ja?«

»Ich wollte dich fragen, ob du mir bei den Zeichnungen vom Birkelev-Fall helfen könntest.«

Für einen Moment stand sie ganz still da. Die nackten, fast weißen Füße mit dem roten Nagellack bildeten einen leuchtenden Kontrast zu den schwarzen Fliesen. Ihr Blick flackerte, dann atmete sie seufzend aus. »Tut mir leid, Mads, aber Laugesen hat mich explizit aufgefordert, keine Zeit auf diesen alten Fall zu verwenden.« Das Bedauern war ihr anzusehen, als sie die Arme um sich schlang und die Schultern etwas hochzog.

»Es würde auch nicht lange dauern«, fuhr Mads fort. Über ihm flogen zwei Tauben aus der Kastanie auf, und er hob kurz den Blick, ehe er das Handy aus der Tasche zog.

»Es geht nicht«, antwortete Sarah und trat einen Schritt zurück. »Wenn Laugesen das rausfindet, ist er stinksauer.«

»Ich brauche deine Hilfe«, beharrte er. Doch Sarah schüttelte den Kopf. Kurz starrte er auf das Foto der Zeichnung in seinem Handy, dann hob er wieder den Blick.

»Tut mir leid.« Sie drehte den Kopf und sah zum Waldrand, wo die Katze zum Vorschein kam.

Mads drehte sich abrupt um und ging zu seinem Wagen. Der Kies knirschte erneut unter den Rädern, als er Gas gab. Im Rückspiegel sah er, wie Sarah die Katze zu sich rief und dann die Tür schloss. Er fuhr an den Straßenrand und griff nach dem Handy. Wenige Sekunden später hatte er ihr die Bilddatei geschickt.

17. Juli

Flensburg

»Eine Pressekonferenz?« Thomas Beckmann knallte seinen Kaffeebecher auf den Tisch. »Sagen Sie mal, hat der nicht kapiert, dass Lauritz Koch schon tot war, als Erika Truelsen ermordet wurde?« Er drehte sich um und starrte durch die Sprossenfenster auf die Flensburger Förde. Sein kompakter Körper wirkte unnahbar, wie eine grob zugehauene Mauer aus Wut. Dann richtete er seinen Blick wieder auf den Bildschirm, griff nach der Maus und umklammerte sie so fest, dass das Plastik knackte, während er die dänischen Fernsehnachrichten anklickte.

»Wir haben einen Durchbruch im Ottersbøl-Fall«, erklang Torben Laugesens Stimme.

Mads richtete sich auf und betrachtete den Bildschirm von Thomas Beckmanns PC. Torben Laugesen stand vor dem Polizeirevier in Haderslev. Die rote Narbe glänzte in der Sonne, und auf seinen Lippen lag ein selbstzufriedenes Lächeln.

»Vor dreizehn Tagen wurde der Leichnam von Erika Truelsen gefunden, und heute können wir mitteilen, dass der Mordfall aufgeklärt ist«, fuhr Laugesen fort und sah in die Kamera. *»Nur dank der effektiven Teamarbeit von Ermittlern und Kriminaltechnikern des Dezernats für Gewalt-*

verbrechen konnte der komplizierte Fall so schnell aufgeklärt werden.«

»*Wie lief die Zusammenarbeit mit der deutschen Polizei?*«, fragte einer der Journalisten.

»*Die grenzüberschreitende Zusammenarbeit war in diesem Fall gar nicht nötig*«, antwortete Laugesen. »*Erika Truelsen war zwar deutsche Staatsbürgerin, der Mord wurde aber auf dänischem Boden begangen. Die deutschen Behörden haben uns lediglich bei der Ermittlung der Identität der Toten unterstützt.*«

»*Dann ist der Täter also Däne?*«

»*Ja*«, antwortete Laugesen und faltete die Hände vor dem Bauch. »*Die Ermittlungen haben uns recht schnell auf die Spur des wegen Mordes vorbestraften Lauritz Koch gebracht.*«

»Was sagt er?« Thomas Beckmann sah Mads fragend an. Seine dunklen Brauen waren zusammengezogen, als hätte er zwar einen Teil des Gesagten verstanden, aber nicht die Gesamtaussage.

»Dass die grenzüberschreitende Zusammenarbeit gar nicht nötig gewesen sei«, erklärte Mads und schüttelte resigniert den Kopf.

»Nicht nötig?« Thomas Beckmanns Stimme bebte vor Wut. »Ist ihm gar nicht klar, dass das ein deutscher Fall ist?«

»Er sieht das ganz offensichtlich anders«, antwortete Mads und stand auf. Die Hitze war unerträglich, und er sah fragend zu Thomas Beckmann, der ihm zunickte. Dann öffnete er das Fenster zur Straße.

»*Aber war Lauritz Koch nicht eigentlich Deutscher?*«, fragte der Reporter und hielt Laugesen das Mikro dichter vors Gesicht.

»*Das schon*«, antwortete Laugesen mit ernster Miene. »*Wir dachten eigentlich, dass Lauritz Koch sich noch in Dänemark aufhalten würde, doch dann hat sich herausgestellt, dass er sich in Deutschland befand.*«

»*Dann hat es also doch eine Zusammenarbeit mit Deutschland gegeben?*«, beharrte der Reporter.

»*In sehr begrenztem Umfang, ja*«, antwortete Laugesen. »*Lauritz Koch wurde am 2. Juli tot aufgefunden. Auch hier haben uns die deutschen Behörden bei der Identifikation geholfen.*«

»*Dann gab es also gar keine Festnahme?*«, hakte der Reporter nach.

»Ich verstehe nicht, wie er der Öffentlichkeit vermitteln kann, dass der Mörder gefasst ist«, sagte Mads und starrte entgeistert auf Laugesen, der die weiteren Fragen der Journalisten mit einer Handbewegung wegwischte und sich dann zurückzog. Mads drehte sich zu Thomas Beckmann um. »Wie sicher seid ihr euch beim Todeszeitpunkt?«

»Vollkommen sicher. Maximal ein Tag Abweichung«, antwortete Thomas Beckmann und setzte sich zu Mads. »Laut dem Totenschein, der nach seiner Einlieferung ausgestellt wurde, gab es sichere Todeszeichen.«

»Totenstarre?«

»Nein«, antwortete Thomas Beckmann und nahm ein Dokument aus einer Mappe. »Die hatte sich schon gelöst, aber die Totenflecken stimmen mit der Platzierung des Körpers überein, außerdem gab es eine gewisse Verfärbung der Haut, die auf die beginnende Verwesung hindeutete.« Er machte eine Pause und sah auf das Dokument, bevor er es vor Mads auf den Tisch legte.

»Wenn der Leichnam von Erika Truelsen also nicht früher als von uns angenommen im Wäldchen bei Ottersbøl abgelegt worden ist, kann Lauritz Koch nicht der Täter sein«, folgerte Mads.

Thomas Beckmann nickte. »Andernfalls müsste Lauritz Koch später als von uns angenommen zu Tode gekommen sein. Aber das ist sehr unwahrscheinlich.«

»Wissen wir, wann er zuletzt gesehen wurde?«

»Nein«, antwortete Thomas Beckmann. Nach einem kurzen Zögern tippte er mit dem Finger auf die Stelle in den Unterlagen, wo der Name des Mannes stand, der den Todesfall gemeldet hatte. »Dann wollen wir doch mal sehen, ob wir das nicht rausfinden können.«

17. Juli

Niehuus

»Es ist da drüben«, sagte Thomas Beckmann und nickte in Richtung einer kleinen Stichstraße. Der Motor des weißen Passats wurde leiser, als er auskuppelte und den Blinker einschaltete. Hohe Bäume und dichte Büsche flankierten die schmale Straße und gaben dann und wann den Blick auf den Niehuuser See frei.

»Glauben Sie, dass jemand zu Hause ist?«, fragte Mads, während Thomas Beckmann in die schmale Einfahrt abbog.

»Das Auto steht zumindest da.« Als Beckmann einem Schlagloch auswich, kratzten ein paar Zweige über den Lack des Passats, und er warf einen ärgerlichen Blick in den Seitenspiegel.

Mads sah hinüber zu dem Doppelhaus. An einigen Stellen blätterte die helle Farbe des Gebäudes bereits ab. Zaunwinden rankten an rostigen Autowracks empor, die irgendwie zu dem Haus passten. Mads löste den Sicherheitsgurt und stieg aus.

»Hallo!« Thomas Beckmann sah sich wachsam um. Für einen Moment starrte er ans Ende des Gartens, als wäre ihm dort eine Bewegung aufgefallen, dann wandte er sich an Mads. »Sollen wir?« Er nickte in Richtung des Doppelhauses. Zwei Türen führten in die jeweiligen Hälften.

»Ja«, sagte Mads und kniff die Augen im hellen Sonnenlicht zusammen, während er Thomas Beckmann folgte. Staub und Dreck klebten wie eine matte Schicht auf den dunklen Fenstern der einen Doppelhaushälfte, wodurch man nicht erkennen konnte, ob dahinter jemand war. Mads trat unter das Vordach an der Haustür, als Thomas Beckmann die Klingel drückte und der schrille Ton die Stille zerriss.

Mads drehte sich noch einmal um und sah hinüber zu den verrosteten Autos, deren Räder abmontiert waren. Bei einem Wagen fehlten die Seitenscheiben.

»Einen Versuch war es wert«, sagte Thomas Beckmann, nachdem auch auf das zweite Klingeln niemand reagiert hatte. Er trat von der Tür weg und betrachtete das vergilbte Namensschild. »Torsten Schäfer«, sagte er. »Der Name stimmt zumindest.« Nach einem letzten Blick zur Tür drehte er sich um und ging zurück zum Wagen. »Ich kann es morgen noch einmal versuchen.«

»Das wäre schön«, antwortete Mads und öffnete die Autotür. Hitze schlug ihm entgegen, und er füllte die Lungen mit einem letzten Atemzug frischer Luft, bevor er auf dem Beifahrersitz Platz nahm und sich anschnallte, während Thomas Beckmann den Rückwärtsgang einlegte und wendete.

Mads hob den Blick, als Thomas Beckmann auf einen Mann deutete, der in der Einfahrt stand.

»Wollen wir wetten, dass er das ist?« Thomas Beckmann ließ die Scheibe herunter. »Torsten Schäfer?«

»Ja?«, antwortete der Mann und blieb vor dem Wagen stehen. Sein Blick war wachsam, und seine Stirn zog sich in Falten, als er dem Hund an seiner Seite beruhigend zuredete. »Wer will das wissen?«

»Thomas Beckmann von der Kriminalpolizei.« Er hielt

dem Mann seinen Ausweis hin. »Wenn ich richtig informiert bin, haben Sie wegen Lauritz Koch den Notruf gewählt?«

»Ja, das stimmt.« Torsten Schäfer griff nach dem Halsband des Hundes, ohne den Blick von Thomas Beckmann zu nehmen. Dann zog er das Tier mit festem Griff zurück. »Und wer ist das?«, fragte er mit einem Blick auf Mads.

»Ein dänischer Kollege«, antwortete Thomas Beckmann. Er schnallte sich ab und warf einen Blick auf den Hund. Sabber hing dem Tier aus dem Maul, und es fixierte ihn mit einem angriffslustigen Blick. Eine Sekunde zögerte Beckmann, dann öffnete er die Tür. »Können wir kurz miteinander reden?«

»Ja, natürlich«, antwortete Torsten Schäfer. Er öffnete die Haustür und ließ den Hund in den Flur laufen, bevor er die Tür wieder schloss. »Wie kann ich Ihnen helfen?«

»Wann haben Sie Lauritz Koch zuletzt gesehen?«, fragte Thomas Beckmann. Der Mann beobachtete den Hund durch die Glasscheibe in der Tür. Das Bellen klang so hohl, als wäre das Haus leer, dann war ein Kratzen an der Tür zu hören.

»Lebendig?«, fragte Schäfer.

»Ja, natürlich.«

»Keine Ahnung.« Schäfer zuckte mit den Schultern. »Eigentlich haben wir uns ziemlich selten gesehen.«

»Aber Sie haben ihn gefunden, oder?«, fuhr Thomas Beckmann fort und warf Mads einen raschen Blick zu.

»Ja«, antwortete Schäfer, als der Hund wieder zu bellen begann. »Halt dein Maul, Hasso!«, brüllte er. Dann steckte er die Hände in die Taschen und drehte sich wieder zu Thomas Beckmann um. »Unser Vermieter hat angerufen und gefragt, ob ich nicht kurz bei ihm reinschauen und ihn daran erinnern kann, dass er die Miete noch nicht bezahlt hat. Kam öfter vor, dass Lauritz sein Geld versoffen hat.«

»Dann war es nicht das erste Mal, dass er mit den Zahlungen in Verzug war?«, fragte Thomas Beckmann.

»Nein«, antwortete Schäfer und nickte in Richtung der Straße. »Die meiste Zeit war er drüben bei Ernst Brodersen in der Kneipe.«

»Aha«, sagte Thomas Beckmann. »Wie lange hat Lauritz Koch hier gewohnt?«

»Keine Ahnung«, antwortete Schäfer. Er sah zu Thomas Beckmann und vergrub die Hände noch tiefer in den Taschen. »Ein Jahr oder so, warum?«

»Okay, Sie wissen also nicht, wann er zuletzt gesehen wurde«, rundete Thomas Beckmann das Gespräch ab.

»Nein, habe ich ja gesagt«, antwortete Schäfer. »Wenn Sie was über ihn wissen wollen, fragen Sie in Niehuus.«

17. Juli

Niehuus

»Das muss da drüben sein«, sagte Mads und betrachtete das gelbe Ziegelhaus, zu dem das Navi sie geführt hatte. Es lag etwas abseits der Straße, gesäumt von einer niedrigen Hecke.

Thomas Beckmann löste den Gurt und suchte die Gegend mit den Augen ab, als prägte er sich jedes Detail ein. »Sollen wir?«

»Ja«, sagte Mads und öffnete die Tür. Der warme Sommerwind trug den Gestank von Gülle heran, und er rieb sich mit dem Handrücken unter der Nase entlang, während er Thomas Beckmann über den Hofplatz folgte.

»Ernst Brodersen?«, fragte Beckmann, als ein Mann in der Türöffnung zum Vorschein kam.

»Ja?«, fragte der Mann, der zwei Bierdosen in den Händen hielt. Er hob den Kopf, wodurch die grauen Bartstoppeln an seinem Kinn zum Vorschein kamen.

»Kriminalpolizei, Thomas Beckmann«, stellte Beckmann sich vor und hielt ihm den Dienstausweis hin.

»Ja?«, wiederholte Brodersen und sah misstrauisch von Thomas Beckmann zu Mads, bevor er zu einem der Tische im Garten ging und die Dosen abstellte.

»Ich habe gehört, dass Sie Lauritz Koch kannten?«, fuhr

Thomas Beckmann fort und musterte Brodersen, der sich eine Dose öffnete.

»Ach ja?«

»Wann haben Sie ihn zuletzt gesehen?«, fragte Thomas Beckmann, ohne sich von der Unfreundlichkeit des Mannes beeindrucken zu lassen.

»Das ist lange her, und wenn Sie mit ihm reden wollen, kommen Sie zu spät«, antwortete Brodersen. Er setzte die Dose an die Lippen und trank einen Schluck. Anschließend wischte er sich mit der Hand den Schaum vom Mund und trocknete sie dann an seiner Hose ab. »Wenn die Gerüchte stimmen, ist er tot.«

»Ja, das weiß ich«, sagte Thomas Beckmann. »Deshalb würde ich ja gerne wissen, wann er zuletzt lebendig gesehen wurde.«

»Kriminalpolizei, haben Sie gesagt?« Ernst Brodersen umklammerte die Dose etwas fester und blieb einen Moment still stehen. Er durchbohrte Thomas Beckmann mit dem Blick, ehe er die Dose abstellte und eine Zigarette aus der Tasche fischte. »Und der da?« Er nickte in Mads' Richtung.

»Ein dänischer Kollege«, antwortete Thomas Beckmann und beobachtete Brodersen, der den Kopf etwas zur Seite legte und das Feuerzeug anmachte. »Wann haben Sie Lauritz Koch denn das letzte Mal gesehen?«

»Muss ein paar Tage vor Monatsanfang gewesen sein«, antwortete Brodersen und atmete den Rauch aus. »Er war pleite und hat wieder einmal anschreiben lassen.« Er trat einen Schritt zur Seite und nickte in Richtung einer Tafel auf der anderen Seite der Tür. »Die einzige Genugtuung, die mir jetzt noch bleibt, ist, seine dumme Visage als Zielscheibe zu nutzen.« Er griff nach der Bierdose und trank einen weiteren Schluck.

»Ist das Lauritz Koch?«, fragte Mads und folgte Brodersens Blick, der mit deutlichem Missfallen auf das verpixelte Foto eines Mannes schaute, das von Luftgewehrkugeln durchlöchert war.

»Ja«, sagte Brodersen mit einem Nicken und legte die Zigarette an den Rand des Gartentisches. »Der Arsch schuldet mir mehr als vier Kästen Bier.«

17. Juli

Flensburg

Mads setzte sich in den Wagen und richtete die Lüftung direkt auf sich, als Thomas Beckmann den Motor anließ.

»Und Sie sind sich sicher, dass das auf dem Foto nicht Lauritz Koch war?«, fragte Thomas Beckmann.

»Ziemlich sicher«, antwortete Mads und lehnte sich zurück. Die Luft aus der Lüftung reichte irgendwie nicht, und er erwog für einen Moment, das Fenster zu öffnen, tat es dann aber doch nicht. Stattdessen nahm er das Handy aus der Tasche. Mit wenigen Klicks hatte er das Foto aufgerufen, das sie für den Fahndungsaufruf verwendet hatten, und hielt dem Kollegen das Display mit dem runden Gesicht von Koch hin.

»Wie alt ist das Foto?«, fragte Thomas Beckmann und beschleunigte, als sie das Ortsschild passiert hatten. Bäume und Büsche bildeten vor ihnen einen schattigen grünen Tunnel.

»Das weiß ich nicht«, antwortete Mads. »Vier, vielleicht fünf Jahre.«

Thomas Beckmann nickte. »Das Alter passt, und so ein hartes Leben kann das Äußere eines Menschen ziemlich schnell verändern.«

»Das weiß ich«, antwortete Mads und sah noch einmal auf das Foto, das während Kochs Haftzeit aufgenommen worden sein musste. Das blasse Gesicht wirkte leblos, und der triste Hintergrund verstärkte diesen Eindruck noch. Mads ließ das Handy sinken und sah aus dem Fenster. Das hohe Gras des Straßengrabens flimmerte vorbei, immer wieder unterbrochen von den Farbtupfern einiger Blumen.

»Was denken Sie?«, fragte Thomas Beckmann und bog in Richtung Flensburg ab.

»Alles und nichts«, sagte Mads. »Wir müssen das Foto mit dem Leichnam abgleichen.«

»Das können wir nicht«, meinte Thomas Beckmann und warf einen Blick in den Rückspiegel. »Der ist längst eingeäschert worden.«

»Was?«

»Ja, das haben sie mir im Krankenhaus erzählt bei dem Termin gestern.« Thomas Beckmann richtete seine Aufmerksamkeit wieder auf die Straße. »Ausgehend von den Papieren, die an der Adresse des Toten gefunden worden sind, gab es keinen Zweifel daran, dass der Tote Lauritz Koch ist. Außerdem hatte dieser Torsten Schäfer ihn ja identifiziert. Aus dem Einwohnermeldeamt kamen keine Hinweise auf etwaige Verwandte, weshalb die Gemeinde Flensburg die Kosten für die Einäscherung und die Urnenbeisetzung übernommen hat. Er liegt auf dem Friedhof Friedenshügel.«

»Sie sind sich also sicher, dass er das ist?«

»Ja, außer wir haben es hier mit Identitätsdiebstahl zu tun«, antwortete Thomas Beckmann.

17. Juli

Flensburg

»Du musst den Fall wieder aufrollen«, sagte Mads mit Nachdruck und trommelte mit dem Kugelschreiber auf die Dokumente, die vor ihm lagen. Durch den Handylautsprecher drang Laugesens nerviger Redestrom. »Hör zu, Torben, es ist mir vollkommen egal, was du meinst, es gibt aber die konkrete Möglichkeit, dass Lauritz Koch doch noch am Leben ist.« Er warf den Kugelschreiber auf den Tisch und stand auf. »Ja, ich weiß, dass du das vor der versammelten Presse gesagt hast, aber du musst mir zuhören. Es gibt neue Ermittlungsergebnisse.«

»Du hast dich da, verdammt noch mal, nicht einzumischen«, fauchte Laugesen. »Du bist kein Teil des Ermittlungsteams mehr. Was du denkst und glaubst, ist völlig egal. Hast du das verstanden?«

»Aber …«

»Da gibt es kein Aber«, fiel Laugesen ihm ins Wort. »Wenn du keine konkreten Beweise vorlegen kannst, dass das nicht Lauritz Koch war, der da eingeäschert wurde, halte ich mich an die Informationen, die mir die deutsche Polizei übermittelt hat.«

»Du machst einen Fehler.«

»Ja, das ist nicht auszuschließen«, antwortete Laugesen verbissen. »Aber mein größter Fehler war wohl, dass ich dich nicht viel früher wegen deiner ständigen Behinderung unserer Ermittlungen gemeldet habe.«

Wütend schmiss Mads das Telefon auf den Tisch, nachdem Laugesen aufgelegt hatte. Die Kiefermuskeln zitterten, und er schlug die geballte Faust an die Wand.

»Worum ging es?«, fragte Thomas Beckmann und musterte Mads, der mit verbissener Miene ans Fenster getreten war.

»Das war Torben Laugesen«, antwortete Mads und starrte nach draußen auf den Verkehr, der sich langsam in Richtung Hafen schob. Die Wut brodelte in ihm, und er konnte kaum einen klaren Gedanken fassen. »Ich bin aus dem Ermittlungsteam ausgeschlossen worden«, fuhr er schließlich fort und warf Thomas Beckmann einen kurzen Blick zu, ehe er sich wieder auf den Verkehr vor dem Polizeigebäude konzentrierte.

»Ausgeschlossen worden?«, wiederholte Beckmann und zog die Augenbrauen hoch. »Wie meinen Sie das?«

»Laugesen hat mir den Fall entzogen.« Müde legte Mads den Kopf in den Nacken und atmete langsam aus, bevor er sich zu Thomas Beckmann umdrehte. Er stützte sich am Fensterrahmen hinter sich ab und spürte die Sonne auf den Fingern brennen, während die weißen Platten an der Zimmerdecke vor seinen Augen verschwammen und ihn mit ihrer allumfassenden Leere aufzusaugen drohten.

»Was soll das heißen?«

Ein entmutigtes Seufzen kam über Mads' Lippen. Er ließ den Kopf sinken, ging zum Schreibtisch und setzte sich. »Ich gehöre nicht mehr dem Dezernat für Gewaltverbrechen an«, sagte er und sah an Thomas Beckmann vorbei. Durch das offene Fenster drang das Kreischen der Möwen. »Ich bin gefeuert worden.«

»Jetzt? Mitten in der Ermittlung?« Thomas Beckmann

schob seinen Stuhl näher zu Mads. Ein besorgter Ausdruck glitt über sein sonst so starres Gesicht, als er nach der Thermoskanne griff und sie Mads hinhielt.

»Nein danke«, antwortete Mads. »Schon vor ein paar Tagen.«

»Und wann hattest du vor, mir das zu sagen?«, fragte Thomas Beckmann, drehte den Deckel von der Kanne und goss sich selbst Kaffee ein.

»Keine Ahnung«, antwortete Mads. Der plötzliche Wechsel zum Du war ihm nicht entgangen. Thomas' dunkle Augen studierten ihn mit einer Tiefe, die er zuvor nicht bemerkt hatte, und das schlechte Gewissen nagte an ihm. »Ich weiß, dass ich dir das viel früher hätte sagen müssen. Und dass du dich an Laugesen hättest wenden müssen, aber ich konnte einfach nicht loslassen.«

»Dann hast du mich deshalb nicht über die Entwicklung des Falls informiert?«

Mads nickte. »Ich weiß, dass ich dich damit in eine beschissene Situation gebracht habe, aber ich weiß auch, dass Torben Laugesen wirklich nicht allen Möglichkeiten nachgegangen ist.«

»Und was jetzt?«

Mit einem resignierten Achselzucken senkte Mads den Blick. »Ich habe noch drei Monate, darf allerdings nicht an den Ermittlungen teilnehmen.«

»Aber es ist doch Schwachsinn, nicht die Ressourcen zu nutzen, die man als Dezernat hat«, wandte Thomas ein.

»Schon, aber Torben Laugesen sieht das anders«, antwortete Mads.

Thomas nickte stumm. »Dann bist du freigestellt?«, fragte er schließlich und griff nach seinem Kaffeebecher.

»So ungefähr«, antwortete Mads und verzog ärgerlich den Mund. »Ich soll das Archiv digitalisieren, aber im Grunde glaube ich, dass es Laugesen vollkommen egal ist, ob ich da bin oder nicht.«

»Aha«, brummte Thomas und trank einen Schluck. »Heißt das, du könntest deine Kompetenzen der deutschen Polizei zur Verfügung stellen?«

»An was denkst du?«

»Ich denke, dass wir herausfinden müssen, ob der Tote wirklich Lauritz Koch ist«, antwortete Thomas. Er stand auf und ging um den Schreibtisch herum. Einen Moment lang sah er aus dem Fenster auf den klaren Himmel über der Förde, dann wandte er sich wieder an Mads. »Lass uns zum Krematorium fahren. Vielleicht erkennen sie Lauritz Koch anhand des Fotos. Ich rufe gleich mal dort an.«

17. Juli

Flensburg

Die späte Nachmittagssonne flimmerte durch das dünne Laub der Birken, während Mads den Blick über die sorgsam geschnittenen Rasenflächen des Friedhofs schweifen ließ. Dann drehte er sich zum Krematorium um, schirmte die Sonne mit der Hand ab und sah einen Mann, der sich auf einem Fahrrad näherte.

Mit einem kurzen Blick gab Thomas ihm zu verstehen, dass dies der Mitarbeiter des Krematoriums sein musste, mit dem er telefoniert hatte, bevor sie das Polizeirevier verlassen hatten.

»Danke, dass Sie sich die Zeit nehmen«, sagte Thomas, während der Mann sein Fahrrad an den roten Ziegelbau lehnte. »Mir ist bewusst, dass Sie heute eigentlich geschlossen haben, aber wie ich Ihnen schon am Telefon gesagt habe, eilt die Sache leider sehr.«

»Ja, das sagten Sie«, erwiderte der Mann und nahm den Fahrradhelm ab. Er hielt ihn einen Augenblick in der Hand, bevor er ihn an den Lenker hängte und zur Tür ging. Nachdem er den Code eingetippt hatte, gab das Schloss ein Klicken von sich.

*

»Lauritz Koch, sagen Sie?«, fragte der Mitarbeiter des Krematoriums und öffnete die Tür seines Büros. Er griff nach einer Mappe, während er mit der Hand auf die Besucherstühle vor dem Schreibtisch deutete. »Und der soll vor etwa einer Woche eingeliefert worden sein?«

»Ja.« Thomas Beckmann nickte und legte einen körnigen Ausdruck des Bildes von Lauritz Koch auf den Tisch zwischen ihnen. »Wir müssen wissen, ob das hier der Verstorbene war.«

»Ich kann mich nicht daran erinnern, in den letzten Wochen einen Toten in dieser Altersgruppe gehabt zu haben«, sagte der Mann und betrachtete das Foto, ehe er weiter durch die Mappe blätterte. »Das sind dann ja meistens Opfer von Verkehrsunfällen.«

»Das Foto ist nicht ganz aktuell«, meinte Mads und rutschte auf dem Stuhl etwas nach vorn. »Aber es ist das neueste, das wir von Lauritz Koch haben. Heute wäre er zweiundvierzig Jahre alt.«

»Aha. Das erklärt einiges, aber nein, spontan erkenne ich den nicht wieder.« Der Mann nahm ein Dokument aus dem Ordner, betrachtete es eine Weile und reichte es dann an Thomas Beckmann weiter, wobei er mit dem Finger auf den Namen Lauritz Koch tippte. »Aber Sie können sich gerne selbst ein Bild verschaffen.«

»Dann ist er noch gar nicht eingeäschert worden?«, fragte Thomas Beckmann erstaunt.

»Nein, es sieht so aus, als würde er noch im Kühlraum liegen. Einer unserer Öfen war außer Betrieb, sodass wir etwas hinterherhinken«, sagte der Mitarbeiter des Krematoriums und stand auf.

»Das heißt, wir können ihn uns ansehen?«, fragte Mads,

während er und Thomas dem Mann durch einen Flur folgten.

»Ja, das können Sie«, antwortete der und warf lächelnd einen Blick über die Schulter, ehe er seine Schlüsselkarte an den Scanner hielt und die Tür zum Kühlraum öffnete. »Dieser Ofenausfall ist dann wohl Glück im Unglück.«

Das leise Säuseln der Kühlanlage jagte Mads einen Schauer über den Rücken, als er den gefliesten Raum betrat, in dem es schwach nach Verwesung und welken Blumen roch. Er blieb einen Moment stehen und sah zu, wie der Mann mit ruhigen Schritten an der Reihe der Särge entlangging, die auf ihre letzte Reise warteten.

»War es die Nummer 1186?«

»Ja«, antwortete Thomas nach einem kurzen Blick auf das Dokument.

»Hier haben wir ihn«, sagte der Mann und legte seine Hand auf einen der Särge. »Sollen wir?« Er öffnete die Verschlüsse des Sargdeckels, während er mit einem fragenden Blick zu den beiden Besuchern sah.

»Ja.« Thomas nickte. »Sehen wir ihn uns an.«

Mads hielt sich die Finger vor die Nase, als der Mann den Sargdeckel zur Seite schob. Der Verwesungsgestank stach in der Nase, und er musste schlucken, um die Übelkeit im Zaum zu halten.

»Ja, kein Zweifel«, sagte Thomas. »Das ist der Mann von dem Foto, das wir bei Brodersen gesehen haben.« Sein Blick glitt über den Leichnam. Der Bauch war aufgedunsen und die Haut grünlich verfärbt, was selbst durch das dünne Papier, in das er gehüllt war, zu erkennen war. »Was denkst du?«, wandte Thomas sich an Mads, während er das Fahndungsfoto hervornahm und neben das weiße Gesicht des Toten hielt. Die Augen waren eingefallen, und die Zähne wirkten zwischen den eingetrockneten Lippen viel zu groß.

»Nein«, antwortete Mads und schüttelte den Kopf. »Das da war nie im Leben Lauritz Koch.«

17. Juli

Flensburg

»Wir müssen ihn obduzieren lassen«, sagte Thomas und legte den Arm auf das Dach des weißen Passats. Die Schatten der Birken waren länger geworden, und der Wind hatte aufgefrischt. Thomas drehte sich um und ließ den Blick über die grüne Oase der Ruhe mitten in der Stadt schweifen.

»Aber die Papiere, die an der Adresse gefunden wurden, sprachen doch eindeutig dafür, dass es sich bei dem Toten um den gesuchten Lauritz Koch handelt?«, drang Werner Stills Stimme durch den Handylautsprecher.

»Ja, das stimmt«, antwortete Thomas und strich über das sonnenwarme Autodach, bevor er die Hand an seiner Hose abwischte. »Wir haben den Toten mit dem letzten Foto verglichen, das wir von Lauritz Koch haben, und die Abweichungen sind enorm.«

»Plastische Chirurgie?«

»Genau das sollst du dir ja anschauen«, antwortete Thomas und öffnete die Autotür. Hinter ihm schloss der Mitarbeiter die Tür des Krematoriums ab und nickte ihnen zu, bevor er auf dem Fahrrad davonfuhr. »Der Leichnam ist unterwegs zu dir«, fuhr Thomas fort und gab Mads ein Zeichen einzusteigen. »Wenn du gerade Zeit hast, kommen Mads und ich vorbei, nachdem wir auf dem Revier waren.«

*

Mads zog die Handbremse an und sah zum Institut für Rechtsmedizin in Kiel hinüber. Die großen Bäume vor dem Eingang breiteten ihre gewaltigen Kronen aus und spendeten den roten Mauern und der Bronzeskulptur vor dem Gebäude Schatten. Er drehte den Kopf und sah zu Thomas, der wenige Parklücken entfernt gehalten hatte und gerade ausgestiegen war. Der Sommerabend roch schwach nach Abgasen.

»Ist der Leichnam schon da?«, fragte Mads und betrachtete die leere Einfahrt. Hinter den Milchglasscheiben war kein Leben zu erkennen. Wie leere Augen, die tot in die Welt starrten.

»Der ist vor zwanzig Minuten eingetroffen«, antwortete Thomas, warf die Autotür zu und verriegelte den Wagen mit der Fernbedienung.

17. Juli

Kiel

»Tja, dann schauen wir mal, was er uns alles so verheimlicht«, sagte Werner Still und zog sich die Latexhandschuhe an. Das scharfe Licht der Operationsleuchte hob die grünliche Verfärbung des Leichnams besonders hervor. Die schwarzvioletten Adern waren deutlich zu erkennen, und der aufgedunsene Bauch wirkte für die Person auf dem Stahltisch viel zu groß.

»Obduktion einer männlichen Leiche. Tot aufgefunden am 2. Juli in der eigenen Wohnung«, sagte Still und rückte das an den Kittel geclipte Mikrofon etwas zurecht. »Es ist der Leichnam eines jüngeren Mannes mit etwas verwahrlostem Aussehen. Größe: hundertdreiundsiebzig Zentimeter. Gewicht: zweiundsechzig Kilo. Ernährungszustand: unterdurchschnittlich.« Er zog die Leuchte tiefer über den Leichnam und ließ die Finger über das Gesicht des Toten gleiten, während er aufmerksam jedes Detail betrachtete. »An der rechten Seite des Kopfes ist eine Hautabschürfung zu erkennen, sie misst an der breitesten Stelle vierundfünfzig Millimeter. Keine Unterhautblutung. Keine punktförmigen Einblutungen, weder in den Bindegeweben der Augen noch auf den Schleimhäuten, hinter den Ohren oder sonst irgendwo auf der Haut.«

Er richtete sich auf und nickte Helmut Vogel zu, der sich über den Toten beugte und alles fotografisch dokumentierte.

»Mund mit eigenen Zähnen, obere Atemwege frei«, fuhr Werner Still fort, als Vogel einen Schritt zurückgetreten war. Vorsichtig ließ er den Mund des Toten los und fuhr mit den Fingern über Kiefer und Hals, während sein Blick den restlichen Leichnam genau betrachtete. »Auf der rechten Seite des Gesichts und auf der Vorderseite des Körpers sind Leichenflecken zu erkennen, die mit der Lage des Toten am Fundort übereinzustimmen scheinen.« Er hob den Blick und sah zu Thomas, der mit einem Achselzucken zu erkennen gab, dass er nicht genau wusste, wie der Leichnam beim Auffinden gelegen hatte. »Hals und Nacken ohne Läsionen. Keine Anzeichen scharfer oder stumpfer Gewalt, sieht man von leichten Abschürfungen am rechten Unterarm und an Hüfte und Knie ab, die sich der Tote aber auch beim Sturz zugezogen haben kann.« Der Rechtsmediziner trat einen Schritt zur Seite und schob sich die dünne silberfarbene Brille mit dem Handrücken höher auf die Nase. »An beiden Armen sind zahlreiche größere und kleinere punktförmige Narben zu erkennen.«

»Drogenmissbrauch?«

Werner Still nickte. »Vermutlich ja, sie scheinen allerdings nicht neueren Datums zu sein.«

»Was denken Sie, wann er gestorben ist?«, fragte Mads.

»Eine exakte Bestimmung ist schwierig«, antwortete Werner Still, während Helmut Vogel weitere Aufnahmen machte. »Aber aus der Leichenschau des Diako-Krankenhauses geht hervor, dass der Tote drei bis fünf Tage in seiner Wohnung gelegen haben muss. Die Totenstarre hatte sich gelöst, und zum Zeitpunkt des Auffindens hatte die Verwesung bereits eingesetzt.«

»Es ist also möglich, dass diese Person hier bereits Ende Juni gestorben ist?«, fragte Mads.

»Ja, aber unter Vorbehalt, exakt kann ich das nicht sagen«, antwortete Werner Still und gab dem Obduktionsassistenten ein Zeichen, den Leichnam umzudrehen. »Die Rückseite des Leichnams zeigt keinerlei Anzeichen von Gewaltanwendung.« Er nickte dem Obduktionsassistenten zu, der die Leiche wieder zurück in die Rückenlage drehte. Für einen Moment betrachtete Werner Still den blassen Körper, dann setzte der Obduktionsassistent das Messer unterhalb des linken Schlüsselbeines an und begann, den Brustkorb zu öffnen. »Dann schauen wir mal, was wir im Inneren finden«, fuhr Werner Still fort.

Mit einem Husten presste Mads sich den Arm aufs Gesicht, als das Gas aus dem Leichnam entwich. Der charakteristische Verwesungsgeruch erfüllte den Raum mit seiner quälenden Süße, und Mads würgte den Speichel herunter, um sich nicht erbrechen zu müssen. Der Anblick des glänzenden Organblocks, der aus dem Körper gehoben wurde, drohte ihm trotzdem den Magen umzudrehen, und er senkte den Blick, als Werner Still die einzelnen Organe voneinander trennte.

»Der Organblock ist durch fortgeschrittene Autolyseprozesse gekennzeichnet«, diktierte Still und hob den Dickdarm an. Die Leichenflüssigkeit färbte die weißen Latexhandschuhe braun, als er mit den Fingern über die Oberfläche strich. »Keine Anzeichen von Perforation«, fuhr er fort und griff nach dem Skalpell. Dann schnitt er den aufgedunsenen Darm auf. »Keine makroskopischen Anzeichen für Krebs,

Divertikel oder entzündliche Krankheiten.« Er wischte sich die Handschuhe an einem Papiertuch ab und griff nach der Leber. Grauweiße, feste Bereiche verdrängten das dunklere Gewebe, als er das Organ mit dem Skalpell routiniert zerlegte. »An der Leber ist eine fortgeschrittene Zirrhose zu erkennen«, diktierte er und sah zu Mads und Thomas, während Vogel alles fotografisch festhielt. »Es sieht aus, als hätte unser Toter sein Leben am Rand des Abgrunds gelebt. Vermutlich haben wir es mit alkoholinduzierten Schäden oder einer Leberentzündung zu tun.«

»Und die hat zum Tod geführt?«

»Prinzipiell ist das möglich«, antwortete Werner Still, setzte dann aber mit dem Skalpell am Herzmuskel an. »Ich würde aber eher sagen, dass dies unser Übeltäter ist.« Er drehte das Herz und hielt es ihnen so hin, dass sie einen grauroten Blutklumpen sehen konnten, der die Herzkranzgefäße ausfüllte. »Akuter Myokardinfarkt. Das erklärt auch den Sturz.«

»Dann haben wir es mit einem natürlichen Tod zu tun?«, fragte Thomas, als Werner Still das Herz weglegte und die Latexhandschuhe auszog.

»Ja«, antwortete der Rechtsmediziner und warf die Handschuhe in den Mülleimer, während er dem Obduktionsassistenten mit einem kurzen Nicken zu verstehen gab, dass er fertig war und die Organe zurück in den Körper gelegt werden konnten. »Ein Blutgerinnsel dieser Größe ist fatal.«

»Und wie sieht es mit plastischer Chirurgie aus?«

»Ich sehe keine Hinweise auf solche Operationen«, antwortete Werner Still und sah zu seinem Assistenten, der gerade die Leiche zunähte. Dann richtete er seine Aufmerksamkeit wieder auf Mads und Thomas. »Nichts. Weder bei der Untersuchung noch beim CT-Scan, den wir vor eurem Kommen gemacht haben. Es gibt weder Narben noch Implantate, die sein Aussehen verändern würden.«

17. Juli

Kiel

»Und Sie sind sich wirklich sicher, dass er eines natürlichen Todes gestorben ist?«, fragte Mads und sah durchs Fenster hinaus auf die Grünfläche, wo Thomas Beckmann stand und telefonierte.

»So sicher, wie ich mir ohne die Resultate der Toxikologie sein kann«, antwortete Werner Still und griff nach seinem Kaffeebecher. Einen Augenblick saß er still da. Die weißen Gummisohlen seiner Clogs quietschten leise auf dem Linoleum, als er die Beine vor sich ausstreckte und ein Gähnen unterdrückte.

»Müde?«, fragte Mads und sah auf seine Uhr.

»Ja.« Werner Still nickte und trank noch einen Schluck Kaffee, bevor er den Becher zurück auf den Tisch stellte. »Ich hatte heute Abend nicht mehr mit einer akuten Obduktion gerechnet, aber so was kann man ja nicht planen.«

»Tja, das verstehe ich«, antwortete Mads und lehnte sich auf seinem Stuhl zurück.

»Ich muss natürlich noch die Analyseergebnisse abwarten, bevor ich mir ganz sicher sein kann, aber ich zweifle eigentlich nicht daran, dass er an diesem Blutgerinnsel im Herzen gestorben ist.«

»Und was ist mit seiner Identität?«, fragte Mads und sah

noch einmal nach draußen zu Thomas, dessen Körpersprache zu seinem geröteten Gesicht passte.

»Ich habe die Fingerabdrücke genommen, sobald er eingeliefert wurde«, sagte Werner Still und leerte seinen Becher. »Mit etwas Glück hat die Kriminaltechnik die schon durchs System laufen lassen.«

»Vergleichen die Kollegen sie auch mit den Abdrücken, die in Breklum gefunden wurden?«

»Ja, davon gehe ich aus«, antwortete Werner Still und beugte sich vor. Der Stuhl knirschte unter seinem Körper, als er nach der Thermoskanne griff. Er warf Mads einen fragenden Blick zu und schenkte sich dann nach. »Wenn ich Thomas richtig verstanden haben, hat man Ihnen den Ottersbøl-Fall entzogen?«

Ein Seufzen kam über Mads' Lippen. »Ja. Torben Laugesen ist der Meinung, dass ich persönlich zu sehr involviert bin.«

»Warum?«

»Weil es Verbindungen zwischen diesem Fall und dem alten Fall in Birkelev gibt«, antwortete Mads und verzog den Mund.

»Birkelev?« Werner Still zog die Stirn in Falten und musterte Mads über den Rand seiner Brille hinweg. »Also der Fall, den Sie zu Hause bei sich liegen hatten?«

»Ja«, sagte Mads. »Der Fall, an dem mein Vater gearbeitet hat, als er sich erhängt hat.«

»Ja, jetzt erinnere ich mich«, murmelte Werner Still und nickte nachdenklich, als wöge er jedes weitere Wort genau ab. »Und was meinen Sie? Sind Sie befangen?« Er schob den Kaffeebecher ein Stück von sich weg und lehnte sich zurück.

»Ich weiß es nicht«, antwortete Mads und wich dem Blick des Rechtsmediziners aus. »Vielleicht.«

»Vielleicht?« Werner Still zog die Stirn in tiefe Falten und wirkte mit einem Mal deutlich älter. »Ich dachte, Sie hätten keine Schwierigkeiten damit, Privatleben und Arbeit zu trennen?«

»Das dachte ich auch«, erwiderte Mads mit einem Achselzucken. »Aber vielleicht ist das nicht so einfach.« Er sah an Werner Still vorbei. Draußen hatte Thomas Beckmann sich mit dem Rücken zum Fenster unter einen Baum gestellt. Der hellblaue Stoff seines Hemdes war verschwitzt.

»Erzählen Sie mir davon«, forderte Werner Still Mads auf und zog dessen Aufmerksamkeit wieder auf sich.

»Was soll ich erzählen?«, fragte Mads und kniff die Lippen missmutig zusammen.

»Sie arbeiten doch noch immer an dem Fall, das sehe ich.«

»Ja, vielleicht wäre es aber besser, ich würde das nicht tun«, antwortete Mads und rutschte auf dem Stuhl etwas vor, während er die Arme vor der Brust verschränkte.

»So ein Ausspruch passt nicht zu Ihnen. Ist irgendwas passiert?«

»Ich dachte, ich hätte den Beweis«, sagte Mads. Er schob eine Hand in die Hosentasche, zog den Beweisbeutel mit dem kleinen Metallklumpen heraus und reichte ihn dem Rechtsmediziner.

»Beweis?« Werner Still sah von dem Projektil zu Mads. Seine Falten vertieften sich, als er sich über den Tisch beugte und den Inhalt des Beweisbeutels inspizierte.

»Das Projektil haben wir im Wintergarten gefunden«, sagte Mads und atmete seufzend aus. »Besser gesagt, meine Schwester. Sarah Jonsen hat die Daten durchs System laufen lassen und dabei festgestellt, dass ein ähnliches Projektil im Zuge der Ermittlungen im Birkelev-Fall gefunden wurde.

Für einen Moment hatte ich das Gefühl, den Schlüssel zu dem Tod meines Vaters gefunden zu haben. Dass es wirklich eine Verbindung zu dem Fall gab, den er vor seinem Tod untersuchte, und dass er definitiv nicht Selbstmord begangen hatte.« Er verstummte für einen Moment und senkte die Schultern.

»Was sagen Teglgård und Torben Laugesen dazu?«

»Die haben mein Argument einfach vom Tisch gewischt«, antwortete Mads und nahm das Projektil in Empfang, das Werner Still ihm reichte. »Im Birkelev-Fall gibt es keinerlei Hinweise auf den Gebrauch einer Waffe. Teglgård geht deshalb davon aus, dass das Projektil schon im Bauholz steckte.«

»Von der Jagd?«

»Ja«, antwortete Mads und umklammerte den kleinen Metallklumpen.

»Merkwürdig«, sagte Werner Still und sah zur Tür, als Thomas eintrat. »Auf den ersten Blick würde ich sagen, dass dieses Projektil aus einer Pistole stammt.«

17. Juli

Kiel

»Sie rollen den Fall wieder auf«, sagte Thomas, drehte den Deckel von der Thermoskanne und ließ sich auf den freien Stuhl am Sitzungstisch fallen. Seine rote Gesichtsfarbe war etwas verblasst, die Stimme klang aber noch ziemlich verbissen. »Es war nicht gerade leicht, Torben Laugesen zu erklären, warum der Fall keineswegs aufgeklärt ist.« Er lehnte sich zurück. Seine Hand ruhte auf der Kanne. Nach ein paar Sekunden schüttelte er den Kopf, als wollte er das Gespräch abschütteln, und goss sich ein.

»Was ist mit den Fingerabdrücken?«, fragte Werner Still.

Thomas trank einen Schluck. Dann atmete er tief durch, ließ die Schultern etwas sinken und presste die Lippen zu einem zufriedenen Lächeln zusammen, ehe er nickte. »Die Untersuchung hat ergeben, dass es sich bei dem Toten nicht um den Mann handelt, nach dem gefahndet wird. Die Fingerabdrücke sind nicht identisch.«

»Und wer liegt dann da drinnen?«, fragte Werner Still und nickte in Richtung Obduktionssaal.

»Helmut Vogel lässt die Abdrücke noch durchs System laufen«, antwortete Thomas. »Wenn der früher in der Drogenszene war, ist er vielleicht in der Datenbank.«

»Und was ist mit der dänischen Datenbank?«, fragte Mads.

»Helmut Vogel hat Kontakt mit Sarah Jonsen aufgenommen«, berichtete Thomas. »Mit etwas Glück haben wir bald eine Antwort. Vielleicht ist es ja ein alter Bekannter.«

»Wie sieht es mit der Wohnung aus? Sollten wir sie durchsuchen lassen?«

»Das wird nicht leicht«, meinte Thomas nach kurzem Schweigen. »Es gibt ja keine Hinweise auf eine kriminelle Handlung.«

»Aber vielleicht finden wir dort Hinweise auf die wahre Identität des Toten?«, wandte Mads ein.

»Ich fürchte, das reicht nicht, um einen Durchsuchungsbeschluss zu bekommen.« Thomas verzog bedauernd den Mund. »Wir müssen abwarten, was das System ausspuckt.«

Mads' Handy klingelte. Auf dem Display erschien Sarah Jonsens Name.

»Mads Lindstrøm«, meldete er sich, stand auf und trat ans Fenster. Das Licht der tief stehenden Sonne bildete einen deutlichen Kontrast zu der Dunkelheit im Büro.

»Hallo, Mads«, antwortete Sarah. »Wenn ich Helmut Vogel richtig verstanden habe, soll ich dich anrufen. Arbeitest du jetzt wieder am Fall?«

»Ja und nein. Ich unterstütze die deutsche Polizei«, erklärte Mads.

»Ah, okay.« Sie zögerte einen Moment. Die Unsicherheit war ihrer Stimme anzuhören. Er steckte die Hand in die Hosentasche und wartete förmlich auf ihre Ablehnung. Irgendwo im Hintergrund piepten Maschinen, und er hörte, wie sie ein paar Dokumente durchblätterte, ehe sie sich räusperte. »Es geht um die Fingerabdrücke, die Helmut Vogel geschickt hat.«

»Hast du einen Match?«

»Ja«, antwortete sie. »Frank Bauer.«

»Frank Bauer?«, wiederholte Mads, drehte sich zu den anderen um und nickte Thomas zu, der sich den Namen notierte. »Wissen wir etwas über ihn?«

»Ein bisschen«, antwortete Sarah. »Trunkenheit am Steuer. Drogenbesitz. Ein Einbruch und ein paar Wirtshausschlägereien. Er ist in Padborg gemeldet.«

17. Juli

Birkelev

Mads ging vom Gas. Die Felder, die sich entlang des kleinen Fichtenwäldchens erstreckten, wogten leicht im Wind. Schwalben waren an dem immer blauer werdenden Himmel auf der Jagd nach Insekten. Er schaltete den Blinker ein und fuhr in die Einfahrt zum Vråskovgård. Musik drang durch die offen stehenden Dachfenster und verlieh dem Ort beinahe den Charakter einer Feriensiedlung. Er schaltete und bog in die kleine Stichstraße zu Jan Jessens Haus ab. Noch einmal wanderte sein Blick hinüber zu der Wohneinrichtung, wo eine Gruppe junger Menschen draußen vor dem Gebäude saß. Entspannt und gut gelaunt. Der Wagen wirbelte Staub auf, und das trockene Gras zwischen den Fahrspuren strich leise wispernd über den Unterboden.

»Mads Lindstrøm?« Jan Jessen trat überrascht einen Schritt zurück, als er die Tür öffnete. Er hatte die Ärmel seines hellen Hemdes hochgekrempelt und wirkte entspannt. Nach einem kurzen Schulterblick in Richtung Wohnzimmer sah er Mads fragend an.

»Störe ich?«

Noch einmal warf Jessen einen Blick nach hinten, dann schüttelte er den Kopf. »Nein, ganz und gar nicht. Kommen Sie rein. Kann ich Ihnen etwas anbieten? Ein Bier, vielleicht?«

»Nein danke«, antwortete Mads. Er trat sich die Schuhe auf der Fußmatte ab und folgte Jessen durch den Flur.

»Ich denke, Sie können sich nicht vorstellen, wie erleichtert ich bin, dass Lauritz Koch tot ist«, sagte Jessen und nickte in Richtung Esstisch, während er die Tür zum Wohnzimmer schloss und dann zum Kühlschrank ging. »Die letzten Wochen haben meiner Mutter sehr zugesetzt.«

»Das kann ich mir vorstellen«, erwiderte Mads. Er nahm sich einen Stuhl und setzte sich. Sein Blick wanderte zu der geschlossenen Tür, hinter der die Geräusche des Fernsehers plötzlich lauter wurden.

»Tut mir leid.« Ein fast tonloses Seufzen kam über Jan Jessens Lippen, und er warf den Kühlschrank wieder zu, ohne etwas herausgenommen zu haben. »Meine Mutter vergisst immer wieder, dass sie nicht allein im Haus ist.« Er legte die Hand auf die Klinke und atmete tief durch. Dann verschwand er mit entschuldigender Miene im Wohnzimmer und schloss die Tür hinter sich.

Mads lehnte sich zurück und sah aus dem Fenster. Dünne Wolken trieben von Westen her über die Fichten und verschleierten die dünne Mondsichel, die an dem noch hellen Abendhimmel stand. Hinter der geschlossenen Tür hörte er Mutter und Sohn diskutieren, dann wurden die Stimmen aus dem Fernseher leiser.

»Sie müssen entschuldigen«, sagte Jessen, als er wieder in die Küche kam und die Tür hinter sich schloss. Seine Kiefer waren sichtlich angespannt, und er strich sich mit der Hand über den Arm, ehe er mit einem letzten Blick in Richtung Wohnzimmer Platz nahm. »Seit Erika Truelsen gefunden wurde, ist meine Mutter nicht mehr sie selbst. Ich glaube, sie hat all das, was damals geschehen ist, noch einmal erlebt.«

»Wäre es vielleicht möglich, mal direkt mit ihr über das zu sprechen, was Sie damals erlebt haben?«

Jan Jessen schüttelte den Kopf. »Leider nein. Sie ist zurzeit zu desorientiert, um irgendetwas Sinnvolles von sich zu geben. Und die Erinnerungen würden ihr das Leben nur noch schwerer machen.« Er senkte schweigend den Blick und legte die Unterarme vor sich auf den Tisch. Die sonnengebräunte Haut wirkte grau. Er schüttelte noch einmal langsam den Kopf, als könnte er seine Gedanken nur schwer in Worte fassen. »Es war nicht leicht. Weder für sie noch für mich«, fuhr er fort und sah zu Mads, während er mit den Knoten in seinem Armband herumspielte. »Ich dachte, wir hätten das alles hinter uns gelassen, aber das ganze Gerede über Lauritz Koch in den letzten Wochen hat meine Mutter wieder in die damalige Zeit zurückkatapultiert, und ich kriege sie da nicht mehr raus.«

»Wie meinen Sie das?«

»Sie erlebt den Albtraum immer wieder.« Jessen presste die Lippen zusammen. »Hans Peter war ihr Ein und Alles. Sie hätte alles für ihn getan. Manchmal hält sie mich für ihn, um dann im nächsten Moment wieder das vor Augen zu haben, was sie im Holzschuppen gesehen hat. Das ist wie Folter.«

»Es muss schlimm für Sie sein, das miterleben zu müssen.«

»Das ist es auch«, antwortete Jessen und lehnte sich zurück. »Aber ich komme schon damit klar.« Er starrte ein paar Sekunden leer vor sich hin, bis er wieder zu Mads sah. »Ich hoffe, dass sie sich bald wieder beruhigt, jetzt, da Lauritz keine Bedrohung mehr für uns darstellt.«

»Deshalb bin ich hier«, sagte Mads und rutschte etwas

auf seinem Stuhl herum. »Wir haben neue Ermittlungsergebnisse.«

»Wie meinen Sie das?«, fragte Jessen und zog die Stirn in Falten. Ein wachsamer Ausdruck glitt über sein Gesicht, und die Finger verharrten auf dem Armband, während er sich vorbeugte.

»Sagt Ihnen der Name Frank Bauer etwas?«

»Frank Bauer?«, wiederholte Jessen und zog die Augenbrauen hoch. »Ja, warum?«

»Wir haben Grund zur Annahme, dass Lauritz Koch mit ihm die Identität getauscht hat.«

»Die Identität getauscht? Wie meinen Sie das?«, fragte Jan Jessen, während seine Finger wieder an dem Armband herumspielten.

»Woher kennen Sie ihn?«

»Frank hat hier gewohnt«, antwortete Jessen und warf verunsichert einen Blick zur Tür, hinter der die Fernsehgeräusche wieder lauter geworden waren.

»Also auf dem Vråskovgård?«

Jessen nickte. »Er ist kurz nach Lauritz gekommen. In vielerlei Hinsicht ein armer Kerl.«

»Inwiefern?«

»Sie wissen, wie Kinder sein können, die aus dem Drogenmilieu kommen«, antwortete Jessen und zuckte leicht mit den Achseln. »Wenn ich es richtig in Erinnerung habe, war er damals wirklich so eine Art Spielball des Systems.«

»Und wie kam da der Vråskovgård ins Spiel?«

»Die Wohneinrichtung war ein Übergangswohnheim«, sagte Jessen, stand auf und ging zum Kühlschrank. Er öffnete die Tür und nahm sich etwas zögernd ein Bier. »Sicher, dass Sie keines wollen?«

»Danke, aber nein danke.« Mads hob ablehnend die Hand, als Jessen ihm mit fragendem Blick eine Flasche hinhielt. »Ein Übergangswohnheim, sagen Sie?«

»Ja.« Jessen nickte und zog die Schublade neben dem Herd auf. Einen Augenblick starrte er hinein, als wäre das, was er suchte, nicht dort, dann griff er nach dem Flaschenöffner und schob die Schublade mit dem Unterarm zu. »Der Vråskovgård war ein Ort, an dem junge Menschen mit Unterstützungsbedarf lernen konnten, erwachsen zu werden, nachdem sie aus der Jugendfürsorge herausgewachsen waren.«

»Und Frank Bauer?«

»Der hat ein paar Jahre hier gewohnt«, sagte Jan Jessen und legte den Öffner an den Kronenkorken. »Leider ist er wieder ins Milieu abgerutscht, aus dem er gekommen ist.«

»In die Drogenszene?«

»Ja«, antwortete Jessen. »Er war ein leichtes Opfer.«

»Wie meinen Sie das?«, fragte Mads und zog die Brauen zusammen.

»Stellen Sie sich eine Kindheit ohne Fixpunkte vor«, sagte Jessen und trank einen Schluck. Er starrte einen Moment vor sich hin, während seine Finger am Etikett knibbelten. »Frank hatte Schwierigkeiten, Nein zu sagen. Besonders, wenn es um schnelles Geld ging.«

»Halten Sie es für wahrscheinlich, dass Lauritz Koch ihn überredet hat, die Identität mit ihm zu tauschen?«, fragte Mads, als die laute Stimme von Grete Jessen auf der anderen Seite der Tür zu hören war.

»Ausgeschlossen ist das nicht«, antwortete Jan Jessen mit einem müden Ausdruck. Er stand auf und ging zur Tür. »Es tut mir leid, aber ich muss mich jetzt um meine Mutter kümmern.« Er ließ die Hand noch ein paar Sekunden auf der

Klinke liegen, dann drückte er sie nach unten. »So, wie ich ihn in Erinnerung habe, hätte er seine Großmutter verkauft, um an ein bisschen Geld zu kommen.«

17. Juli

Odense

»Laut Jan Jessen könnte Lauritz sehr wohl die Identität von Frank Bauer angenommen haben«, sagte Mads und lehnte sich nach hinten an die matte Stahlwand. Das Geräusch des Aufzugs begleitete das kaum spürbare Ruckeln. Er schloss die Augen und drückte sich das Handy fester aufs Ohr.

»Hatte er eine Idee, wo wir ihn suchen könnten?«, fragte Thomas.

»Leider nein. Er hat ihn nicht mehr gesehen, seit er zuletzt auf dem Vråskovgård war.«

»Und Torben Laugesen?«

»Keine Ahnung«, antwortete Mads. »Hoffentlich hat Sarah Jonsen die Ermittlungsergebnisse an ihn weitergegeben, und er recherchiert jetzt die Verbindungsdaten und Kreditkarteninformationen.« Er holte tief Luft. Die Müdigkeit war im ganzen Körper zu spüren, und seine Muskeln fühlten sich schwer an. In Gedanken ging er das wenige durch, das er bei einer schnellen Suche im Internet über Frank Bauer herausgefunden hatte. All das hatte aber nur den traurigen Eindruck bestätigt, den sie von dem Mann im Kieler Kühlraum bekommen hatten.

Er öffnete die Augen, als die Türen des Aufzugs sich öffneten. Vor ihm lag die onkologische Abteilung. Üppige Grünpflanzen und bunte Bilder an den weißen Wänden weckten die Illusion von Mut, Hoffnung und Kampfgeist. »Ich muss jetzt auflegen«, sagte Mads. Er holte tief Luft und beendete das Gespräch. Die gedämpfte Beleuchtung hinter den Glastüren vor ihm hüllte die Station in eine Art Dornröschenschlaf, doch der sterile Geruch nach Krankenhaus zerstörte die Vorstellung gleich wieder.

»Mads?«

Er hatte die Hand an die Glastür gelegt und sie einen Spaltbreit aufgedrückt, als die Stimme ihn mitten in der Bewegung innehalten ließ. Seine Augen suchten das Halbdunkel des Flurs ab, bis sie an einer Gestalt hängen blieben, die sich kaum sichtbar auf dem Sofa am Fenster abzeichnete. »Inge?«

Sie fuhr sich mit der Hand über die Haare. Im schummrigen Licht, das durch die Milchglasscheiben auf ihren schmächtigen Körper fiel, wirkte sie etliche Jahre älter als bei dem letzten Treffen.

»Wie geht es ihm?«, fragte Mads und ging zu ihr.

Hinter ihm schloss die Glastür sich langsam, und die Stille hüllte sie wieder ein.

Sie öffnete den Mund, schüttelte dann aber nur den Kopf. Vorsichtig wischte sie eine Träne weg, ehe sie das Gesicht abwandte. »Er ist tot.«

»Was?«, fragte Mads leise. Er setzte sich neben sie auf das unbequeme Zweiersofa und legte eine Hand auf ihre Schulter. »Wie das denn?«

»Ein Blutgefäß ist geplatzt«, sagte Inge Teglgård. »Sie haben noch versucht, ihn zu retten, aber es war zu spät.« Sie schwieg. Aus ihren verquollenen Augen sprach nichts als Trauer.

»Wann?«, fragte Mads und strich ihr behutsam über den Arm. Ihre Haut war kalt, als säße sie schon lange dort im Dunkeln.

»Vor ein paar Stunden.«

»Und du hattest niemanden bei dir?«

Sie schüttelte den Kopf. Ein Schluchzen kam über ihre Lippen, dann begann sie zu weinen.

Mads drückte sie sanft an sich. »Warum hast du nicht angerufen? Du weißt doch, dass ich gekommen wäre.« Er legte eine Hand auf ihren Rücken.

»Ja, das weiß ich.« Sie drückte leicht seinen Oberarm. Dann rückte sie ein Stück von ihm weg. »Du warst für ihn immer wie der Sohn, den er nie bekommen hat.« Sie wandte den Kopf ab und sah aus dem Fenster. Die Straßenlaternen da draußen brachten etwas Licht in die Dämmerung.

»War ich das?«

»Per hat unendlich viel von dir gehalten«, sagte Inge. In der Spiegelung der Fensterscheibe sah er, wie sie ihn traurig anlächelte.

»Warum?«

»Du bist wie Jørgen.« Sie riss ihren Blick los und drehte sich zu Mads um. Für einen Moment richtete sie ihre Aufmerksamkeit auf die sich öffnende Tür der Station. Ein Arzt kam heraus und verschwand mit flatterndem Kittel im Aufzug.

»Ich habe es immer gehasst, wenn er mich mit meinem Vater verglichen hat«, sagte Mads leise, als die Türen des Fahrstuhls sich schlossen und sie wieder allein waren.

»Dein Vater war Pers bester Freund.« Sie griff nach seiner Hand. Die dünnen Finger wirkten zerbrechlich und doch stark, als sie mit ihrem Daumen über seinen Handrücken strich. »Er hat sich das nie vergeben.«

»Wie meinst du das?«, fragte Mads und zog die Brauen zusammen.

»Der Tod deines Vaters«, antwortete Inge. »Es gab eine Zeit, in der er ziemliche Zweifel hatte.«

»Woran?«

»An allem, glaube ich«, sagte Inge und nickte traurig.

»Ich verstehe nicht, was du meinst.«

»Dein Vater und Per hatten sich beide um den Posten als Dezernatsleiter beworben«, sagte Inge und zog die Hand zu sich. »Der Mord in Birkelev hatte einen Keil zwischen sie getrieben.«

»Haben sie sich zerstritten?«

»Nein, nicht direkt«, sagte Inge und nahm ein Taschentuch aus ihrer Tasche. Ein paar Sekunden knetete sie es mit ihren Fingern, dann putzte sie sich die Nase. »Ich glaube, sein Stolz stand ihm im Weg. Per wollte beweisen, dass er für den Job mindestens ebenso qualifiziert war wie dein Vater.« Schweigend faltete sie das Taschentuch zusammen und sah nach draußen. »Er hat es bereut, aber da war es zu spät«, sagte sie schließlich. »In all den Jahren hat er sich das Hirn zermartert, ob dein Vater vielleicht doch recht hatte. Ob Lauritz Kochs Geständnis unter falschen Voraussetzungen erzwungen war und der Mörder in Wirklichkeit noch frei herumlief.«

»Er hat Lauritz Kochs Täterschaft bezweifelt?«

»Je mehr Zeit verstrich, desto schwerer wurde es für ihn. Erst recht, nachdem er selbst Dezernatsleiter geworden war«, fuhr Inge fort, als hätte sie seine Frage nicht gehört. »Die Zweifel haben ebenso an ihm genagt wie die Schuldgefühle. Er war bei den letzten Vernehmungen von Lauritz Koch als Supervisor dabei. Du weißt doch noch, dass Torben Laugesen damals diese Narbe bekommen hat.«

»Nein, das wusste ich nicht«, antwortete Mads.

»Oh, ich dachte, du wüsstest das«, sagte Inge. »Per war ziemlich erschüttert.«

»Was ist denn da passiert?«

»Genau weiß ich das auch nicht mehr. Richtig erzählt hat er mir das ja nie, aber manchmal hat er zu Hause so Andeutungen gemacht«, antwortete Inge und lächelte entschuldigend. »Wenn ich es richtig in Erinnerung habe, war Lauritz Koch ziemlich aufbrausend, als sie ihm die Beweise präsentiert haben. Koch hat auf seiner Unschuld beharrt, aber Torben Laugesen hat ihn unter Druck gesetzt und ist dabei wohl bis an die Grenzen gegangen. Irgendwann hat Lauritz Koch seinen Stuhl durch den Vernehmungsraum geschleudert.« Sie schwieg wieder, sah für einen Moment auf das Taschentuch in ihrer Hand und steckte es dann wieder in die Tasche. »Danke, dass du gekommen bist, Mads.« Sie legte ihm die Hand auf den Oberschenkel und ließ sie einen Moment dort ruhen. Dann stand sie auf und sah ihn mit einem warmherzigen Blick an. »Du sollst wissen, dass Per dich unglaublich geschätzt hat.«

18. Juli

Toftlund

»Du verdammter Lügner!«

Der Ruf hallte durch die Nacht. Hinten am Feldrand zeichneten sich vage die Konturen der Bäume ab, deren schwarze Äste wie Tote im Wind baumelten.

Er sackte in sich zusammen und stützte sich mit den Händen auf dem Asphalt ab. Die vielen Kilometer über die einsamen Landstraßen hatten seinen Schmerz nicht lindern können. Die Kälte der Sommernacht kroch unter die feuchten Trainingsklamotten, und die Steine im Asphalt bohrten sich tief in seine Handflächen. Schließlich legte er die Arme um die Knie.

»Verdammt!« Er warf den Kopf in den Nacken und brüllte. Verzweifelt kämpfte er gegen die Gefühle an, konnte die Tränen aber nicht zurückhalten. Jahrzehnte der Trauer brandeten in ihm auf und spülten durch den letzten Winkel seiner Seele, während Wut und Ohnmacht seinen Körper erbeben ließen. Er legte die Arme fester um sich, konnte das Zittern der Muskeln aber nicht aufhalten. Irgendwann legte er den Kopf auf die Knie und ließ seinen Tränen freien Lauf.

18. Juli

Haderslev

»Kannst du ins Büro kommen?«, fragte Mads und klemmte das Handy zwischen Ohr und Schulter, während er mit einer harten Bewegung die Glastür des Dezernats aufstieß. »Wir müssen das Beweismaterial noch einmal durchgehen.« Er blieb an der offenen Tür zum Personalraum stehen und sah hinüber zum Whiteboard.

»Weißt du eigentlich, wie spät es ist?«, fragte Sarah Jonsen, und er hörte sie gähnen.

»Ja, kurz vor fünf«, antwortete Mads.

»Ich habe die halbe Nacht gearbeitet«, sagte Sarah. »Wir haben eine Wohnung durchsucht, in der Frank Bauer gemeldet war. Nach Aussage des Vermieters ist er da aber schon lange nicht mehr gesehen worden.«

»Habt ihr was gefunden?«

»Nichts«, antwortete Sarah. »Die Wohnung scheint von mehreren Personen genutzt worden zu sein.«

»Drogenmilieu?«

»Ja, das trifft es wohl«, erwiderte sie. »Die Miete wird bezahlt, und die Frührente verschwindet vom Konto, kaum dass sie einbezahlt worden ist.«

»Seid ihr dem nachgegangen?«, fragte Mads und stellte sich vor das Whiteboard. Auf der halb abgewischten Fläche waren ein paar Worte undeutlich zu erkennen, aber für ihn erschloss sich kein Zusammenhang.

»Noch nicht«, antwortete Sarah. »Torben Laugesens Theorie ist, dass Lauritz Koch sich hinter Frank Bauers Identität versteckt, aber wir müssen noch die Videoüberwachung der Bankautomaten checken, an denen das Geld abgehoben worden ist. Um acht sollen wir alle zur Morgenbesprechung erscheinen.«

»Dann hat er also doch auf Thomas Beckmann gehört«, sagte Mads, drehte sich um und ließ den Blick durch den leeren Raum schweifen. Die Stühle standen in einem wilden Durcheinander um den Tisch herum, als wären alle eilig aufgebrochen.

»Das weiß ich nicht«, antwortete Sarah. »Gestern Abend hat er nur über die inkompetente Ermittlung geschimpft und uns Vorwürfe gemacht, dass die ganzen falschen Informationen ihn vor der Presse bloßgestellt hätten.« Sie machte eine Pause. Ein Knacken war zu hören, als hätte sie die Hand auf das Handy gelegt, dann war sie wieder da. »Wenn du bis halb acht warten kannst, bin ich da.«

»Kann ich nicht«, antwortete Mads. »Ich brauche deine Hilfe.« Er beendete das Gespräch und öffnete die Tür zu seinem Büro. Ein schwacher Parfümduft drang in seine Nase, und er starrte einen Moment lang die Grünpflanzen im Fensterrahmen an, bevor er das Büro wieder verließ. Dann nahm er noch einmal sein Handy hervor und wählte Thomas Beckmanns Nummer. »Wo bist du?«, fragte er, nachdem Thomas das Gespräch angenommen hatte.

»Etwas südlich von Aabenraa«, erwiderte Thomas.

»Gut, wenn du da bist, geh in den Keller. Ich lass die Tür offen stehen.«

18. Juli

Haderslev

»Tolles Büro, das du hier hast«, sagte Thomas Beckmann und sah nach oben zur blinkenden Leuchtstoffröhre, ehe er den ramponierten Stuhl in Augenschein nahm, den Mads ihm hinschob. »Ich wusste gar nicht, dass die Finanzen der dänischen Polizei derart angeschlagen sind.«

»Alles, was nicht mehr gebraucht wird, aber zu gut zum Wegschmeißen ist, landet im Keller«, erklärte Mads mit einem verbitterten Zug um den Mund.

»Na dann«, sagte Thomas Beckmann mit einem Nicken und nahm vorsichtig Platz. Das Knirschen der Schrauben, die die Sitzfläche nur bedingt festhielten, ließ ihn offenbar daran zweifeln, dass der Stuhl ihn überhaupt halten würde. Dann rutschte er vorsichtig ein Stück nach hinten. »Der Birkelev-Fall?«, fragte er und deutete auf die Akten, die vor Mads auf dem Tisch lagen.

»Ja«, antwortete Mads. »Das sind die kompletten Unterlagen.«

Thomas nickte und öffnete den Reißverschluss seiner dünnen Sommerjacke, während sein Blick sich auf die Thermoskanne und den Becher richtete, die neben dem alten PC standen. »Darf ich?«

»Ja, klar.«

»Birkelev«, wiederholte Thomas und goss sich ein. »Das ist doch der Mordfall, für den Lauritz Koch damals verurteilt wurde, oder?«

»Ja.« Mads sah zu, wie Thomas die Thermoskanne zudrehte und zurückstellte, während der Kaffeeduft sich im Kellerraum ausbreitete. »Ich möchte dich bitten, die Akte gemeinsam mit mir durchzugehen.«

»Die komplette Akte?«, fragte Thomas und trank einen Schluck Kaffee. Er ließ ihn einen Moment im Mund kreisen, dann nickte er zufrieden, stellte den Becher an den Rand des Schreibtisches und griff nach dem Bericht der Spurensicherung. Ein paar Sekunden ruhte sein Blick auf dem misshandelten Körper von Hans Peter Jessen, dann sah er sich die Detailaufnahmen des Tatorts an.

»Wenn es nötig ist«, antwortete Mads und setzte sich müde auf einen Pappkarton neben dem Tisch. Der fehlende Schlaf der letzten Nacht machte sich körperlich bemerkbar, während er beobachtete, wie Thomas aufmerksam die groteske Szenerie betrachtete, die sich den Ermittlern 1998 geboten hatte.

»Du musst mich in den Fall einführen«, sagte Thomas, klappte den Bericht zu und lehnte sich zurück.

»Natürlich«, antwortete Mads und griff nach dem Bericht der Spurensicherung.

»Guten Morgen!« Mads ließ die Hand sinken und sah zur Türöffnung, in der Sarah Jonsens sommersprossiges Gesicht zum Vorschein gekommen war. Die roten Haare lockten sich wild um ihr Gesicht, aber auch ihr war die Müdigkeit anzusehen. »Und, was gibt's?« Sie ließ den Blick von Mads zu Thomas schweifen, der einen weiteren Schluck Kaffee trank und ihr zunickte.

»Ich wollte Thomas Beckmann in den Birkelev-Fall einweihen«, erklärte Mads. Er legte den Bericht der Spurensicherung wieder auf den Tisch. Stattdessen griff er zu der Mappe mit den Zeichnungen, die Lauritz Koch überführt hatten, und reichte sie Thomas Beckmann. »Wir müssen uns die damaligen Beweise noch einmal anschauen.«

»Aber die sind damals doch sicher genau analysiert worden«, wandte Sarah ein und unterdrückte ein Gähnen.

»Das weiß ich.«

»Dann verstehe ich nicht, wonach wir suchen sollen«, sagte sie.

»Ich war gestern in Odense bei Per Teglgård«, sagte Mads und kniff die Lippen zusammen. Für einen Moment überwältigte ihn der Schmerz, bis die Verbitterung wieder die Oberhand gewann. »Er ist tot.«

»Tot?« Das Entsetzen war ihr anzuhören. »Ich dachte, die Operation wäre gut verlaufen?«

»Es gab Komplikationen«, entgegnete Mads und sah auf seine Hände. Die Wut brandete in ihm auf, und er ballte die Hände zu Fäusten, um sie in Schach zu halten.

»Wann hast du davon erfahren?«

»Gestern. Ich wollte ihn besuchen, aber da war er schon tot.«

»Das tut mir wirklich leid«, sagte Sarah, schob Thomas Beckmanns Becher etwas zur Seite und setzte sich auf den Rand des Schreibtisches. Ihr Blick ging zu ihrer Uhr. »Er war ein guter Ermittler.«

»War er das?«, murmelte Mads fast unhörbar und sah wieder zu Thomas, der die Zeichnungen aus der Mappe genommen hatte.

»Wer auch immer das gezeichnet hat, ist wirklich talentiert«, sagte Thomas.

»Ja.« Sarah richtete den Blick auf die Bleistiftzeichnungen, die Thomas nebeneinander auf dem kleinen Tisch ausbreitete. »Haltet ihr das für Fantasie oder für Wirklichkeit?«

»Schwer zu sagen«, meinte Mads, als sie nach einer Zeichnung griff und sich das Motiv genauer anschaute. Es zeigte eine Frau. Die vollen Lippen und der konzentrierte, direkt auf den Beobachter gerichtete Blick waren fast fotografisch genau wiedergegeben, während die riesigen Brüste und die viel zu schmale Taille unter dem Korsett die Illusion von einer realen Frau zerstörten. Die dargestellte Frau hatte ihre schlanken Finger auf ihr glatt rasiertes Geschlecht gelegt. »Unser Problem ist, dass wir nicht wirklich wissen, was er in seiner Kindheit erlebt hat.«

»Da hast du recht«, sagte Sarah und griff nach einer anderen Skizze. Die Hände der abgebildeten Frau waren über dem Kopf gefesselt, und in ihren blanken Augen spiegelte sich ein mit dünnen Bleistiftstrichen skizzierter erigierter Penis. »Glaubst du, dass er sexuell missbraucht wurde?«

»Vielleicht.« Mads zuckte mit den Achseln. »Bei diesen Fantasien hier erscheint mir das nicht unwahrscheinlich. Er kann aber auch woanders Inspiration gefunden haben.« Er hielt inne, als Sarahs Handy klingelte.

»Jonsen.« Sie schloss die Augen und legte den Kopf in den Nacken, während Laugesens Stimme durch den Lautsprecher krächzte. »Fortschritte?« Sie atmete leise stöhnend aus und sah auf ihre Uhr. »Gut, ich komme.« Sie ließ das Handy sinken, während sie auf die Zeichnungen von Hans Peter Jessen starrte. Das Blut lief über den Körper, und die Hand mit dem Messer war zu einem neuen Stoß erhoben. »Ich muss jetzt gehen«, sagte sie und schüttelte leicht den Kopf.

»Ich brauche dich aber hier«, sagte Mads.

»Das geht nicht«, antwortete Sarah und trat einen Schritt zurück. »Laugesen wird wahnsinnig, wenn er herausfindet, dass ich hier unten war.« Sie starrte auf ihr Handy und sah das Display leuchten. »Mist!« Ihre Augen flackerten ungläubig, dann tippte sie mit dem Finger auf den roten Hörer und biss sich auf die Lippe.

»Was ist?«

»Ich hatte nicht aufgelegt«, antwortete sie, als hinter ihr die Tür zum Keller geöffnet wurde und harte Schritte zwischen den Wänden des dunklen Flurs widerhallten.

»Was, zum Henker, bildest du dir eigentlich ein!« Eine Wolke aus Speichel sprühte über Laugesens Lippen, als er vor dem provisorischen Büro stehen blieb. Seine Stimme war eiskalt, während er Mads mit den Augen förmlich durchbohrte. »Habe ich nicht gesagt, dass du dich aus den Ermittlungen raushalten sollst? Für dich ist der Fall abgeschlossen!«

»Abgeschlossen?« Mads stand abrupt auf. Seine Hände waren zu Fäusten geballt. »Das kannst du vergessen!«, antwortete er durch die zusammengebissenen Zähne. »Ich weiß, was du getan hast, und ich weiß, dass mein Vater etwas gefunden hat.«

»Dein Vater.« Laugesens Augenlid begann zu zucken, und er wich einen Schritt zurück, als Mads sich zornig vorbeugte. Unwillkürlich ging der Blick des Dezernatsleiters zu Thomas Beckmann, ehe er das Kinn wieder anhob und Mads' Blick erwiderte. »Dein Vater konnte sich seine Niederlage bloß nicht eingestehen. Was ich damals getan habe, war das einzig Richtige.«

»Ein Geständnis erzwingen?« Mads tippte mit dem Zeigefinger auf Laugesens Brust. »Was mein Vater gefunden hat, hat ihn das Leben gekostet.«

Mit einer heftigen Bewegung drückte Laugesen Mads' Hand zur Seite. »Was willst du damit sagen, verdammt noch mal?«

»Ich will damit sagen, dass du nachlässig und schluderig bist«, zischte Mads durch die Zähne. »Deine Arbeit ist immer nur halb fertig.«

»Und diesen Scheiß soll ich mir ausgerechnet von dir anhören?«, fauchte Laugesen und kniff die Augen wütend zusammen. »Immer korrekt und besserwisserisch. Genau wie dein Vater. Dabei hat dir bloß dein Name Zugang zu dieser Abteilung hier verschafft. Eigentlich hast du hier nämlich nichts verloren!« Torben Laugesen zog die Augenbrauen hoch und musterte ihn herablassend. »Du bist doch nur hier, weil Teglgård das Gefühl hatte, deinem Vater etwas schuldig zu sein. Lauritz Koch wurde verurteilt, weil alle Beweise auf ihn deuteten.«

»Nicht alle.«

»Nicht alle?« Laugesen schnitt ihm das Wort ab. »Wie unser deutscher Kollege herausgefunden hat, ist Lauritz Koch anscheinend bei bester Gesundheit, und das Schlimmste ist, dass wir nicht wissen, wo – oder wer – er ist.« Er trat einen Schritt nach hinten. Dann legte er die Hand an den Türrahmen und richtete seine Aufmerksamkeit wieder auf Mads. »Dieser Mann ist unzurechnungsfähig und gefährlich, und im Gegensatz zu deinem Vater habe ich das schon damals erkannt.« Mit einem letzten Blick auf Mads schwang er herum und verließ den Keller.

Wütend stürmte Mads aus dem Raum und sah Laugesen nach, hörte aber nur noch, wie die Tür etwas weiter vorne ins Schloss fiel. Seine Brust hob und senkte sich, und er biss die Zähne zusammen, um sich wieder unter Kontrolle zu bekommen.

»Was Laugesen sagt, stimmt leider«, begann Sarah leise und sah zu Mads. »Es deutet wirklich alles auf Lauritz Koch hin. Wir haben keinerlei Hinweise, dass die Morde von jemand anderem begangen wurden.«

»Wir müssen etwas übersehen haben«, wandte Mads ein und drehte sich um.

»Vielleicht«, antwortete Sarah mit einem Achselzucken. »Aber ich muss jetzt leider gehen.« Sie sah ihn voller Bedauern an und streckte die Hand nach ihm aus, als sie ging, er wich aber nur einen Schritt zurück.

»Das ist eine verflucht schwierige Situation«, sagte Thomas, als Sarah Jonsen gegangen war.

»Und sogar noch viel schwieriger, als du denkst«, erwiderte Mads.

18. Juli

Toftlund

»*Die Fahndung nach dem wegen Mordes vorbestraften Lauritz Koch läuft auf Hochtouren*«, sagte Torben Laugesen und sah direkt in die Kamera.

»*Sie hatten uns doch erst kürzlich informiert, dass Lauritz Koch verstorben sei?*«, fragte der Reporter und zuckte leicht zusammen, als ein paar uniformierte Beamte im Hintergrund vorbeigingen. »*Wie hängt das mit der aktuellen Fahndung zusammen?*«

»*Bis gestern Abend haben wir geglaubt, dass der Verdächtige, Lauritz Koch, tot ist, inzwischen hat sich aber herausgestellt, dass das nicht der Fall ist*«, antwortete Laugesen mit ernster Miene. »*Eine Obduktion hat ergeben, dass die Person, die mit Lauritz Kochs Papieren in ein deutsches Krankenhaus gebracht wurde, nicht Lauritz Koch war.*«

»*Wie kann das sein?*«, fragte der Reporter und hielt Laugesen das Mikro dicht vor den Mund.

»*Wir haben Grund zu der Annahme, dass Lauritz Koch, der als äußerst gefährlich eingeschätzt werden muss, die Identität mit der betreffenden Person getauscht hat*«, erklärte Laugesen. »*Daher bitten wir die Öffentlichkeit um Hilfe. Die Polizei in Haderslev ist dankbar für alle Informationen über den mutmaßlichen Aufenthaltsort von Lauritz Koch.*«

Mads schaltete den Fernseher aus und stand auf, als die Kontaktinformationen eingeblendet wurden. Einen Moment stand er still da und sah zum Wintergarten. Die weiß gestrichenen Holzwände waren ihm noch fremd, wenn auch die braune Maserung des alten Holzes wie eine Mahnung an die Vergangenheit hindurchschimmerte. Dann griff er nach dem Proteindrink auf dem Tisch, leerte das Fläschchen in einem Zug und nahm es mit in die Küche. Er blickte über den Vorplatz und die weitläufigen Felder, als sein Handy zu klingeln begann.

»Lindstrøm«, meldete er sich und öffnete den Schrank unter dem Spülbecken.

»Ich bin's, Sarah. Hast du einen Augenblick?«

»Ja, natürlich«, antwortete Mads, obwohl die Verbitterung noch in ihm steckte. Er warf das kleine Plastikfläschchen in den Mülleimer. »Habt ihr ihn gefunden?«

»Nein, deshalb rufe ich nicht an.«

»Warum dann?«

»Wegen dieser Zeichnungen. Da ist irgendetwas. Heute Morgen konnte ich das noch nicht in Worte fassen, also habe ich mir zu Hause noch mal die Dateien angeschaut, die du mir zugemailt hattest«, sagte Sarah. »Eigentlich hat Line mich auf die Spur gebracht.«

»Ich verstehe nicht ganz, was du meinst«, antwortete Mads. Er drehte sich um und ging zurück ins Wohnzimmer. Die Fallakten auf dem Tisch spiegelten sich in den großen Fenstern zum Wintergarten.

»Line zeichnet selbst ein bisschen«, sagte Sarah, als würde das als Erklärung ausreichen.

»Und?«

»Ich weiß nicht, ob dir das aufgefallen ist«, fuhr Sarah fort. »Aber am Rand sind ein paar Stellen verwischt.«

»Verwischt?«

»Ja«, antwortete Sarah. »Das passiert, wenn man mit der Hand über das Gezeichnete wischt.«

»Und?«

»Ich verstehe nicht, warum mir das nicht gleich aufgefallen ist«, sagte Sarah. Sie machte eine kurze Pause, und ein leichtes Knistern war durch das Handy zu hören. »Auf Lauritz Kochs Skizze hält der Täter die Tatwaffe in der rechten Hand, es ist aber eindeutig zu erkennen, dass die Zeichnung von einem Linkshänder stammt.«

»Verdammt!«, murmelte Mads und drehte sich zum Esstisch um. Mit der freien Hand blätterte er durch die Ausdrucke, bis er das Blatt fand, das er suchte. *Zeichnungen überprüfen!*, hatte sein Vater notiert. Er ließ die Hand sinken. Die kaum sichtbaren Notizen traten in dem scharfen Licht deutlich hervor, und er holte tief Luft. Dann beendete er das Gespräch.

18. Juli

Toftlund

»Mein Vater hatte recht«, sagte Mads, als Thomas ans Telefon ging. »Lauritz Koch ist nicht der Täter.« Er stand auf. Für einen Moment meinte er, in den Fenstern des Wintergartens nicht sein eigenes Spiegelbild, sondern das seines Vaters zu erkennen. Er wandte sich ab.

»Bist du sicher?«

»Ja«, antwortete Mads, ohne zu zögern, und betrachtete den Bildschirm mit den alten Zeitungsfotos aus dem Gerichtssaal. Koch war darauf zu sehen, der sich über die Anklagebank beugte. Sein Gesicht war dem Fotografen zugewandt, während die Geschworenen im Hintergrund nur als unscharfe Umrisse zu erkennen waren. »Ich bin alle Bilder durchgegangen, die ich von damals finden konnte, und es gibt wirklich keinen Zweifel«, fuhr Mads fort und vergrößerte das Foto von Lauritz Koch, der mit der linken Hand den Bleistift umklammerte. »Lauritz Koch ist Linkshänder. Die Läsionen des Opfers zeigen aber deutlich, dass der Täter Rechtshänder gewesen sein muss.«

»Geht das auch aus dem Obduktionsbericht hervor?«, fragte Thomas.

»Nein, leider nicht, ich bin mir aber sicher«, antwortete Mads und griff nach dem Bericht der Spurensicherung im

Birkelev-Fall. Er blätterte bis zur Abbildung der Wunden auf Hans Peter Jessens bleichem Rücken und versuchte, den Winkel zu bestimmen, aus dem der Täter zugeschlagen haben musste. »Ich habe versucht, Berit Langer zu erreichen, aber sie geht nicht ans Telefon.«

»Versuch es doch mal bei Werner Still.«

»Danke, das werde ich machen«, antwortete Mads und beendete das Gespräch. Er suchte die Nummer heraus und klemmte sich das Handy zwischen Ohr und Schulter. Dann beugte er sich über den Tisch, während er noch einmal die Dokumente durchblätterte.

»Werner Still«, meldete sich der Rechtsmediziner.

»Mads Lindstrøm hier. Entschuldigen Sie, dass ich Sie störe.«

»Dafür müssen Sie sich doch nicht entschuldigen«, sagte Werner Still und räusperte sich, während die Geräusche im Hintergrund leiser wurden. »Vera und ich haben ohnehin nur ferngesehen.«

»Ich habe mich gefragt, ob Sie mir möglicherweise ein paar Fragen beantworten könnten«, sagte Mads und griff nach dem Obduktionsbericht von Erika Truelsens Leiche.

»Privat oder beruflich?«

»Beides«, erwiderte Mads, während er die Bilder von Erika Truelsens nacktem Körper auf dem Obduktionstisch und die Fotos von Hans Peter Jessens Leichnam miteinander verglich. Die groteske Brutalität verursachte ihm beinahe Brechreiz. »Ich brauche eine Bestätigung, dass die Morde, mit denen wir es hier zu tun haben, von einem Rechtshänder ausgeführt wurden.«

»Nun, ich war ja nicht verantwortlich für die Obduktion der Leichen, die in Dänemark gefunden wurden.«

»Ja, das weiß ich, aber Sie haben gesagt, dass es starke Ähnlichkeiten zwischen den Verletzungen der Toten in Breklum und denen von Erika Truelsen gibt, als Sie in Thomas Beckmanns Büro die Fotos gesehen haben.«

»Ja, das ist richtig«, antwortete Werner Still. »Wenn wir davon ausgehen, kann ich das mit einem Ja beantworten. Wiebke Hoffmanns Mörder war mit sehr großer Wahrscheinlichkeit Rechtshänder.«

»Und womit begründen Sie diese Aussage?«, fragte Mads und griff nach einem Kugelschreiber.

»Maßgeblich sind die Stellen, an denen sich die Wunden befinden, und die Kraft, mit der sie dem Opfer zugefügt wurden«, sagte Werner Still. »Wenn ich mich richtig erinnere, hatte das Opfer deutliche Läsionen auf der linken Seite des Gesichts, was zum Schlag eines Rechtshänders passen würde.«

»Gesicht?«, murmelte Mads und blätterte zu den Nahaufnahmen von Erika Truelsen. Ein blauschwarzer Fleck mit drei sichtbaren Knöchelabdrücken auf dem Wangenknochen zog sich von der Schläfe über die linke Seite des faltigen Gesichts bis hinunter zum Kinn.

»Ja«, antwortete Werner Still. »Ich habe den Obduktionsbericht nicht hier bei mir zu Hause, meine, mich aber zu erinnern, dass es da auch einen ganz konkreten Abdruck gab.«

»Erinnern Sie sich, wie der aussah?«, fragte Mads und ließ den Blick über Berit Langers Auflistung der Verletzungen schweifen.

»Ein kleines, geriffeltes Muster«, antwortete Werner Still. »Vermutlich von einem Ring. Besonders deutlich war es allerdings nicht. Der Täter könnte Latexhandschuhe oder Ähnliches getragen haben.«

»Wie sicher sind Sie sich in dem Punkt?«

»Schon ziemlich sicher«, antwortete Werner Still. »Am Leichnam wurden jedenfalls keine Fingerabdrücke des Täters gefunden.«

»Also haben wir nur den Abdruck in der Vaseline?«, fragte Mads.

»Korrekt«, antwortete Werner Still. »Die wenigen gesicherten DNA-Spuren haben uns dem Täter leider nicht näher gebracht. Ich weiß, dass Thomas Ihre Kollegen gebeten hat, sie durch Ihr System zu jagen, aber das hat, wenn ich richtig informiert bin, auch nichts gebracht.«

»Faktisch haben wir also nicht mehr als diesen einen Fingerabdruck«, fasste Mads zusammen.

»Nun ja, es gibt auch noch die Parallelen beim Modus Operandi«, erwiderte Werner Still. »Aber wenn Thomas mich richtig informiert hat, glaubt Ihr Dezernatsleiter noch immer nicht daran, dass es sich um denselben Täter handeln könnte.«

»Ja, ich weiß.« Mads seufzte mutlos und sah aus dem Fenster. Aus Westen näherte sich eine Wolkenbank. Er ging in den Wintergarten. Das Holz strahlte noch immer die Wärme der Sonne ab und erfüllte die Luft mit einem schwachen Farbgeruch. Einen Augenblick stand er still da und sah nach oben zu dem Balken, dann öffnete er die Tür zum Garten. »Die letzten Tage waren ein Albtraum«, fuhr er fort und trat auf den Rasen hinaus. Es roch nach Regen, und er atmete tief durch. »Per Teglgård hat die ganze Zeit gewusst, dass Torben Laugesen das Geständnis von Lauritz Koch erzwungen hat. Das Ganze war eine Lüge. Eine bewusste Entscheidung, die Wahrheit zu kaschieren, um das Gesicht zu wahren.«

»Sind Sie sich da sicher?«

»Ja«, antwortete Mads. »Dank Sarah Jonsen und Ihnen ist mir klar geworden, dass die Beweise, mit denen Lauritz Koch überführt wurde, falsch eingeschätzt worden sind.«

»Inwiefern?«

»Lauritz Koch ist Linkshänder.« Mads sah hinauf in die Wolken. Die ersten Regentropfen fielen ihm ins Gesicht.

»Weiß Torben Laugesen davon?«

»Das müsste er eigentlich wissen«, antwortete Mads. »Schließlich war er es, der Lauritz Koch damals immer wieder vernommen hat.«

»Sie haben ihm aber noch nicht gesagt, dass Sie es wissen?«

»Nein«, antwortete Mads. In der Ferne war wie ein hohles Echo der Vergangenheit ein Donner zu hören. Er atmete langsam aus, bevor er wieder ins Haus ging und die Tür hinter sich schloss.

»Vielleicht sollten Sie das tun«, meinte der Rechtsmediziner.

»Das kann ich nicht«, erwiderte Mads. »Es war Torben Laugesen, der Lauritz Koch das Geständnis abgerungen hat. Seine Haltung ist klar. Er will den wahren Täter gar nicht finden, denn dann würde ja herauskommen, dass das damalige Geständnis erzwungen war.«

»Und was wollen Sie jetzt tun?«, fragte Werner Still.

»Ich weiß es noch nicht.« Mads trat noch einmal an den Esstisch und griff nach der detaillierten Zeichnung vom Mord an Jan Peter Jessen. »Ich brauche etwas Konkretes«, sagte er schließlich. »Danke, dass Sie sich Zeit für mich genommen haben.« Er beendete das Gespräch und legte die Zeichnung weg, dann setzte er sich in den Sessel. Der Regen war stärker geworden. Dicke Tropfen prasselten an die Wohnzimmerfenster und durchbrachen die Stille.

Mads beugte sich vor und richtete seinen Blick noch einmal auf den malträtierten Körper, der im Bericht der Spurensicherung abgebildet war. Dann erstarrte er, als wollte das Gesehene nicht wirklich zu ihm durchdringen, bevor er den Bericht noch einmal in die Hand nahm. Der nackte Körper mit den blutigen Wunden schrie ihn förmlich an, doch nicht das war ihm aufgefallen, sondern das Seil, mit dem die Hände des Opfers gefesselt worden waren.

Wie in Trance griff er zu seinem Handy. Das Herz hämmerte laut in seiner Brust, während er über das Display wischte und Torben Laugesens Nummer anwählte. »Verdammt!« Niemand meldete sich. Er stand auf, als der Klingelton verstummte. Sein Puls raste, und er fuhr sich mit den Händen übers Gesicht. Dann tippte er auf den Namen darüber.

»Thomas Beckmann«, ertönte die etwas brüske Stimme seines deutschen Kollegen.

»Ich bin's, Mads.« Er trat ans Fenster. Im Westen hatten sich gewaltige, bedrohlich schwarze Wolken aufgetürmt. »Ich glaube, ich weiß, wer der Täter ist.«

18. Juli

Birkelev

Mads fuhr an den Straßenrand. Das Scheinwerferlicht fiel auf den nassen Asphalt, und die Scheibenwischer fegten ein letztes Mal das Wasser zur Seite, bevor er den Motor ausschaltete und zum Haus sah. Hinter einem Fenster, das immer wieder von einem im Wind schwankenden Baum verdeckt wurde, brannte Licht.

Er beugte sich vor, als im Rückspiegel die Scheinwerfer eines anderen Autos zum Vorschein kamen. Mads sah auf seine Armbanduhr. Als er den Blick wieder hob, waren die Lichtpunkte verschwunden. Die grauschwarze Silhouette, die sich langsam von hinten näherte, verriet ihm aber, dass Thomas Beckmann gekommen war.

*

»Das Haus da drüben?«, fragte Thomas und deutete auf den Schotterweg, der zu Jan Jessens Haus führte. Er setzte sich in Mads' Wagen und zog die Tür hinter sich zu. Das Prasseln des Regens auf der Frontscheibe war lauter geworden, und in der Ferne donnerte es.

»Ja.« Mads sah zu dem Haus hinüber, dessen Konturen hinter den Wassertropfen auf der Scheibe verschwammen.

Thomas sah noch eine Weile zu den Bäumen am Feldrand,

ehe er den Blick auf Mads richtete. »Ist Torben Laugesen informiert?«, fragte er dann.

»Nein«, antwortete Mads, während ein Blitz den Himmel zerriss und kurzfristig alles in grelles Licht tauchte. »Ich konnte ihn nicht erreichen.«

»Dann sind wir nur zu zweit?«

»Ja.« Mads tastete den Bund seiner Jeans ab, bis ihm wieder einfiel, dass seine Dienstwaffe im Polizeirevier in Haderslev lag.

»Was wissen wir über ihn?«

»Nicht viel«, antwortete Mads, als ein weiterer Blitz zuckend vom Himmel herabfuhr und der Regen noch weiter zunahm. »Meine ganze Argumentation baut eigentlich auf einem einzelnen Knoten auf.«

»Auf einem Knoten?«, wiederholte Thomas Beckmann leise. Er drehte den Kopf und sah noch einmal zum Haus, wo das Licht in dem einen Fenster für einen Moment verdunkelt wurde, als wäre drinnen jemand vorbeigegangen. Er tastete nach dem Türöffner. »Dann schauen wir uns das mal an.« Thomas öffnete die Tür, stieg aus und zog die Schultern zu den Ohren, als würde ihn das vor dem Regen schützen.

Mads folgte ihm. »Wir müssen vorsichtig sein«, sagte er und trat neben Thomas ins hohe Gras der Straßenböschung. Seine Füße versanken etwas in dem regennassen Boden.

*

»Glaubst du, dass er zu Hause ist?«, flüsterte Thomas. Der Kies der Einfahrt knirschte leise unter seinen Füßen, und er blickte kurz nach unten, eher er zur windgeschützten Giebelwand huschte.

»Sein Auto steht jedenfalls hier«, antwortete Mads.

»Was machen wir jetzt?«

»Wir müssen uns ein bisschen umsehen.« Mads warf einen Blick auf seine Uhr, die 23:04 Uhr anzeigte. Dann sah er zur Garage hinüber. Rings um die Tür war ein schmaler Lichtstreifen zu erahnen. Vorsichtig trat er einen Schritt vor und ließ seinen Blick über den Hofplatz schweifen. Im Wohnzimmer war alles dunkel, und auch durch das Küchenfenster fiel nur ein schwacher Lichtschein.

»Glaubst du, dass er da drin ist?«, fragte Thomas Beckmann und deutete mit dem Kopf in Richtung der Garage.

»Vielleicht.« Mads beugte sich etwas vor und lief zum Auto, das vor dem Haus in der Einfahrt parkte. Ein paar Sekunden sah er zum Fenster hoch, wo sich aber nichts rührte. Er winkte Thomas mit einer Handbewegung zu sich. »Wir müssen uns auf jeden Fall einen Überblick über Haus und Grundstück verschaffen«, flüsterte er, während Thomas sich neben ihn stellte.

»Dafür bräuchten wir einen Durchsuchungsbeschluss«, wandte Thomas ein.

»Und den haben wir nicht«, erwiderte Mads.

Für einen Moment sah Thomas so aus, als wöge er die Konsequenzen ab, dann sah er kurz zum Haus und folgte Mads in Richtung Garage.

18. Juli

Birkelev

Ein metallischer Geruch nach Werkstatt und Öl schlug Mads entgegen, als er das Tor öffnete. Hinter sich nahm er Thomas' gedrungenen Körper wahr, der ihm wie ein Schatten folgte. Das Tor schloss sich hinter ihnen, und nur das diffuse Licht einer einzelnen Glühbirne unter der Decke über dem abgedeckten Porsche 911 erhellte den Raum. Mads stand einen Augenblick still da und sah sich um. Kleine Staubkörner tanzten durch das Licht, und an der Decke klebten lange Spinnweben. Er trat einen Schritt vor, als das Tor durch einen plötzlichen Windstoß kurz klapperte. Das Prasseln des Regens auf dem Dach verstummte für einen Moment, und Mads hielt die Luft an, als könnte sein Atem ihn entlarven. Als ein leises Geräusch an seine Ohren drang, schloss er die Augen. Das Blut erstarrte in seinen Adern, und die Hand zuckte noch einmal zu seinem Hosenbund, wo eigentlich die Pistole sein sollte. »Hast du das gehört?«, fragte er leise und öffnete die Augen wieder.

Thomas sah sich konzentriert im Raum um. Die verstaubten grünen Chemikalienbehälter aus Plastik mit unleserlichen Etiketten, die in einem Durcheinander auf einem Wandregal standen, weckten offenbar seine Aufmerksamkeit. »Nein«, sagte er schließlich, während in der Ferne der Donner grollte.

Mads biss die Zähne zusammen. Die Muskeln in seinem Körper spannten sich an, als könnte er so seine Sinne schärfen, aber jetzt hörte auch er nur noch den aufs Dach prasselnden Regen.

»Das Haus?«, fragte Thomas.

»Vielleicht«, antwortete Mads, legte die Hand ans Tor und drückte es einen Spaltbreit auf. Vorsichtig beugte er sich vor und schaute hinüber zu den Fenstern im Erdgeschoss des Hauses, wo aber noch immer alles dunkel war. Da riss ihm ein Windstoß das Tor aus der Hand. Er fluchte leise, als das Tor knallend an die Wand schlug, während der nächste Blitz vom Himmel zuckte.

»Verdammt!«

Der Donner, der dem Blitz folgte, ließ die Werkstatt erzittern, sodass die nackte Glühbirne leicht hin und her schwang und die Schatten in dem kleinen Raum tanzen ließ. Mit fester Hand schloss Mads das Tor. Die Finger waren in dem kalten Regen ganz steif geworden, und er rieb die Hände aneinander.

»Hier ist nichts zu holen«, sagte Thomas. Er drehte sich um, als ein weiterer Blitz sein Licht durch die Milchglasscheibe warf und die harten Konturen seines Gesichts betonte, als wäre es aus Stein gemeißelt.

»Wir müssen Beweise finden«, erklärte Mads. Das regennasse T-Shirt klebte an seinem Körper, und er legte die Arme um sich, um das Zittern der Muskeln zu lindern, während er sich noch einmal in der Werkstatt umsah.

»Wir müssen aber korrekt vorgehen«, sagte Thomas Beckmann. »Das ist entscheidend.«

»Korrekt?«

»Ja«, sagte Thomas und musterte Mads abwartend. Die Stille zwischen ihnen wurde nur vom Prasseln des Regens durchbrochen. »Wenn du recht hast und Jan Jessen wirklich unser Täter ist, können wir alles in den Sand setzen, wenn wir nicht nach Vorschrift handeln«, fuhr er fort.

»Aber das wird nicht gehen«, wandte Mads ein und breitete frustriert die Arme aus. »Ich gehöre doch gar nicht mehr zum Morddezernat. Außerdem ist es Torben Laugesen vollkommen egal, was ich glaube. Er hat seinen Entschluss längst gefasst. Für ihn ist und bleibt Lauritz Koch der Täter.«

Mads drehte den Kopf und sah zu Thomas. Dann donnerte es erneut, und die Glühbirne begann zu flackern. Er trat zur Seite und verlor das Gleichgewicht, als etwas unter seinem Fuß wegrollte. Sein Arm schnellte zur Seite, um sich irgendwo festzuhalten, wobei er versehentlich einige große Plastikbehälter aus dem Regal schlug, die zu Boden gingen.

»Hier ist doch nichts«, sagte Thomas. »Gibt es im Haus möglicherweise einen Keller?«

»Das glaube ich nicht«, antwortete Mads und schüttelte den Kopf. Dann bückte er sich, um einen der Plastikbehälter aufzuheben. Er wollte sich gerade wieder aufrichten, als sein Blick auf einen schmalen Streifen Wasser fiel, der unter der Wand hinter dem Regal hervorsickerte. Mads ließ den Plastikbehälter fallen, legte die Hände um den Seitenträger des Stahlregals und zog es mit einem Knirschen zu sich.

18. Juli

Birkelev

Feuchte Luft drang durch den Spalt, der sich vor Mads auftat. Die scharfen Kanten des Regals schnitten sich in seine Hände, und die Metallfüße kratzten laut über den Boden, als er die versteckte Tür öffnete.

»Was, zur Hölle …«, murmelte Thomas, der sich so weit vorbeugte, dass Mads die Wärme seines Atems spürte.

Zögernd ließ Mads das Regal los und trat durch die Öffnung. Sein Blick ging nach oben, als der nächste Blitz den Himmel zerriss und Licht durch das undichte Dach fiel. Eine Sekunde später hielt die Dunkelheit sie wieder in ihrem Vakuum gefangen, dann ließ der Donner erneut die Wände erzittern. Mads nahm sein Handy heraus, schaltete die Taschenlampe ein und ließ den Lichtkegel über die Wände wandern. An manchen Stellen drang Regenwasser herein und lief glitzernd nach unten. Mads stieg über eine Pfütze, die sich auf dem Beton gebildet hatte. Lange Spinnweben schwebten unruhig in der Luft und warfen Schatten an die Wände. Er holte tief Luft. Es roch irgendwie nach Chemikalien. Der scharfe, manchmal geradezu stechende Gestank legte sich wie eine unsichtbare Hand um seinen Hals und schnürte ihm die Luft ab.

»Guck mal.«

Er drehte sich um, als er Thomas' tiefe Stimme hörte. Der Lichtkegel von Mads' Handytaschenlampe streifte den gedrungenen Körper seines deutschen Kollegen, ehe er sich auf den Boden richtete. Ein Stück entfernt lehnte eine alte Kellerluke aus Holz an der Wand, und in dem kalten Licht der Taschenlampe erahnte er die Stufen einer Betontreppe, die in die Finsternis unter ihnen führte. Mit einem kurzen Blick zu Thomas stellte er den Fuß auf die erste Stufe. Er stützte sich mit der Hand an der Wand ab, und die Kälte des feuchten Betons kroch ihm durch die Haut, während das nächste Donnergrollen zu hören war. Das Handylicht schwang hin und her, als er dicht gefolgt von Thomas Beckmann langsam nach unten ging.

»Siehst du was?«

»Nein«, flüsterte Mads, ohne den Blick zu heben. Der graue Schacht vor ihm führte weiter in die Tiefe. Vorsichtig stützte er sich mit den Fingern an der rauen Wand ab, damit die spitzen Steine sich nicht in seine Handfläche bohrten. »Da.« Am Ende der Treppe blieb er stehen. Vor ihnen zeichnete sich eine Tür ab, an deren Rändern ein schwacher Lichtschein zu erahnen war. Mads ließ die Hand sinken und schlich lautlos weiter. Sein Herz hämmerte gegen das Brustbein, während er auf die Tür starrte und alles um ihn herum zu verschwinden schien. Hinter sich hörte er die Schritte von Thomas, der ebenfalls den Fuß der Treppe erreicht hatte.

Mads blieb lauschend stehen. Das Blut rauschte laut in seinen Ohren, und auch alle anderen Geräusche wirkten irgendwie intensiver als sonst. Im Licht der Handytaschenlampe sah er, wie Thomas unter seine dünne Jacke griff und schnell einen Blick hinter sich warf.

»Bereit?«, fragte Mads tonlos.

Thomas verstand ihn offenbar auch so, denn er formte ein »Ja« mit den Lippen und nickte kurz, während das Licht vom schwarzen Metall der Waffe reflektiert wurde. Seine Augen waren auf die Tür gerichtet, als Mads die Klinke langsam nach unten drückte.

»Polizei!«, rief Mads, als die Tür mit einem Knall an die Wand schlug. Er trat einen Schritt zur Seite, und Thomas schlüpfte mit gezogener Waffe in den Raum.

»Verdammt!« Thomas ließ den Arm etwas sinken. Sein Zeigefinger lag noch am Abzug, während er Mads mit verbissenem Ausdruck signalisierte, dass der Raum leer war.

»Was ist das?«, fragte Mads und ließ den Blick durch den Raum schweifen. Eine dicke Staubschicht lag auf den Regalen, trotzdem schien der Raum noch genutzt zu werden, denn eine Reihe von Videokameras richtete sich auf eine große dunkle Glasscheibe. An einer von ihnen brannte eine rote Diode.

»Scheint eine Art Arbeitszimmer zu sein«, erwiderte Thomas und sah zum Schreibtisch, auf dem neben der Tastatur ein halb leerer Kaffeebecher stand. »Noch lauwarm«, sagte er, nahm die Hand vom Becher und sah zur Tür.

»Erika Truelsen«, sagte Mads und deutete auf ein paar Fotos, die über dem Tisch hingen. Einige davon waren aus der Ferne aufgenommen worden und nicht ganz scharf, als hätte sie jemand durch ein Autofenster hindurch gemacht. »Er hat sie beobachtet.«

»Nicht nur sie«, antwortete Thomas und schob Mads ein Foto hin, das auf dem Schreibtisch lag. Es zeigte eine ältere, an ein Bett gefesselte Frau, deren Gesicht zu einer Grimasse verzerrt war. »Wiebke Hoffmann«, sagte er. Blutunterlaufene rote Streifen zogen sich über den nackten Körper, während aus den Augen der Frau blanke Angst sprach.

Unter dem Foto lag ein aufgeschlagenes Notizbuch, in dem Namen und Zahlen aufgeführt waren. Mads wollte danach greifen und es sich genauer ansehen, als die Stimme seines Kollegen ihn unterbrach.

»Was ist das denn, verdammt noch mal?« Thomas stand mit zusammengekniffenen Augen vor einem Regal und beugte sich vor.

»Was meinst du?« Mads folgte seinem Blick. Auf dem Regalbrett stand ein Marmeladenglas, in dem ein blassgraues, rundliches Etwas in einer klaren Flüssigkeit dümpelte.

Thomas verzog das Gesicht zu einer angewiderten Grimasse und trat einen Schritt zurück. »Verdammt, das ist ein Finger.«

18. Juli

Birkelev

»Ein Finger?«

»Ja, ein Finger«, antwortete Thomas. Einen kurzen Moment schien er nach dem Glas greifen zu wollen, dann ließ er die Hand sinken. »Wir müssen mit Torben Laugesen reden.« Er drehte sich um und sah zu Mads. In seinem dunklen Blick war trotz aller Professionalität die Unruhe deutlich zu erkennen.

»Das geht nicht«, wandte Mads ein. »Ich habe keine Berechtigung, hier zu sein, und du auch nicht.«

»Und trotzdem seid ihr hier.« Jan Jessens Stimme war nur ein leises Flüstern. Unbemerkt hatte er den Raum betreten.

Mads sah zu seinem deutschen Kollegen, dessen gedrungener Körper wie erstarrt war. Nur Thomas' Augen signalisierten die Gefahr, in der sie schwebten, als er langsam die Hände hob.

»Waffe fallen lassen!«, forderte Jessen. Sein Blick sprühte vor Wut, und das blanke Metall der Pistolenmündung glänzte im Licht, als er mit der Waffe auf Thomas zielte. »Fallen lassen, habe ich gesagt!«

Thomas beugte sich vor. Er hatte den Kopf gesenkt, den Blick aber noch immer auf Jan Jessen gerichtet. Langsam streckte er den Arm aus, als wollte er die Waffe weglegen, doch dann krümmte sich sein Finger um den Abzug. Der Knall ließ den Raum erzittern, dann sackte Thomas auf die Knie. Die Pistole rutschte ihm aus der Hand, und ein dunkelroter Fleck breitete sich auf seinem Hemd aus, während der scharfe Geruch nach verbranntem Pulver den kleinen Raum erfüllte. Jessen lud nach, streckte den Arm aus und legte den Finger erneut um den Abzug.

Mads warf sich zwischen Thomas und Jessen. Der Knall hallte von den Wänden wider. Ein heftiger Schmerz durchzuckte seine Schulter und breitete sich in seinem Arm aus, während er zu Boden ging. Verzweifelt trat er mit den Beinen nach Jessen, dann traf ihn ein Schlag, und alles um ihn herum wurde schwarz.

19. Juli

Birkelev

Ein Sammelsurium an Lauten drang durch die Dunkelheit. Mads holte tief Luft. Es roch irgendwie abgestanden nach Ammoniak. Er ließ den Kopf zur Seite fallen, und ein dumpfer Schmerz breitete sich in seinem Hinterkopf aus. Er biss die Zähne zusammen, konnte aber keinen klaren Gedanken fassen. Die Schmerzen schnitten sich mit einer Intensität durch seinen Schädel, dass ihm schwarz vor Augen wurde. Er atmete langsam aus und versuchte, die Hand zu sich zu ziehen, aber sein Arm rührte sich nicht. Die Finger fühlten sich steif an, und irgendwie schienen sie auf einer kalten, harten Fläche zu liegen. Er blinzelte. Undeutliche Konturen erschienen und verschwanden wieder, als wäre er von waberndem, dunklem Nebel umgeben. Er kniff die brennenden Augen zusammen und musste einen Moment warten, bis er sie wieder öffnen konnte.

»Thomas?«

Er ließ den Blick schweifen, sah aber nur verschwommene Konturen. Der Name seines deutschen Kollegen blieb in der Luft hängen, oder hatte er ihn nur in Gedanken genannt? Er öffnete den Mund, um Thomas noch einmal zu rufen, aber das Wort wollte sich nicht von seinen Stimmbändern lösen.

»Thomas?«

Endlich brachte er den Namen über die Lippen und lauschte. Etwas entfernt tropfte Wasser auf den Boden. Kälte drang durch seine nassen Kleider und ließ seine Muskeln zittern. Er bewegte erneut die Hände, doch das straffe Seil riss nur seine Haut auf und fraß sich ins Fleisch.

»Mads?« Ein Husten folgte dem gehauchten Namen.

Für einen Moment lag Mads still da und lauschte, als zweifelte er daran, richtig gehört zu haben, dann biss er die Zähne zusammen, presste die verletzte Schulter in die Unterlage und sah durch die rostigen Stäbe des Bettes, an die seine Hände gefesselt waren. Ein unangenehmer Gestank stieg aus der Matratze auf, als er sich bewegte, und sein Magen zog sich zusammen. Im schwachen Lichtschein, der durch die große dunkle Scheibe aus dem Vorraum hereinfiel, sah er Thomas schließlich zusammengekrümmt am Boden liegen. Das Blut auf dem Hemd seines Kollegen war beinahe schwarz, und die Lache unter ihm färbte den Boden dunkel.

»Du lebst?«

Thomas stöhnte leise. Er verzog das Gesicht vor Schmerzen, als er den Kopf ein paar Millimeter anhob und zu Mads sah. Dann sackte er wieder kraftlos auf dem Betonboden zusammen. »Er ist da draußen.« Er nickte kaum spürbar. »Er beobachtet uns.«

Eine Welle aus Schmerz spülte durch Mads' verdrehte Arme, als er langsam den Kopf neigte und die Augen zusammenkniff, um zu fokussieren. Hinter der Glasscheibe, die sie schon von der anderen Seite kannten, wurden die Konturen des Raumes, in dem sie zuvor gestanden hatten, immer klarer. Mads stellte fest, dass er direkt in die rote Diode schaute, die wie das Auge eines Raubtiers durch die Nacht leuchtete. Sein Körper zitterte ungehemmt, und er presste die Kiefer zusammen, aber das Klappern seiner Zähne ließ nicht nach und jagte immer wieder stechende Schmerzen durch seinen Schädel. Dann sah er die Silhouette auf der anderen Seite der großen dunklen Glasscheibe.

»Sie sind ja wach, Lindstrøm.« Jessens Stimme klang kalt und herablassend. Dann begann er, mechanisch zu lachen.

Mads versuchte, den Lautsprecher zu lokalisieren, aus dem die Geräusche kamen, aber es gelang ihm nicht, denn die Stimme war überall. Er atmete tief ein, und ihm wurde schwindlig von dem pulsierenden Kopfschmerz. Lichtpunkte tanzten vor seinen Augen, und nur unter Aufbietung all seiner Kraft schaffte er es, den Kopf zu heben und zu dem Schatten auf der anderen Seite zu blicken. »Es ist vorbei«, sagte er.

Jan Jessens Lachen wurde lauter. Durch die Scheibe sah Mads, wie er den Kopf in den Nacken warf. Dann herrschte plötzlich Stille. »Vorbei?« Der Hohn troff förmlich aus den Lautsprechern, und Mads sah, wie Jessen die Hände in die Tasche steckte und sich umdrehte. »Für Sie ist es vielleicht vorbei, aber für mich noch lange nicht.«

»Wir wissen, dass Sie der Täter sind«, sagte Mads. »Es ist nur eine Frage der Zeit, bis meine Kollegen hier sind.«

»Sie sind genauso naiv wie Ihr Vater«, erwiderte Jan Jessen verächtlich und streckte den Arm aus. Ein grelles weißes Licht wurde eingeschaltet, das Mads blendete. Sterne tanzten vor seinen Augen, während das spöttische Lachen wieder einsetzte. »Ich habe Sie beobachtet. Jeden Ihrer Schritte verfolgt, genau wie damals bei Ihrem Vater. Ich habe Sie mit Geschichten gefüttert, die Sie hören wollten, dabei haben Sie sich nie für meine Geschichte interessiert.«

»Warum?«

»Warum wohl?«, fiel Jessen ihm ins Wort. In seine Stimme hatte sich ein schriller, wahnhafter Ton geschlichen. »Ich wusste, wie gefährlich Sie sind.«

»Sie haben mich beobachtet?«

»Natürlich«, antwortete Jan Jessen und lachte wieder. Die Hand mit der Pistole wedelte durch die Luft, als er einen Schritt nach hinten zurückwich, um gleich darauf wieder bedrohlich nah an die Scheibe zu treten. »Glauben Sie etwa, ich weiß nicht, warum Sie gekommen sind?«

»Aber wie?«

Jan Jessen lachte, als läge die Antwort auf der Hand. »Ich habe mich lange gefragt, warum Sie immer wieder hier aufgetaucht sind, bis es mir dann irgendwann klar war.« Er schüttelte den Kopf, als fegte er seine eigene Naivität zur Seite. Dann drehte er sich um und trat von der Scheibe zurück, wodurch die Konturen seines Körpers unscharf wurden.

»Wie meinen Sie das?«, fragte Mads angestrengt.

»Sie sind wie ein offenes Buch«, antwortete Jan Jessen noch immer mit dem Rücken zu ihm. »Es ging Ihnen nie um den Fall.«

»Das stimmt nicht.«

»Und ob das stimmt!«, rief Jessen und schnellte herum. Er hämmerte mit der Hand an die Scheibe, während seine Brust wie ein Blasebalg auf und ab ging. »Für die Wahrheit hat sich doch nie jemand interessiert!« Er hielt inne und starrte auf seine Hand, als die dunkle Glasscheibe mit einem spröden Knacken sprang. Ein dünnes rotes Rinnsal lief am Riss des Glases entlang nach unten. Jessen nahm seine Hand hastig weg und schüttelte sie voller Wut. Dann richtete er sich wieder an Mads. »Ist Ihnen eigentlich klar, wie sehr Sie Ihrem Vater ähneln?«

»Hören Sie auf!«, stöhnte Mads.

»Doch, doch, ich meine das so«, antwortete Jan Jessen. »Sie sind genauso nervig und starrköpfig wie er.« Er schwieg einen Augenblick, als riefe er sich die Erinnerung ins Gedächtnis.

»Wollen Sie mir damit ein Kompliment machen?«

»Sehen Sie das, wie Sie wollen«, antwortete Jan. »Es war ein Privileg, Ihren Vater zu erleben. Sein Sinn für Details und ganz besonders seine Fähigkeit, sich nicht in die Irre führen zu lassen, waren beeindruckend. Sein Blick war immer wach. Ich wusste nie, woran ich mit ihm war oder was er dachte. Wann er einer Geschichte glaubte und wann nicht. Er war wirklich schwer zu deuten. Ich habe unsere Spielchen geliebt, aber irgendwann wurde es zu gefährlich.«

»Dann haben Sie ihn getötet?«

»Nein, das hat er schon selbst übernommen.«

»Aber Sie waren dabei?«, fragte Mads und beobachtete, wie Jessen im Vorraum auf und ab lief. Die Wahnhaftigkeit sprach aus jeder seiner Bewegungen, und in seiner Stimme schwang, ganz anders als bei ihren früheren Gesprächen, weder Mitgefühl noch Empathie mit. Mads verlagerte das Gesicht auf die verletzte Schulter. Sein Körper fühlte sich schwach an, aber trotzdem bewegte er noch einmal die Hände, um sich von dem Seil zu befreien.

»Ja, ich war dabei«, antwortete Jessen und wandte sich abrupt der Scheibe zu. »Ich habe ihn sterben gesehen. Sah das Licht in seinen Augen verlöschen und hörte sein Flehen, Sie in Ruhe zu lassen.«

»Mich in Ruhe zu lassen?« Jan Jessens Satz ließ Mads erstarren. Sein Herz stockte, und die Trauer schnürte ihm den Hals zu.

»Sie waren sein einziger Schwachpunkt. Er wusste, dass Sie auf dem Weg nach Hause waren, weshalb wir eine Vereinbarung getroffen haben: entweder Sie oder er. Er hat sich für seinen eigenen Tod entschieden«, antwortete Jessen und lachte wieder laut auf. »Im Gegensatz zu mir wurden Sie geliebt, auch wenn Sie das vielleicht nicht immer gespürt haben.« Er schwieg. Das Lachen erstarb ebenso plötzlich, wie es begonnen hatte, und nach ein paar Sekunden trat er einen Schritt nach hinten und musterte Mads. »An Ihrer Stelle würde ich still liegen bleiben. Es wird noch viel zu sehen geben, und Sie wollen doch wohl nicht so elendig verbluten wie Ihr Kollege, bevor ich fertig bin.«

»Fertig?«

»Mit meiner Mutter«, antwortete Jessen. »Seit dem Tod meines Vaters hat sie gelitten. Ich habe dafür gesorgt, dass sie nie vergessen konnte, was sie mir angetan haben. Ich habe sie die ganze Zeit auf der Folterbank sitzen lassen und immer nur so viel erzählt, dass sie den Schmerz gerade noch ertragen konnte. Aber damit ist jetzt Schluss. Heute Abend wird sie wie alle anderen gerichtet.«

Die Worte raubten Mads die letzte Kraft, und er ließ sich auf die Matratze sinken, als Jessen sich umdrehte und den Keller verließ. Im hellen Licht sah er das Blut, das sein T-Shirt durchnässte. Das Einschussloch war rissig, darunter sah er Fleisch und Knochensplitter wie Eisberge auf einem roten Meer. Seine Augen tränten, und er kämpfte gegen die Angst an, die ihn innerlich aufzufressen drohte. Schließlich stemmte er die Füße in die Matratze und riss seine Hände zu sich. Der Puls raste, und ein warmes Gefühl breitete sich von der Schulter über den Arm aus, als die Muskeln sich anspannten und die Wunde wieder aufriss.

19. Juli

Birkelev

»Thomas?« Mads nahm all seine Kraft zusammen und drehte den Oberkörper, als Jan Jessens Schritte nicht mehr zu hören waren. Das Seil kratzte über den Metallrahmen des Bettes, und für einen Moment glaubte er, es werde nachgeben, aber die Fasern schnitten sich nur noch tiefer in seine Haut. Er richtete den Blick auf Thomas, der in einer Blutlache auf dem Boden lag.

»Verdammt!« Mads wand sich hin und her. Heißes Blut strömte aus der offenen Wunde in seiner Schulter und ließ seine Haut brennen. Er biss die Zähne zusammen und sah noch einmal zu Thomas. Die Haut seines Kollegen war ganz blass, und die blutverschmierten Hände lagen in einer seltsamen Stellung auf seinem Bauch, als hätte er versucht, die Wunde zuzudrücken, dann aber die Kraft verloren. Mads zerrte voller Wut noch fester am Seil.

»Hm.«

Die Bewegung war minimal, Mads sah sie aber trotzdem. Thomas' Augenlider zitterten, und seine Finger bewegten sich ganz kurz, bevor die Muskeln wieder erschlafften.

»Halt durch«, flüsterte Mads. Er holte tief Luft und riss die Hände noch einmal zu sich. Ein stechender Schmerz jagte von der Schulter durch seinen gesamten Körper, und ihm wurde schwarz vor Augen. In Gedanken hörte er ein metallisches Geräusch von den Metallstangen, zweifelte aber daran, ob er sich das nur einbildete. Dann wurde er bewusstlos.

*

Das Geräusch kam aus weiter Ferne, zog ihn aber wie das leise, warnende Klappern einer Schlange an die Oberfläche. Mads blinzelte, geblendet von dem scharfen Licht. Er kniff die Augen zusammen und sah zur Scheibe hinüber. Der Kontrast war immens. Der Vorraum lag im Dunkeln, trotzdem glaubte Mads, im Bereich der Treppe eine Bewegung wahrzunehmen.

»Er kommt zurück«, flüsterte er.

Thomas gab ein kaum hörbares Stöhnen von sich. Sein Handrücken sackte zu Boden, und der Mund öffnete sich leicht.

»Du musst durchhalten«, wisperte Mads und drehte mit letzter Kraft den Kopf zur Seite.

Jan Jessen näherte sich wie ein Schatten der Glasscheibe. »Ich bin zurück«, sagte er mit einem spöttischen Lachen. »Sie war widerspenstiger, als ich es erwartet hatte, aber jetzt haben Sie meine volle Aufmerksamkeit.«

»Warum musste sie sterben?«, fragte Mads angestrengt.

»Warum?« Ein giftiges Lachen erfüllte den Raum. Durch die Scheibe sah Mads, wie Jessen den Kopf schüttelte, als fände er die Frage einfach nur dumm. »Sie haben doch das Buch gesehen, oder etwa nicht?«

»Das Buch?« Mads schloss die Augen. Die Schmerzen in seinem Hinterkopf verschleierten seine Gedanken, trotzdem tauchte in seinem Gedächtnis das Notizbuch auf, das auf dem Schreibtisch gelegen hatte.

»Ja, das Buch«, antwortete Jan Jessen. Er blieb ein paar Sekunden still stehen, ehe er die Hand zum Schreibtisch ausstreckte und das Notizbuch aufschlug. »›6. Mai 1986. K. Jensen. 500 Kronen‹.« Eine Weile starrte er schweigend vor sich hin. »Ich war sechs«, fuhr er schließlich fort. »Fucking sechs Jahre alt.« Seine Stimme ließ die Luft zwischen ihnen erzittern. In seinem Blick stand eine verzweifelte Mischung aus Wut, Frustration, Wahn und Trauer. »Verstehen Sie?« Er hämmerte das Buch gegen die Scheibe, bis der Sprung noch länger wurde. »Zwölf Jahre lang hat der Mann, der sich mein Vater nannte, mir das Leben genommen. Mich gefesselt. Mich geschlagen. Mich vergewaltigt und verkauft.« Er trat einen Schritt nach hinten und raufte sich schreiend die Haare. »Ich war, verdammt noch mal, noch ein Kind!«

»Dann haben Sie Ihren Vater getötet?«

»Nein, ich habe die Illusion von einem Vater getötet«, zischte Jessen.

»Die Illusion?«, fragte Mads und beobachtete Jessen, während er unauffällig seine Hände weiter drehte.

»Ja, die Illusion«, schimpfte Jan Jessen und richtete den Zeigefinger auf einen Ort oberhalb von Mads. »Die Illusion einer perfekten Familie. Eines Mannes, der ein Hurenbalg zu sich genommen hat, als wäre es sein eigenes Kind.« Als er das Buch wegwarf, löste sich eine große Glasscherbe am Rand der Scheibe und zersplitterte klirrend auf dem Boden. Ein ironisches Lächeln kräuselte Jessens Lippen, und er zeigte auf Mads. »Alle haben immer nur die glückliche Familie gesehen.«

Mit einer langsamen Bewegung drehte Mads den Kopf und sah in die Richtung, in die Jan Jessen zeigte. Das Deckenlicht spiegelte sich wie eine Sonne auf dem Glas des Bilderrahmens. Die Farben des Fotos waren vergilbt, die glücklichen Gesichter aber dennoch zu erkennen.

»Passiert ist das alles hier unten«, sagte Jessen, ohne den Blick von dem Foto zu nehmen. »Genau da, wo Sie jetzt liegen, wurde ich gefesselt und missbraucht von ... ich weiß nicht, wie vielen Männern.« Eine kaum merkbare Schwäche ließ seine Stimme zittern, ehe sie wieder hart wurde. »Manchmal war es nur einer. Andere Male kamen sie zu mehreren. Ich weiß nicht, was schlimmer war – wenn er anwesend war oder wenn er nicht dabei war.« Er riss seinen Blick los und richtete ihn auf Mads. »Karl Jensen war nur der Erste in der Reihe. Ich weiß nicht, ob Sie ihn kennen, aber Sie kennen seinen Sohn.« Ein paar Sekunden war es still. Ein Anflug von Verbitterung huschte über sein Gesicht. »Der Fährmann. Er hat nach dem Tod seines Vaters den Mädchennamen seiner Mutter angenommen, aber nach allem, was ich den Medien entnommen habe, ist er ja wohl in die Fußstapfen seines Vaters getreten.« Er kniff die Lippen zusammen, und seine Augen funkelten vor Hass. »Karl Jensen.« Er schnaubte verächtlich. »Ich kann mich noch erinnern, wie ich ihn damals im Fernsehen gesehen habe. Das war kurz nach seinem ersten Besuch hier im Keller. Und ich weiß noch, wie meine Mutter sein Engagement für vernachlässigte Jugendliche gelobt hat«, fuhr Jan Jessen mit eisigem Blick fort. »Damals habe ich nicht verstanden, wie sie einen Mann loben konnte, der so durch und durch böse war. Erst später wurde mir dann klar, dass er es gewesen war, der die Genehmigung für den Vråskovgård erteilt hatte.«

»Und Sie haben nie mit jemandem darüber gesprochen?«, fragte Mads mit einem Stöhnen und sah unauffällig auf seine Füße. Das Fußgitter des Bettes war entfernt worden, und eine dreckige Decke klemmte zwischen Wand und Bett.

»Nein«, antwortete Jessen und schnitt eine Grimasse. »Ich habe es ertragen. Habe alles in mich reingefressen und den Hals eingezogen, wie es jedes Kind tun würde, das man zum Schweigen zwingt.«

»Er hat Sie bedroht?«

»Karl Jensen? Nein.«

»Aber Ihr Vater?«

»Nennen Sie ihn nie wieder so!«, brüllte Jessen und richtete die Pistole mit einer so heftigen Bewegung auf Mads, dass er damit die Scheibe streifte, aus der weitere Scherben fielen. »Ein Vater liebt seinen Sohn. Für ihn gab es nur einen, und das war nicht ich.«

»Lauritz Koch?«

»Ja«, antwortete Jan Jessen verächtlich. Sein Zeigefinger krümmte sich um den Abzug, und für den Bruchteil einer Sekunde fürchtete Mads, dass sich ein Schuss lösen könnte. Doch Jessen nahm den Finger wieder weg. »Ich war nie sein Sohn.«

»Aber er hat Sie adoptiert.«

»Ja. Und mit der Adoption stieg sein Ansehen in diesen Kreisen.« Er spuckte verächtlich zu Boden. »Mein Körper war sein Werkzeug.«

»Aber warum haben Sie nichts gesagt?«

»Glauben Sie bloß nicht, dass ich es nicht versucht hätte! Ich weiß noch, wie wir Lauritz einmal bei Wiebke Hoffmann in Deutschland abgeliefert haben.«

»Abgeliefert?«, wiederholte Mads fragend.

»Lauritz hatte einen ganz besonderen Status. Damals wusste ich nicht, dass er der leibliche Sohn meines Vaters war, aber es war ganz offensichtlich, dass bei ihm etwas anders war. Lauritz bekam all das, was ich nicht bekam.«

»Zum Beispiel?«

»Ferien.« Jan Jessen betrachtete die Fotos auf dem Schreibtisch. »Ferien. Geschenke. Ja, sogar das Messer, das ich mir so viele Jahre gewünscht hatte. Ich erinnere mich daran, dass ich Frau Hoffmann damals gefragt habe, ob ich auch bleiben könne, aber sie hat mich nur ausgelacht und gesagt, diese Art von Ferien sei nichts für Kinder und Jugendliche aus guten Familien.«

»Und Erika Truelsen?«, fragte Mads.

»Bei ihr war es genauso«, antwortete Jan Jessen und fegte mit der Hand über den Tisch, sodass die Bilder zu Boden flogen. »Alle haben Lauritz geliebt.«

Er drehte sich um. Durch die Scheibe sah Mads, wie Jessen einen Schrank öffnete und nach etwas griff. Im nächsten Augenblick knallte es, als er einen breiten Ledergürtel durch die Luft schwang.

»Sie hätten den alten Fall ruhen lassen sollen«, flüsterte Jessen, öffnete die unscheinbare Tür neben der großen Glasscheibe und trat ins Zimmer. Sein Blick ging zu Thomas Beckmann, der reglos am Boden lag. »Sie hätten es wie Torben Laugesen machen sollen.« Er lachte heiser, als er den Arm hob und Mads mit dem Gürtel schlug. »Sie hätten einfach die Beweise akzeptieren sollen, die auf Lauritz Koch hingewiesen haben, aber genau wie Ihr Vater konnten Sie nicht rechtzeitig loslassen.«

Mads krümmte sich vor Schmerzen. Das Klatschen des Gürtels hallte in seinen Ohren und ätzte sich in seine kalte Haut. Schließlich zog er mit einem Brüllen die Beine an.

»Durch Lauritz Koch habe ich begriffen, dass Menschen nur das sehen, was sie sehen wollen!«, rief Jessen und hob die Hand noch einmal, zögerte dann aber. »Dass die Wirklichkeit eine Illusion ist, die in dem Kontext Form annimmt, in dem man sie sehen will.«

»Sie haben manipulierte Beweise gegen Lauritz Koch platziert«, stöhnte Mads und biss die Zähne zusammen. Wegen der Schmerzen schoss Adrenalin durch seinen Körper. Der Kopf dröhnte, und alles um ihn herum verschwamm zu einem unwirklichen Nebel, in dem sich Laute und Sinneseindrücke zu unförmigen Gespenstern formten.

»Ich habe mir zurückgeholt, was mir gehörte«, fauchte Jan Jessen. »Ich habe allen gezeigt, dass Lauritz Koch nicht der Mensch war, für den sie ihn hielten. Und dass er unzurechnungsfähig war. Dass er sich ihre Liebe gestohlen hat und sie sich in ihm geirrt haben.« Er atmete keuchend, und seine Muskeln zitterten, als er noch einmal den Arm mit dem Gürtel hob. »Aber nicht einmal das hat etwas an seinem Status geändert.« Er biss die Zähne zusammen. Der Hass brannte in seinem Blick, als der Riemen erneut mit voller Wucht auf Mads' Körper klatschte. »Ihm gehörte alles. All das, wofür ich mit meinem Körper bezahlt habe.«

Der Schmerz auf der Haut brannte so stark, dass Mads den Mund aufriss und nach Luft schnappte. Ihm schnürte sich die Kehle zu und erstickte die Laute, die aus seinem Mund wollten, während er verschwommen sah, wie Jessen erneut den Arm hob.

»Sogar das Auto!«, brüllte Jan, während der Gürtel Mads' Haut aufplatzen ließ. Das Blut spritzte auf die vergilbten Bilder an der Wand. »Er – ausgerechnet er – sollte das Auto bekommen, für das mein Körper bezahlt hatte.«

Mads riss noch einmal den Mund auf, aber die Luft drang nicht bis in seine Lungen.

In Jan Jessens Blick stand der pure Wahn, als er das Seil

betrachtete, mit dem er Mads' Handgelenke ans Bett gefesselt hatte. »Lauritz hat mich an jenem Morgen gesehen. Er hat mich dabei beobachtet, wie ich das Messer in den Mann gestochen habe, der über so viele Jahre hinweg mein Leben zerstört hat.« Er starrte schweigend vor sich hin, als erlebte er die Szene noch einmal. »Ein paar Sekunden lang haben wir einander durch das kleine Fenster angestarrt, dann ist er weggerannt.«

»Wohin?«, fragte Mads leise.

»In den Wald«, antwortete Jan Jessen, während ein Lächeln seine Lippen umspielte. »Ich habe ihn eingeholt und zurück zum Schuppen gezerrt. Dort wollte ich ihm mit Drohungen vermitteln, dass er die Klappe halten soll, aber das hat nicht gereicht. Erst, als ich einem seiner beschissenen Kaninchen den Hals umgedreht habe, hat er die Botschaft verstanden.«

Kleine Lichtpunkte tanzten vor Mads' Augen, während er den Schmerzen zu trotzen versuchte und all seine Kraft zusammennahm. Mit einer Energie, von der er nicht wusste, woher sie kam, riss er die Hände zu sich. Die Stangen des Bettrahmens fielen metallisch klirrend zu Boden, und er sprang brüllend auf. Der Schrei gab ihm Kraft, wobei er nicht wusste, ob das alles nur in seinen Gedanken geschah. Sein Blickfeld engte sich ein, dann warf er sich auf Jan Jessen. Für den Bruchteil einer Sekunde starrte er direkt in die Augen seines überraschten Widersachers, dann gingen sie beide zu Boden. Adrenalin pumpte durch seine Adern, als er sich wie ein Raubtier nach vorne warf und seine Finger in Jan Jessens Hals bohrte.

Langsam erweiterte sich der Tunnelblick wieder. Um ihn herum drehte sich alles, und er rang nach Atem, während er den Griff langsam lockerte und seinen Gegner betrachtete. Ein langer Glassplitter steckte in Jan Jessens Rücken und drückte sich in der Herzgegend wieder blutig durch die Haut. Jessens Körper zuckte ein paarmal heftig und kurz, als wollte er am Leben festhalten, während sich unter ihm eine Blutlache bildete.

Mads ließ ihn los und starrte auf das Blut, das in einem dünnen Rinnsal aus Jessens Mundwinkel lief, als der Kopf schlaff zur Seite kippte. Während ein letztes Zittern über Jan Jessens Gesicht huschte, schob sich Mads nach hinten und lehnte sich an den Bettrahmen. Die kalte Kellerluft drang durch seine nasse Kleidung, und seine Muskeln begannen ungehemmt zu zittern.

»Thomas?«, fragte er heiser, bekam aber keine Antwort. Das Einzige, was er hörte, war sein eigener keuchender Atem. Sein Körper brannte, obwohl er vor Kälte zitterte und ihm alles wehtat. Er drehte den Kopf und musterte seine Schulter, dann biss er die Zähne zusammen und untersuchte mühsam die tiefe Schusswunde, bevor er sich wieder ans Bett lehnte. Der kalte Metallrahmen drückte sich in seinen Rücken, aber er bewegte sich nicht. Die Kräfte schwanden, und erneut hüllte ihn die Dunkelheit ein.

19. Juli

Birkelev

In Gedanken sah er immer wieder kurz seinen Vater. Den athletischen Körper, der auf ihn zukam. Das Lächeln. Die feinen Linien an den Augen und die Wärme in seinem Blick. Er streckte die Hand nach ihm aus, obwohl die Schmerzen durch seinen Körper jagten. Dann veränderte sich das Bild. Er öffnete den Mund, es kam aber kein Laut über seine Lippen, und er musste zusehen, wie sein Vater sich in einen Schatten aus der Vergangenheit verwandelte, der an dem Haken im Holzbalken mit starrem Blick über ihm schwang.

Nach Luft schnappend, riss Mads die Augen auf und starrte vor sich hin, während sein Hirn desorientiert die Umgebung aufnahm. Der grelle Lichtschein stach ihm in die Augen, und der Blutgeruch löste Brechreiz aus. Er beugte sich zur Seite, als sein Magen sich zusammenzog und die Galle auf der Zunge brannte.

Schließlich richtete er sich auf und schob sich vom Bettrahmen weg. Der ganze Körper schmerzte. Er starrte von Jan Jessens leblosem Körper auf seine eigenen gefesselten Hände. Harte rostrote Fasern ragten aus dem Knoten, doch wie er die Hände auch drehte und wendete, er bekam sie nicht frei. Der Knoten war kunstvoll geflochten, und nur dort, wo die Stange des Bettrahmens gewesen war, war ein kleines Loch entstanden. Trotzdem ließ sich das Seil weder lockern noch straffen.

Er holte tief Luft und sah zu Thomas hinüber, der in der Blutlache auf dem grauen Betonboden lag. »Thomas, verdammt!« Mads' Kehle schnürte sich zusammen, und er kämpfte mit den Tränen, als er die Hände fest auf den leblosen Körper legte und ihn leicht schüttelte.

Mit einem Seufzen kippte Thomas' Gesicht zur Seite, dann drang ein Röcheln über seine Lippen. Mads sah ihn für den Bruchteil einer Sekunde an, dann legte er einen Finger an seinen Hals und hoffte, einen Puls spüren zu können, aber da war nichts.

Trauer stieg in ihm hoch, und er hämmerte mit den Fäusten auf Thomas' Brust, um dann neben dem regungslosen Körper zu Boden zu sinken.

Da erklang ein Geräusch, und Mads hob den Blick. Es war ein lang gezogenes Röcheln mit einem pfeifenden Unterton. Für einen Moment begegnete er dem gequälten Blick seines deutschen Kollegen, dann schlossen sich Thomas' Augen wieder, und die Gesichtsmuskeln erschlafften.

Mads beugte sich vor und legte noch einmal einen Finger an Thomas' Hals. Die Sekunden verstrichen quälend langsam, bis er den schwachen, unregelmäßigen Puls spürte. »Halt durch, Thomas!«, rief er, stemmte die Hände auf den Boden und schob sich ein Stück zurück. Beim Aufstehen drehte sich einen Moment lang alles. Die Muskeln in seinen Beinen hatten all ihre Kraft verloren, als er zur Wand taumelte und über Thomas' Beine stieg. Eine Weile stand er still da, dann schob er zwei Finger in seine Hosentasche. Das Seil schnitt sich in die Haut, und der harte Jeansstoff kratzte über seinen Handrücken, während er krampfhaft nach dem Handy tastete, aber es war nicht da. Fieberhaft sah er sich im Raum um. Sein Blick glitt über Scherben und Fotos, bis er auf der anderen Seite der zersplitterten Scheibe sein Telefon erblickte.

Mit steifen Bewegungen taumelte er in den Vorraum und griff nach seinem Handy. Nur der Gedanke an Thomas Beckmann gab ihm die Kraft, die er brauchte, um sich aufrecht zu halten. Er fuhr mit dem Zeigefinger über das Display und starrte auf die schwarze Oberfläche. Noch einmal versuchte er es. Angetrieben von dem Adrenalin, das das Herz mit jedem Schlag durch seine Adern pumpte, versuchte er es weiter, aber das Display blieb schwarz.

»Scheiße!« Wütend schmiss er das Handy weg. Tränen stiegen ihm in die Augen, als die Beine unter ihm nachgaben und er auf den kalten Boden sackte.

19. Juli

Birkelev

»Mathias! Hier!«

Die helle Stimme kam aus weiter Ferne. Wie eine kurze Mahnung an etwas Schönes mischte sie sich mit dem Sammelsurium an quälenden Erinnerungen aus der Vergangenheit. Aus der Zeit gerissen. Ohne Kontext. Mathias? Der Name schwebte durch seine Gedanken.

»Er lebt.«

Mads konzentrierte sich, um die Stimme einzuordnen, aber es gelang ihm nicht. Er vernahm Schritte, die sich als Vibrationen in dem kalten Boden übertrugen.

»Bist du sicher?«

Jetzt erkannte er die Stimme. Ein kalter Windhauch strich über seinen Körper, als die Vibrationen aufhörten und Mathias Larsen von der Einsatztruppe in seinen Gedanken auftauchte.

»Ja.«

Die helle Stimme umarmte ihn und schenkte ihm ein Gefühl, das er schon viel zu lange verdrängt hatte. Ein Wirrwarr aus Trauer, Sehnsucht und Freude, vor allem aber Liebe.

»Und die anderen?« Mathias Larsens kalte Professionalität fegte die Gefühle beiseite.

»Beide tot«, antwortete die helle Stimme traurig.

Von einer Stelle an seinem Arm breitete sich eine seltsame

Wärme in seinem Körper aus. Die Dunkelheit bekam Risse, und immer mehr Licht drang zu ihm vor, während Thomas' Gestalt in seinem Bewusstsein Form annahm.

»Nein.« Er hörte, wie schrill seine eigene Stimme klang. Fieberhaft versuchte er aufzustehen, aber die Kräfte reichten nicht, und er sackte in sich zusammen. Tränen verschleierten seinen Blick, als er die Augen öffnete und verzweifelt in Berit Langers Gesicht starrte.

»Es tut mir so leid«, flüsterte sie und sah zu Mathias Larsen, der den Raum verließ.

»Das kann nicht sein«, sagte Mads und blinzelte die Tränen weg. Er stemmte sich vom Boden hoch. »Ich habe es doch selbst gesehen. Er lebt.«

»Jetzt nicht mehr«, antwortete Berit mitfühlend. Sie streckte die Hand nach ihm aus, aber er schob sie beiseite.

»Doch!« Er versuchte noch einmal aufzustehen, doch auch jetzt gaben die Knie nach. In ihm herrschte das totale Gefühlschaos, als er sich qualvoll über den Boden schleppte.

»Mads.«

Ihre Stimme flehte ihn an, aber er biss die Zähne zusammen und kroch die letzten Meter zu Thomas Beckmanns leblosem Körper.

»Thomas?« Mads sank vor ihm zusammen. Mit den gefesselten Händen tastete er über den kalten, blutigen Körper, während er wieder und wieder versuchte, Leben in ihn zu schütteln.

»Er ist tot«, sagte Berit leise hinter ihm und legte ihm die Hände auf die Schultern, aber er schüttelte sie ab und drückte einen Finger an Thomas' Hals. Er hörte sie weinen, aber es brachte ihn nur dazu, noch verbissener nach dem Puls zu suchen.

»Hier.« Er ließ den Finger an Thomas' Hals liegen, als er den Kopf drehte und Berit ansah.

»Du spürst nur deinen eigenen Puls«, sagte Berit und hockte sich neben ihn. Sie wischte sich mit dem Handrücken eine Träne von der Wange und sah ihn voller Bedauern an.

»Nein.« Beharrlich griff er nach ihrer Hand. Weit entfernt vernahm er das tiefe Knattern eines sich nähernden Helikopters, als er ihren Finger auf die Stelle an Thomas Beckmanns Hals drückte, wo gerade noch sein Finger gewesen war. »Der Puls ist schwach, aber er ist da.«

19. Juli

Birkelev

Mads hob den Blick und spürte den Luftstrom der kräftigen Rotorblätter. Als der Helikopter abhob und über die Bäume davonflog, zog er die Schultern hoch und senkte den Kopf. Dann schlug er die Folie, die ihm der Notarzt aus dem Hubschrauber gegeben hatte, enger um sich und lehnte sich mit dem Rücken an die Hauswand.

»Hier.« Berit reichte ihm einen Plastikbecher und setzte sich neben ihn. »Du musst ein bisschen trinken.«

»Danke.« Er legte die Hände um den Becher und spürte erst jetzt, wie trocken sein Mund sich anfühlte. Einen Augenblick lang sah er zu, wie der aufsteigende Dampf in der kalten Morgenluft verwirbelte, dann legte er den Becher an die Lippen und trank einen Schluck der warmen Flüssigkeit. Irgendwo tief in ihm fühlte es sich so an, als würde er nach Hause kommen.

»Ich weiß ja, dass du keinen Kaffee mehr trinkst, aber es war das Einzige, was Sarah und ihr Team im Wagen hatten.«

»Ist schon okay«, antwortete Mads und lehnte den Kopf nach hinten an die Mauer. Von ferne drang das Bellen eines Hundes durch die stille Morgenluft zu ihm.

»Du frierst.« Schweigend betrachtete sie ihn. Die Folie

war etwas nach unten gerutscht und entblößte den Verband an seiner verletzten Schulter. »Wie geht es dir?«

»Wird schon wieder«, antwortete Mads und warf einen Blick auf die blutige Bandage, dann zog er die Folie etwas höher. »Hauptsache, Thomas überlebt.« Schweigend blickte er zum Horizont, wo der Helikopter nur noch als kleiner Punkt am Morgenhimmel zu sehen war, und umklammerte den Becher, als wäre das sein einziger Halt. Schließlich riss er den Blick los und starrte auf die Pfützen, die auf dem Platz vor dem Haus im Laufe der Nacht entstanden waren. »Wie habt ihr uns gefunden?«

»Das war Sarah«, antwortete Berit und schlang die Arme um sich. Das schwache Zittern ihres Körpers übertrug sich auf ihn, als sie ein Stück näher rückte. »Ich habe mehrmals versucht, dich anzurufen, aber du bist nicht drangegangen, obwohl du auf meinem AB die Nachricht hinterlassen hattest, es sei wichtig.«

»Und dann hast du Sarah angerufen?«

Berit nickte. »Ich habe mir Sorgen gemacht. Es sieht dir nicht ähnlich, gar nicht zu antworten.«

Er verzog die Lippen zu einem Lächeln. »Du kennst mich zu gut«, antwortete er und betrachtete sie von der Seite. Das frühe Morgenlicht hüllte einen Teil ihres Gesichts in Schatten. Vergangenheit und Gegenwart verschmolzen miteinander zu etwas Neuem, Vollendetem. Er ließ die Folie los und berührte sie sanft. Schmerzen schossen durch seine Schulter, als er sich drehte und ihr vorsichtig ein paar Haare aus dem Gesicht strich.

»Du hast dich nicht sehr geändert«, flüsterte sie und legte den Kopf an seinen.

»Ich weiß, starrsinnig wie eh und je«, meinte er. Die

Wärme ihres Körpers übertrug sich auf seine Haut, und er schloss die Augen und lauschte dem Bellen der Hunde im Wald. »Aber wie hat Sarah herausgefunden, wo ich bin?«

»Sie hat deine Sportuhr getrackt«, antwortete Berit lächelnd. »Die letzte GPS-Aufzeichnung war hier in der Nähe, also haben wir zur Sicherheit Mathias Larsen und sein Team gerufen.« Sie hielt inne. Eine Mischung aus Sorge und Wut lag in ihrem Blick, als sie das Gesicht hob und ihn ansah. »Warum seid ihr nur zu zweit hier rausgefahren?«

Ihre Frage traf ihn. Thomas' lebloser Körper spukte durch seine Gedanken, und die Schuldgefühle trafen ihn wie eine Faust in den Magen. »Ich weiß es nicht«, antwortete er leise.

»Aber du wusstest doch, dass er gefährlich ist. Du wusstest, was er getan hat«, sagte sie eindringlich.

Er ließ den Blick für einen Moment über die Felder schweifen, bevor er ihr in die Augen sah. »Ja«, antwortete er schließlich. »Das wusste ich.« Dann ließ er die Schultern sinken und presste die Lippen zusammen. Nichts von dem, was er sagen wollte, klang aus der jetzigen Perspektive plausibel. Nichts konnte rechtfertigen, dass Thomas Beckmann wegen seines Stolzes nun um sein Leben rang.

»Und warum habt ihr es dann getan?«

»Ich musste das machen«, antwortete er leise und sah zu einem Blaulicht, das in der Ferne zu erkennen war. Bilder aus einer entschwundenen Zeit weckten Erinnerungen an einen Tag, den er am liebsten vergessen würde. »Er hat mir meinen Vater genommen.«

»Aber es hätte dich das Leben kosten können.«

»Ja.« Er hörte den Vorwurf in ihrer Stimme und schämte sich. Vergeblich versuchte er, Worte zu finden, die erklären oder rechtfertigen könnten, was er getan hatte. Diese Worte gab es nicht. »Ich weiß.« Schweigend sah er dem Rettungswagen entgegen. Auf dem Hofplatz wirkte das Blaulicht so grell, dass er es kaum ertragen konnte. »Ich muss noch bleiben. Lauritz Koch muss irgendwo da draußen sein.« Er presste die Lippen zusammen und legte den gesunden Arm an die Wand. Der Schmerz durchschoss ihn mit einer solchen Intensität, dass ihm schwarz vor Augen wurde. Trotzdem drückte er sich weiter hoch. Um ihn herum begann sich alles zu drehen, und das Letzte, was er spürte, bevor er das Bewusstsein verlor, war Berits Hand, die seinen Arm nahm.

22. Juli

Esbjerg

»Bist du wach?« Sarah Jonsen steckte den Kopf durch die Tür. Ihre Stimme war leise, und in dem warmen Abendlicht, das durch die Fenster des Krankenhauszimmers fiel, schien ihr Haar zu glühen.

»Ja«, antwortete Mads.

Sie ließ die Klinke los und kam zu ihm. »Wie geht es dir?« Ihr Blick ruhte auf dem Verband, der den Großteil seiner einen Schulter verdeckte.

»Besser.« Mads schnitt eine Grimasse, als er sich etwas aufzurichten versuchte. »Die Kugel hat ziemlichen Mist veranstaltet, aber die Ärzte meinen, dass sie mich wieder ganz zusammenflicken können.« Er ließ den Kopf zurück aufs Kissen sinken. »Ich dachte, ihr hättet mich vergessen.«

»Dich vergessen?« Lächelnd zog sie einen Stuhl ans Bett und strich sich die wilden Locken hinter die Ohren, dann setzte sie sich und musterte ihn eingehend. »Wir hatten ziemlich viel zu tun.«

»Habt ihr ihn gefunden?«

»Lauritz Koch?« Sie nahm die Tasche von der Schulter und nickte. »Er war im Wald verscharrt.«

»Das dachte ich mir«, antwortete Mads, griff nach der Fernbedienung des Bettes und fuhr das Kopfteil hoch.

»Was habt ihr euch nur dabei gedacht?«, fragte Sarah, als das Summen des kleinen Motors unter dem Bett verstummt war.

Mads atmete seufzend aus. »Ich weiß es auch nicht«, sagte er.

»Bist du dir eigentlich im Klaren darüber, welche Sorgen Berit sich gemacht hat?«

Er drehte den Kopf und sah aus dem Fenster. Der blaue Himmel erstreckte sich, so weit das Auge reichte, und ein warmes Gefühl breitete sich in ihm aus, als er an ihren Körper dicht an seinem dachte. »Wie geht es Thomas?«

»Er lebt, sein Zustand ist aber noch kritisch«, antwortete Sarah, als er sie wieder ansah. »Eine halbe Stunde später, und er hätte keine Chance gehabt.« Sie sah zu all den Apparaturen neben dem Bett. Die leuchtenden Zahlen auf dem schwarzen Display wirkten stabil. »Das war mutig von dir.«

»Was meinst du?«

»Dass du dich schützend vor ihn geworfen hast, als Jessen auf Thomas gezielt hat«, antwortete sie und deutete auf seine Schulter. »Es hätte dich dein Leben kosten können.«

»Er hätte dasselbe für mich getan«, sagte Mads. Er spürte, wie seine Augen feucht wurden, und blinzelte.

»Das weiß ich«, antwortete Sarah. »Sie haben ihn ins künstliche Koma versetzt. Wir können nur hoffen, dass er es schafft.« Sie verstummte für einen Moment, und die Stille stand wie eine Mauer zwischen ihnen, die die Gefühle gefangen hielt. »Ich weiß nicht, ob deine Kraft dafür reicht«, sagte sie schließlich und zog ein paar Fotografien aus ihrer Tasche. »Aber ich finde, du solltest sehen, was wir gefunden haben.«

»Ja?«

»Natürlich haben wir noch Fotos aus dem Keller, ich glaube aber, das hier war das Wichtigste.« Sie reichte ihm die Fotos.

»Lauritz Kochs Grab?«, fragte er und betrachtete die Bilder. Das rot-weiße Absperrband leuchtete grell unter den dunklen Fichten. Eine Woche zuvor hatte er mit Jan Jessen ganz in der Nähe gestanden.

Sie nickte und beugte sich etwas vor, als er zum nächsten Foto blätterte. Einzelne Strähnen von Lauritz Kochs Haaren hingen noch am Schädel, Reste von Erde klebten an der grauweißen Haut.

»Wie lange liegt er da schon?«

»Seit ein oder zwei Jahren«, antwortete Berit und zuckte mit den Schultern. »Schwer zu sagen.«

»Und die Todesursache?«

»Ihm wurde in den Rücken geschossen. Ich habe das Projektil mit dem verglichen, das du in deinem Wintergarten gefunden hast, und sie passen beide zu der Waffe, die wir im Keller gefunden haben.«

Mads nickte langsam, während er zu einer Nahaufnahme von Lauritz Kochs rechter Hand blätterte.

»Der Zeigefinger fehlt«, antwortete Sarah, als hätte sie seine Gedanken gelesen. »Wir haben ihn im Keller gefunden. Oder besser gesagt, die Haut. Jan Jessen hat sie als eine Art Fingerling benutzt, um damit Beweise platzieren zu können.«

»Wie war das mit Erika Truelsen?«, fragte Mads und sah von den Fotos auf.

»Sie ist unten im Keller ermordet worden«, antwortete Sarah. »Die IT-Techniker haben sich das Videomaterial angeschaut – und ziemlich viel gefunden.«

»Hat er den Mord gefilmt?«

Sarah nickte. »Das auch. Es gibt jede Menge Aufnahmen. Die meisten davon sind alt und zeigen Männer, die sich an ihm vergangen haben, es gibt aber auch einige Sequenzen über die Folterung und die Misshandlung von Erika Truelsen.«

»Rache«, murmelte Mads. »Wie war es möglich, dass seine Mutter das alles nicht mitbekommen hat?«

»Das hat sie«, antwortete Sarah und presste die Lippen zusammen.

»Wie meinst du das?«

»Im Keller lag ein Notizbuch. Mit Daten, Personen und Preisen«, antwortete Sarah. Sie stand auf. Für einen Moment ruhte ihr Blick auf dem Foto in Mads' Hand. »Es war ihre Handschrift.«

»Sie wusste davon?«

»Ja«, sagte Sarah und schulterte ihre Tasche. »Sie hat ihren Sohn verkauft.«

Mads runzelte die Stirn.

»Das wäre nicht das erste Mal«, sagte Sarah und zuckte leicht mit den Achseln. »Irgendwie kann ich verstehen, dass er auch sie umgebracht hat, wobei das natürlich nie eine Lösung ist.« Sie drehte sich um. Die dünnen Stuhlbeine scharrten über den Boden, als sie ihn zurück an die Wand schob. »Sie hätte sich um ihn kümmern sollen, aber stattdessen hat sie sich um Lauritz Koch gekümmert.«

»Inwiefern?«

»Wir haben ein Dokument im Haus gefunden«, antwortete Sarah. »Lauritz Koch war als Alleinerbe eingesetzt.« Sie sah Mads mit einem traurigen Lächeln an. »Ich muss leider schon wieder los. Wir haben noch immer einiges zu klären. Lauritz Kochs Kreditkarte wurde im Keller gefunden. Nach allem, was wir bis jetzt herausfinden konnten, hat Jan Jessen die Miete für die Wohnung bezahlt, in der Lauritz angeblich gewohnt hat. Bar, natürlich. Vermutlich hat er so auch Frank Bauer überredet, die Identität mit ihm zu tauschen. In diesen Kreisen tut man für ein bisschen Geld wirklich alles.« Sie hielt inne, und ihr Lächeln wurde wieder etwas heller. »Aber schön zu sehen, dass es dir besser geht. Sieh zu, dass du wieder richtig gesund wirst.«

Sie hob die Hand zum Gruß. Das Sonnenlicht fiel auf ihren Rücken und warf ihren Schatten an die Wand, als sie zur Tür ging und ihn wieder allein ließ.

5. August

Toftlund

»Die Ermittlungen im Fall der am 4. Juli in Ottersbøl, südlich von Ribe, ermordet aufgefundenen Erika Truelsen haben im In- und Ausland zu mehreren Festnahmen geführt. Während der Ermittlungen hat sich herausgestellt, dass der Fall nicht nur Verbindungen zu einem Mord im Jahre 1998 aufweist, sondern auch zum bisher unaufgeklärten Mord an Wiebke Hoffmann aus Breklum in Deutschland. Bei der Durchsuchung eines Hauses in Birkelev, wo auch zwei Ermittler verletzt wurden, fand die Polizei umfassendes kinderpornografisches Material älteren Datums, das mit anderen erst kürzlich aufgeklärten Verbrechen im deutsch-dänischen Grenzgebiet in Verbindung steht.«

»Hallo.«

Mads griff nach der Fernbedienung und schaltete den Fernseher aus, als er Berit am Türrahmen lehnen sah. Das leichte Sommerkleid umspielte ihren von der Sonne gebräunten Körper.

»Bist du bereit?«

»Eigentlich nicht«, antwortete Mads und rückte die Armschlinge zurecht. Die schwarzen Lederkissen knarzten unter ihm, als er widerwillig aufstand. Seine Schulter schmerzte, und er biss die Zähne zusammen, um nicht laut zu fluchen. »Und du bist dir sicher, dass die mich sehen wollen?«

»Habe ich doch gesagt«, erwiderte Berit und lächelte ihn an. »Sie warten auf dich.«

»Am liebsten würde ich zu Hause bleiben«, sagte Mads. »Das ist doch deren Fest, nicht meines. Und Laugesen billigt meine Einmischung doch ohnehin nicht.«

»Laugesen ist suspendiert worden.«

»Laugesen ist was?«

»Ja, sie haben ihn suspendiert.« Berit nickte und stieß sich vom Türrahmen ab. »Das ist eine längere Geschichte.«

Er zog die Augenbrauen hoch und sah sie auffordernd an. »Erzähl.«

»Die Gerüchte besagen, dass Per Teglgårds Frau mit dem Polizeidirektor gesprochen hat. Wenn ich es richtig verstanden habe, hat sie Beweise vorgelegt, dass Laugesen damals Lauritz Koch zu seinem Geständnis genötigt hat.«

»Beweise?«

»Ja. Es soll sich um Dokumente handeln, die zu Hause in Per Teglgårds Schreibtisch lagen, zusammen mit seinen Tagebuchnotizen.«

»Tagebuchnotizen?« Mads sah sie zweifelnd an.

»Ja, allem Anschein nach hat Teglgård die ersten Fälle, an denen er gearbeitet hat, ziemlich genau dokumentiert. Ich nehme an, um den Arbeitsprozess irgendwie zu verarbeiten. Dass du an dem Abend, als ihr nach Birkelev gefahren seid, Laugesen nicht erreichen konntest, lag offenbar daran, dass er zu dem Zeitpunkt vom Polizeidirektor befragt wurde. Was ihr getan habt, war dumm, aber ohne dich wäre der Fall nie aufgeklärt worden.«

»Dann kommt Laugesen also gar nicht?«, fragte Mads und ging auf den Flur hinaus.

»Nein«, antwortete Berit und sah zu, wie er sich die Schuhe anzog. »Hat Thomas sich bei dir gemeldet?«

»Leider nein«, antwortete Mads und folgte ihr zum Auto. »Werner Still hat mich aber angerufen. Thomas' Zustand ist stabil, er hat aber wohl noch einen langen Weg vor sich.«

»Das war aber auch verdammt knapp«, sagte Berit und wartete, bis er eingestiegen war, bevor sie den Motor anließ. Der Kies knirschte unter den Rädern, als sie wendete und aus der Einfahrt fuhr. »Wie ist dein Gespräch mit Truels Halland gelaufen?«

»Es ist nicht leicht«, antwortete Mads. »Ich habe ein schlechtes Gewissen.«

»Weshalb?« Die Hitze flimmerte über dem Asphalt, und Berit drehte die Klimaanlage etwas mehr auf.

»Wegen meines Vaters«, sagte Mads und sah aus dem Seitenfenster. Der Schmerz durchzuckte ihn, und er atmete tief ein und hielt die Luft an, während er den Blick über die korngelben Felder schweifen ließ. »Er ist für mich in den Tod gegangen.«

»Dein Vater war ein guter Mann«, sagte Berit und beschleunigte. »Auch wenn sich das vielleicht nicht immer so angefühlt hat, zweifele ich nicht daran, dass ihr das Wichtigste in seinem Leben wart.«

»Ich wünschte nur, ich hätte das damals gesehen«, sagte Mads und richtete den Blick nach vorn. Seine Brust zog sich zusammen, und er fuhr mit der Hand am Sicherheitsgurt entlang, als würde ihm das mehr Luft verschaffen. »Er hat mir damals gefehlt. Und Mutter auch.«

»Das weiß ich«, antwortete Berit.

»In all den Jahren habe ich Angst davor gehabt, ihm ähnlich zu sein. So wie er zu sein.« Er legte den Kopf zurück und sah nach oben. »Ich habe ihn gehasst und die Tatsache, dass er mich im Stich gelassen hat.«

»Aber das hat er nicht«, antwortete Berit und legte ihre Hand auf sein Bein. »Im Gegenteil.«

»Jetzt weiß ich das, damals wusste ich das aber nicht«, antwortete Mads. Ein paar Sekunden saß er still da, dann streichelte er mit dem Daumen über ihren Handrücken. »Ich schäme mich für den Hass, den ich gefühlt habe.«

»Aber wie solltest du das denn anders empfinden? Die Obduktion ist schließlich zu dem Schluss gekommen, dass es Selbstmord war.«

»Ich weiß, trotzdem fühle ich mich deshalb beschissen.«

Sie nickte und zog die Hand weg, um zu schalten, bevor sie im Kreisverkehr bei Gabøl in Richtung Haderslev weiterfuhr.

»Das wird Zeit brauchen«, sagte Mads und ließ den Blick wieder über die Felder wandern. »Es wird dauern, bis ich mir selbst vergeben kann. Und ihm verzeihen kann, dass er sein Leben geopfert hat, weil ein anderer Mensch damit gedroht hat, mich zu töten.«

»Troels Halland wird dir dabei helfen«, sagte Berit, setzte den Blinker und fuhr an den Straßenrand. »Er ist ein guter Therapeut.«

»Das weiß ich«, antwortete Mads und wandte sich ihr zu. »Ich bin mir aber nicht sicher, ob ich mir das jemals verzeihen kann.«

»Doch, das kannst du«, sagte Berit. »Irgendwann.« Sie beugte sich zu ihm, legte ihre Hand auf seine Wange und küsste ihn. Eine Weile saß er still da. Die Wärme ihrer Lippen breitete sich in ihm aus, und er schloss die Augen und erwiderte lächelnd ihren Kuss.

Dank

Die Gerüchte besagen, dass hinter jedem erfolgreichen Mann eine Frau steht. Ich weiß nicht, ob das stimmt, aber hinter meinem Wirken als Autorin stehen auf jeden Fall viele hilfreiche Personen, die einen unschätzbaren Beitrag geleistet haben.

Leider ist die Liste all dieser Menschen so lang, dass ich hier nicht alle namentlich nennen kann. Einige hören mir zu, wenn ich zu zweifeln beginne. Andere helfen mir mit ihrem Fachwissen. Wenn mir Menschen, die ich eigentlich gar nicht kenne, ihre Hilfe anbieten, erfüllt mich das mit unendlicher Dankbarkeit. Verbindungen werden geknüpft, Freundschaften geschlossen. Ein Zeichen dafür, dass Menschen nie allein sind, auch wenn es sich manchmal anders anfühlt. Man muss nur ein bisschen Vertrauen haben, dass die Verbindung hält.

Auch bei diesem Buch gab es Menschen, die einen besonderen Dank verdienen, wobei natürlich jedwede Hilfe – ob groß oder klein – Gold wert war.

Besonders danken möchte ich Hans Petter Hougen, Professor der Rechtsmedizin, und der Ärztin Kjersti Fosheim, die mir in rechtsmedizinischen Fragen mit Rat und Tat zur Seite gestanden haben. Ein Dank geht auch an Preben K. Mogesen, den Krankenhauspastor des Flensburger Krankenhauses, dessen Antworten auf meine Fragen mich zu neuen Recherchen verleitet haben.

Mein Dank geht an Kathrine Ask Asmussen für ihre immer humorvollen Bemerkungen zu den speziellen Anliegen Sønderjyllands sowie an Lis und Charlotte Jessen, die mir als Teil der dänischen Minderheit mit vielen Fragen zum Thema Deutschland geholfen haben.

Ich danke meiner Familie, die mir all die Zeit und Ruhe gegeben hat, die man braucht, um einen Roman zu schreiben.

Und natürlich danke ich meinem Lektor Jacob Hedegaard Pedersen, der mir immer wieder den Weg weist.

Zu guter Letzt geht ein Dank an dich, der du dieses Buch gelesen hast. Deinetwegen lohnen sich die vielen Stunden am Schreibtisch, denn erst durch dich wird mein Schreiben lebendig.

Der Roman *Niemand rettet dich* verknüpft Vergangenheit und Gegenwart. Möge das Licht hell und klar scheinen, um die Schatten in unserem Leben zu vertreiben.

Karen Inge Nielsen